LA FUENTE

C. S. LUIS

PROEMIO – EXTRACCIÓN

Las celdas de cristal de la prisión se alineaban en los largos pasillos blancos, las luces de los mecanismos de los sensores parpadeaban. En una de estas celdas, una joven mujer con la piel lisa y no afectada por la luz del sol estaba acostada en una cama. Mechones de pelo largo y negro cubrían la almohada de lino blanco. Dentro de su rostro en forma de diamante, los delicados huesos de las mejillas se elevaban por encima de los labios rosados.

Estaba demasiado quieta, vestida con una camisa blanca de manga larga y pantalones. Solo cuando respiró y las sábanas se movieron reveló algún signo de estar viva. Un cuello de acero abrazaba su cuello, pequeñas luces verdes a lo largo del borde exterior parpadeaban en la superficie con su patrón de respiración. Este parpadeo también imitaba el patrón de luces similares en la esquina de la habitación, cerca de la entrada. Cuando el verde se convirtió en amarillo, su cuerpo pareció relajarse. Sus músculos, que antes estaban rígidos, se relajaron, permitiendo el movimiento una vez más.

Sus ojos se abrieron.

—¿Hola? —susurró la mujer, mirando al techo blanco. Estaba sola, pero algo la había despertado. Miró a su alrededor, recordando ahora dónde estaba con una certeza poco agonizante. Sus sueños le proporcionaron la única liberación de esta realidad.

El mismo día se repitieron las pruebas y los desafíos. Recordó un destello de sus primeros días, sentada frente a un hombre de blanco. Sus hermanas los llamaban los Batas Blancas. Algunos llevaban un uniforme negro o azul con extraños emblemas rojos en el lado del brazo. Esos eran los guardias, que la llevaron a la habitación para realizar pruebas.

Las pruebas eran siempre las mismas.

Siempre había una pared entre ellos, la mitad inferior sólida y la mitad superior de vidrio. El Bata Blanca hacía preguntas usando solo su mente y le permitía leer sus pensamientos. Ella lo consideraba un juego aburrido; siempre respondía correctamente.

A veces, era inestable; así es como lo llamaban. Su nariz sangraba, una sonrisa arrugaba su labio hasta que una violenta descarga recorrió su cuerpo. Entonces se cayó. Eso fue lo que hizo el collarín cuando lo activaron. Había ocurrido el día anterior, y ella se había quedado en su habitación, quieta como una tabla e incapaz de moverse. Tal vez fue su castigo. Por supuesto, querían controlar a los que estaban en contención.

Después de todo, ella era prisionera de los hombres de bata blanca. Era especial, decían. Era una de las pocas que podía hablar con *ellos*, las criaturas de los contenedores, esos mismos seres que encontró en sus sueños.

¿Había oído una voz que la llamaba justo antes de abrir los ojos, o estaba todo dentro de su cabeza? Se quitó la sábana de algodón de su cuerpo, se arrastró hasta el lado de la cama, balanceó sus piernas sobre el borde y se sentó.

Maya.

Esta vez, estaba segura de que lo había oído. Un susurro en algún lugar, escondido detrás o incluso viajando a través de los ventiladores. No, estaba en su cabeza.

La pequeña habitación que ocupaba no tenía ventanas, solo la puerta de cristal transparente que revelaba el pasillo exterior - inhóspito y esterilizado.

Se sabía de memoria las dimensiones del pasillo. Lo vio en sus sueños.

Maya.

La voz estaba claramente en su cabeza. Alguien estaba tratando de llegar a ella.

¿Quinn?

Sí...

Te escucho. ¿Dónde estás?

¿Quién eres? Preguntó.

Alguien que te ama. ¿No lo sientes?

El shock del collar la puso en pie. Una aguja la perforó la piel, y su voz se desvanecía.

Encontró su mente durante las pruebas y experimentos, su primer indicio de que era real. El cuello y sus agujas sometieron tanto sus habilidades como su vínculo con el otro. Control. Le enseñó la habilidad, el arte de su conexión, y con el tiempo, ella había dominado ciertos movimientos.

Te estás haciendo más fuerte, le dijo con orgullo.

La vida de ellos se desarrolló en su mente, y una vasta sociedad floreció; ella era parte de ese mundo. Se puso a su lado, sosteniéndola en sus brazos y observando el mundo con ella.

—Una vez tuvimos una vida juntos —dijo—. Venimos de las estrellas. Se perdió mucho. Incluyendo a los seres queridos —se volvió para mirarla—. Pero te encontré de nuevo.

—¿Qué le pasó a nuestro mundo? —sabía que esto era lo que veía ante ellos: un planeta antes vivo y hermoso, con recursos disminuidos y agotados y vastos y desordenados vertederos de basura. El aire se había diluido, volviéndose insoportable. Los incendios sustituyeron a los campos verdes, destruyendo los pocos cultivos que quedaban. Los cielos se oscurecieron y las tormentas aumentaron. Ellos se quedaron mirando cómo se desarrollaba.

—Tomamos y tomamos hasta que no hubo nada más que usar.

Matamos todo por el poder, y al borde de encontrar una solución -por nuestro avance- creamos más caos.

Los cristales iluminaban los pasillos de una nave que viajaba en la profunda expansión del espacio, la línea de la esquina con un alquitrán negro manchaba la superficie del suelo del espacio y las cámaras de hibernación.

—Son hermosos —dijo.

—Son mortales... —susurró—. Destruimos nuestro único hogar. Los cristales solo trajeron enfermedades, y el alquitrán vino después —ella encontró tristeza en su voz, decepción en sus ojos morados.

Cuando estaban juntos, parecía que existían solos en otro plano; su conexión había logrado un vínculo más profundo que ni siquiera los Batas Blancas podían detectar o posiblemente entender. El mundo que él había conocido una vez se había ido; ella lo sabía porque él lo hizo. La búsqueda de su pueblo de un nuevo hogar los había traído a la tierra, y a ella.

Estoy cerca. Más cerca de lo que crees, mi amor... Ven a mí. Es tiempo. Sus palabras la trajeron de vuelta a esta realidad, una realidad que ella odiaba.

Se levantó del lado de la cama, los vendajes de un uniforme de lino blanco le acariciaban el cuerpo. Las marcas rojas en su cuello eran idénticas a las de él. El marco de metal de la cama había sido grabado con líneas simples para registrar su tiempo allí. ¿Cuántos días habían pasado? ¿Cuántos años? Ella había arañado dieciocho líneas en el metal antes de que él la encontrara, y luego dejó de contar los días; no podía estar segura de cuántos más había pasado entre estas paredes.

Ven a mí, Maya. Por favor, suplicó. *Te necesito más que nunca. No dejes que nos separen más tiempo. Te quiero cerca. Ven a mí. Por favor...* Ella extrañaba sus brazos alrededor de ella y anhelaba el consuelo de su presencia en esta realidad.

Yo también te extraño. Te amo. Una oleada de energía inundó su cuerpo, llegando desde un lugar desconocido donde él habitaba en la oscuridad, como una corriente que corría de un extremo a otro hasta que se unieron, mental y espiritualmente. "El desorden genético", lo llamaron los Batas Blancas. Para ella, era amor.

¿Cómo? No puedo… Se congeló.

Sí, sí puedes. Confía en mí, dijo.

Presionó su cara contra el cristal de la puerta, sintiendo la energía correr por la punta de sus dedos. La cerradura sobre la puerta estaba cargada eléctricamente, el mecanismo funcionaba como el collarín alrededor de su cuello. Ella extendió la mano para tocar la gargantilla de metal. Sus dedos completamente cargados enviaron una descarga a través de él, y cayó con un estruendo a sus pies.

Juntos somos más fuertes susurró. Habían practicado el acto repetidamente; varias veces, ella se había llevado la peor parte de la poderosa fuerza, dejándola inmóvil por el resto del día. Habían aprendido a cambiar el patrón. Entonces ella descubrió un breve momento en que el collar estaba menos activo dentro de la celda.

Juntos somos más fuertes. Ellos no conocen la fuerza de nuestro poder.

El interruptor de arriba parpadeó y la puerta cerrada se abrió.

Entró en el pasillo, con techos y paredes blancas que se extendían en cada dirección. Habitaciones como la suya se alineaban en el pasillo.

No tengas miedo, dijo. *Maya, date prisa. No hay tiempo que perder…*

Corrió a un extremo del pasillo; sobre ella, el conducto de ventilación vibraba. Los tornillos cayeron lentamente de sus casquillos al suelo, cada uno con un ligero golpe en la palma de su mano. La rejilla sobre el respiradero la siguió. Maya la agarró rápidamente y la colocó en el suelo. Luego saltó para agarrar el borde del pozo de ventilación, se levantó y desapareció en la oscuridad.

—Ya voy —susurró.

Los respiraderos componían un vasto laberinto, hecho de tantos giros y vueltas para abrirse a otros pasillos donde los guardias patrullaban los pasillos. Maya despreciaba esas bestias.

Ella se arrastró hacia adelante, su voz indicaba el camino.

No tengas miedo. Una vez que estés aquí, estaremos juntos para siempre, y nadie nos separará, animó.

La imagen de un joven vestido con un traje de cuero negro pasó por su mente; él esperó. Estaba allí en sus sueños y en sus pensamientos. Su rostro era blanco cremoso, mechones de pelo oscuro cortados cortos y prácticos. Sus ojos púrpuras y almendrados la miraban desde un lugar oscuro.

Su uniforme se enganchó en un tornillo suelto en las paredes de la ventilación, rompiéndose cuando ella lo sacó. Voces distantes llamaron su atención, llevadas hasta ella por un conducto de ventilación cercano. Se inclinó hacia la rejilla para mirar más de cerca.

La habitación era grande y blanca, llena de equipo de laboratorio. Un gran contenedor contenía una figura, vestida con un escamoso uniforme de cuero, sentada dentro de él. Ella reconoció el uniforme. Quinn llevaba uno igual.

—Cuidado —advirtió una voz masculina. Al otro lado de la habitación, captó el movimiento de un brazo mecánico. No podía ver claramente lo que estaba sucediendo.

—Las células se están dividiendo. ¡Está funcionando! —exclamó otro hombre desde el otro extremo de la habitación—. Felicitaciones, Dr. Nicholson. Parece que el procedimiento fue un éxito.

—Nunca lo dudé —respondió una tercera voz mucho más oscura.

—¿Se da cuenta de lo que ha creado aquí, señor? Debemos notificar a la Compañía inmediatamente…

Su conversación se filtró mientras Maya perdía el interés y se preparaba para seguir adelante a través del respiradero. No podía ver todo lo que había pasado desde su posición en el pozo de ventilación, no importaba lo cerca que mirara.

Se detuvo cuando un fuerte golpe, seguido por el crujido del vidrio roto, salió de la habitación, y miró detrás de ella para ver a través de la rejilla una vez más. Un cuerpo yacía en el suelo debajo de ella, entonces escuchó otro fuerte golpe. Las chispas volaron y el humo se elevó en la habitación.

Un grito sofocado se introdujo en su garganta, pero ella lo cubrió con su mano. Otra figura estaba ahora de pie sobre el cuerpo inmóvil mientras las llamas se elevaban, consumiendo y destruyendo todo lo que había dentro de las blancas paredes.

La figura, apenas visible, miró hacia el respiradero. Maya estaba segura de que la veía, podía sentir que la miraba fijamente a sus profundos y oscuros ojos. Por un momento, no pudo moverse; su labio tembló. Entonces el hombre se había ido.

Maya se apresuró a través del respiradero. Una alarma sonó y las luces parpadearon desde todas las direcciones. "¡*Alarma! Se han detec-*

tado formas de vida extraterrestre". El sonido mecánico del sistema de alerta de la computadora resonó a través de los respiraderos. *"Se han detectado formas de vida extraterrestre en el sector 10. ¡Advertencia! Posible contaminación…"*

Llegó al final de la ventilación y abrió la rejilla antes de caer. Un gran espacio oscuro se extendió delante de ella, las lámparas del techo daban una luz tenue e ineficaz. En todas las direcciones, fila tras fila de contenedores sostenían figuras sin vida, flotando en una sustancia líquida dentro del vidrio transparente.

Maya, llamó. Se movió rápidamente a través de los contenedores, que se agitaron cuando los pasó.

Las alarmas seguían sonando en todas las direcciones.

Se apresuró, sintiéndolo más cerca de lo que nunca antes había estado. Por un momento, tuvo que detenerse y arrodillarse, sintiéndose repentinamente débil. Los contenedores temblaron y se sacudieron, las grietas se astillaron en secciones de vidrio. El vapor y el líquido se derramaron a través de las fisuras, que se rompieron y rociaron más líquido a través de las grietas que se ensanchaban rápidamente.

Maya se arremolinó para ver el humo y el silbido de los otros contenedores. Luego, uno tras otro explotaron en innumerables pedazos, llenando la habitación de la instalación con una niebla helada.

La voz del intercomunicador volvió a hablar:

"¡Atención! Todos los contenedores del Sector 12 han sido violados. Se han detectado formas de vida extraterrestre. Advertencia a todo el personal. El protocolo de evacuación está en vigor. Todo el personal, el protocolo de evacuación está en efecto. ¡Advertencia! Se han detectado formas de vida extraterrestre".

Hermosos rostros pálidos con mechones de pelo enmarañados y vestidos con uniformes de cuero oscuro emergieron por detrás de ella. Maya luchó por levantarse pero no pudo hacerlo, el miedo la paralizó al verla.

Maya. Emergió de las figuras que la rodeaban y extendió su mano hacia ella. Los otros se dispersaron por los pasillos.

—Maya —dijo Quinn en voz alta—. Hemos estado separados durante demasiado tiempo, mi amor.

Ella tomó su mano y él la acercó.

"Formas de vida alienígena detectadas en el Sector 10. Todas las celdas de los prisioneros han sido violadas".

—He esperado este momento durante demasiado tiempo. Sentirte en mis brazos, tenerte a mi lado. Mi amada Maya. Pagarán por mantenernos separados —la levantó en sus brazos cuando el techo sobre ellos comenzó a desmoronarse.

—¡Quémalo! ¡Destrúyelo todo! —gritó. El techo se derrumbó, y a través de la brecha, los seres ascendieron al cielo. En sus brazos descansaban las mujeres que habían rescatado, prisioneras como Maya, amigas, hermanas.

Quinn ascendió con ellas mientras el edificio, su prisión, se desmoronaba y ardía. Los cielos se llenaron de los ángeles de sus sueños. Maya cerró los ojos, aferrándose al abrazo de Quinn mientras la elevaba a los cielos.

EL ANILLO DE BELLE

Marzo, el presente

El avión aterrizó en Houston, Texas. Padre dijo que él y mamá llegarían más tarde ese día. Me pareció extraño, que yo fuera sola. No me gustó. Pero no podía cuestionarlo. Aprendí a una edad muy temprana a no cuestionar las costumbres de mis padres.

—Un coche estará allí para recogerte —dijo. Le entregó mi equipaje al chofer, quien lo puso en el maletero—. Espera afuera.

Entonces el chofer abrió la puerta del pasajero delantero del Range Rover negro, y mi padre me llevó hacia él.

—¿No estarás allí? —pregunté. Esto fue repentino. ¿Por qué me estaba enterando de esto ahora? Mi padre me dio una mirada severa. Sabía que era mejor seguir presionándolo, pero estaba enojado.

—Tengo asuntos que atender por la mañana…

—¿Qué clase de asuntos? —le dije—. ¿No puede esperar? Pensé que nos íbamos a ir en un crucero. Dijiste que finalmente íbamos a hacer algo juntos como una familia.

—No discutas conmigo. Sabes que no tengo elección en este asunto. Si me piden que vaya, tengo que ir.

—¿Y cuál es la excusa de mamá? ¿No quiere estar a solas conmigo?

Sus cejas se arrugaron.

—Si estás intentando empezar una pelea conmigo, no me hará cambiar de opinión. Estarás bien… hasta que lleguemos. Como he ordenado, un vehículo estará allí para recogerte.

Y eso fue todo…

Ahora que había aterrizado, recogí mis maletas en la recogida de equipajes y me dirigí a la entrada del aeropuerto. Afuera, otros viajeros llenaban las aceras, los vehículos retrocedían en el carril para recoger a los amigos y la familia.

Me senté a esperar, como mi padre me ordenó, hasta que un Lincoln con vidrios polarizados se acercó a la acera. Me preguntaba cuán lamentable me veía, sentado allí esperando como un infante abandonado. La puerta se abrió lentamente, y por un momento esperé a mi padre, a pesar de que odiaba los coches americanos.

Un hombre de treinta y tantos años con un traje negro y una corbata verde pastel salió. Era alto y ligeramente gordito. No sonrió. El nido de su pelo oscuro estaba desordenado, y los círculos oscuros bajo sus ojos parecían indicar que se había levantado tarde. Mi primera impresión de él fue la de una persona muy poco profesional y desorganizada. Su traje era demasiado grande, las piernas del pantalón estaban demasiado sueltas alrededor de sus pantorrillas y tobillos, y su corbata era de un color feo.

Sabía quién era yo antes de que pudiera presentarme.

—¿Srta. Claudia Belle? —preguntó mientras se acercaba.

Curiosamente, le miré a la cara, temiendo lo que revelaría.

Bajó ligeramente la cabeza; sus ojos se llenaron de una profunda tristeza. Ya lo sabía mucho antes de que me lo dijera.

Le contesté:

—¿Sí?

Tomó un respiro.

—Soy el Sr. West, un amigo de tu padre —el mundo continuó a nuestro alrededor sin el más mínimo cuidado.

Durante un largo momento, no dije una palabra, temiendo ver sus pensamientos pegados a su cansado rostro. Las lágrimas se acumularon en los rincones de mis ojos, y un pequeño jadeo se me escapó.

—Me pidió que viniera —el Sr. West se detuvo como si también le resultara difícil hablar—. Me temo que tengo noticias terribles —añadió, y me ahogué en un sollozo—. Tus padres han sufrido un accidente —finalmente se las arregló. Una lágrima rodó por mi mejilla. Lo miré, con los ojos bien abiertos—. Lo siento.

Sin palabras, me senté allí y lloré, limpiándome las lágrimas que se desprendían de mis ojos. No sabía qué decir. No lo creí, pero era la verdad. Lo sabía.

—¿Es por eso que está aquí? —pregunté, tratando de evitar el llanto, pero no sirvió de nada.

—Me ordenaron que te llevara con un amigo —dijo. Abrió la puerta del Lincoln. En cualquier otro momento, no habría creído a un extraño. Por supuesto, nadie en su sano juicio habría aceptado algo tan escandaloso sin una prueba segura, pero yo sabía cómo distinguir las verdades de una persona de sus mentiras. Mayormente, lo escuché en sus pensamientos…

Quería huir de la verdad, de él y de todo lo real, pero me quedé ahí. Él mantuvo abierta la puerta del Lincoln y me miró.

—Tengo algo para ti de tu padre. Me dio instrucciones de dártelo, si algo le pasara a él o a tu madre…

Tomé un respiro y me subí al Lincoln. El chófer se bajó del asiento del conductor y agarró mi equipaje. El Sr. West cerró la puerta tras de mí y se subió al coche. Hubo un momento de silencio antes de que el chofer volviera a tomar su asiento y condujera.

—Tu padre hizo esto para ti —dijo el Sr. West—. Me pidió que viniera, si alguna vez pasaba algo. Soy abogado.

—¿Es usted el abogado de mi padre? —le pregunté. No lo era, de repente me di cuenta.

Se tomó un momento.

—Ayudé a tu padre a hacer los arreglos con mi cliente.

—¿Arreglos?

Pero no respondió, estaba ocupado sacando un dispositivo de su maletín.

Ya lo sabía. Padre lo había contratado para que se encargara del papeleo para otra persona. Miré al Sr. West, y un nombre sonó claramente en su mente: Edward. Este Edwards era alguien en quien mi padre había confiado.

Sacó un iPad.

—Me pidió que te diera un mensaje.

—¿Qué es? —el Sr. West inclinó el dispositivo hacia mí, y me di cuenta de que era un vídeo. Cuando agarré el iPad y presioné "reproducir", la cara de mi padre apareció en la pantalla.

—Claudia —dijo—, si estás viendo esto, entonces me temo que... —hizo una pausa—. Debes escuchar con mucha atención. Escucha lo que te dice el Sr. West. No puedo explicarlo todo completamente, pero con el tiempo, descubrirás la verdad por ti misma. Ahora mismo, debes ir con el Sr. West. Le he asegurado un lugar con una persona en la que confío. Él se ocupará de ti ahora. Se han hecho todos los arreglos para su comodidad y seguridad. Debes creerme, que hice todo esto para protegerte. Te amamos. Nunca lo olvides. Te amamos.

—Nicholas, por favor déjame... —suplicó mi madre fuera de cámara—. Te amo... —dijo antes de sollozar, incapaz de continuar.

—Mantente a salvo... —esas fueron las últimas palabras de mi padre, y luego la imagen se perdió.

El Sr. West sacó el iPad y lo metió en su maletín, sentándose en silencio.

—Ese es el mensaje. Recibí la noticia del accidente esta mañana temprano. De nuevo, siento mucho tu pérdida.

Esta mañana temprano, pensé. Me había ido la noche anterior. Dijo que un coche estaría allí para mí. Pensé que se refería a un coche con él y mi madre dentro. O quizás había planeado enviar un vehículo de la compañía. Dijo que nos íbamos de vacaciones familiares. Entonces su trabajo llamó, y las cosas cambiaron. Se sentía extrañamente escenificado.

—Todos los preparativos finales del entierro han sido realizados por el empleador de tu padre. Los detalles están en estos documentos —el Sr. West sacó un montón de papeles de su maletín—. ¿Tienes alguna pregunta que hacerme?

—No lo entiendo. Íbamos a ir a un crucero... y ahora... —el coche salió del carril de recogida del aeropuerto y giró en la carretera de salida que nos llevaría a la autopista.

—Cariño, ¿has oído lo que he dicho? —preguntó.

—¿Cómo murieron? —le pregunté.

El Sr. West me miró con ojos amplios y sorprendidos, dudando en responder.

—Fueron atropellados por un camión que pasaba camino al aeropuerto… —por lo que él creía, eso fue lo que pasó. Era todo lo que sabía—. Fue un accidente grave. Nada que nadie podría haber hecho —volvió a sus documentos.

—¿Dónde será el funeral? —pregunté, mirando a mi regazo.

—No habrá ninguno. El empleador de tu padre dio instrucciones específicas sobre el manejo de los restos de tus padres. Sus cuerpos serán cremados inmediatamente. Tu padre firmó esto antes de morir.

Lo miré con desprecio. Yo era su *hija*. ¿No tuve nada que opinar en esto?

El teléfono del Sr. West sonó, y a través del altavoz apagado, oí el nombre de Edwards de nuevo.

—Sí, ella está conmigo ahora —dijo—. Acabo de recogerla en el aeropuerto. La dejaré en su residencia… ¿No? —frunció el ceño y parpadeó, sin poder mirarme—. Eso no será un problema. La escuela está bien. No, no voy a entrar. Espero que lo entiendas. Tengo asuntos urgentes en la oficina… Muy bien, de acuerdo.

—Quiero que usted haga algo por mí…

Un recuerdo se deslizó en mi mente. Estaba parada afuera de mi escuela al final del día, y él venía a recogerme en su propio auto. Normalmente, enviaba uno por mí, o si alguna vez decidía acompañarme él mismo, contrataba un conductor y viajaba con su seguridad.

—¿Qué está pasando? —bromeé, al darme cuenta de que me había visto buscando a sus guardaespaldas—. ¿Dónde están tus amigos? —me subí al coche y dejé mi mochila en el suelo entre mis pies.

—Les di el día libre —respondió, pero pude ver que estaba escondiendo algo.

Me tomé un momento para mirarlo. Su pelo rubio estaba siempre tan bien arreglado, y ese día llevaba un traje gris oscuro y una corbata negra. No recuerdo haberle visto nunca con un atuendo casual, ni siquiera cuando estábamos solos en casa. A menudo me preguntaba cómo podía ser su hija y aún así no me parezco en nada a él.

—¿Qué se celebra? —pregunté. Tenía que haber una razón para su decisión de buscarme él mismo; nunca se había esforzado en perder a los guardaespaldas por mi culpa. Empujé mi largo pelo castaño hacia atrás y lo puse en una cola de caballo, y luego lo dejé caer sobre mis hombros.

—¿No puedo recoger a mi hija de la escuela?

Le hice una cara, notando por millonésima vez lo clara que era su piel comparada con mi tono marrón dorado. Mi madre era del mismo color.

Afuera, otros padres recogían a sus hijos y los autos se alineaban en la calle lateral, abarrotando la carretera principal. Luego se desvió del carril de las camionetas y condujo hacia adelante, dejando todo atrás.

—No, de verdad. ¿De qué se trata todo esto? —pregunté.

Trató de sonreír, pero parecía más bien una mueca de decepción. Pensé que tal vez le dolía que nuestras reuniones siempre indicaban algo malo.

—Solo quiero hablar contigo. Ver cómo van las cosas en tu vida. No hemos hablado…

—Nunca hablamos, Padre.

—Exactamente. Y por eso… por eso deberíamos.

Deseaba que me lo dijera. Quería leerle la mente, pero romper esa regla lo hizo enojar. Se suponía que no debía hacerlo con nadie, y no me atreví a intentarlo con él.

Hicimos un largo viaje a casa y nos detuvimos en la heladería. Cuando se detuvo en el estacionamiento, no supe qué decir. ¿Se estaba muriendo? ¿Íbamos a tener la charla junto con un cono de helado de vainilla?

—¿Qué estamos haciendo? —le pregunté.

Apagó el motor y sonrió.

—Vamos a tomar un helado —entonces abrió la puerta y salió.

No sabía qué pensar o qué opinar, y las cosas parecían extrañamente normales hasta la mitad de nuestro programa extraescolar.

—Quiero que hagas algo por mí… —empezó. Sabía que no podría haber durado, ambos felices y yo finalmente cumpliendo con todas sus expectativas—. Claudia, si algo nos pasa a tu madre y a mí, quiero que olvides.

Entrecerré los ojos ante él. No era el tipo de conversación que se tiene con el padre sobre un helado.

—Padre, para.

—No, escucha. Esto es importante, ¿ok?

Miré fijamente sus ojos azules de bebé, inquebrantables en su mortal seriedad. Parecíamos una extraña pareja sentada allí, él en su traje de negocios, yo en mi uniforme escolar, sentados en rígido silencio con helado derritiéndose sobre nuestros conos. La gente siempre nos echaba miradas críticas cuando salíamos juntos. Padre los ignoraba con un eficiente desapego, pero yo seguía aprendiendo y seguía trabajando en mi control. Todo giraba, tiraba y tiraba de mí, las voces de los que nos rodeaban se hacían más fuertes, susurrando sus inseguridades y sospechas. En el momento en que sintió que me estaba volviendo loca, me redirigió.

—Detente —dijo, y algo dentro de mí volvió a la normalidad, como si nunca hubiera pasado.

—Está bien.

—Sucederán cosas que no podrás detener —continuó—. Cosas con las que no estarás de acuerdo, tal vez que podrías pensar que no están bien. No importa lo que sientas, lo que hayas perdido… tus cosas, tus pinturas… quiero que las olvides. Todo. Incluyéndonos a nosotros.

Arrugo una ceja.

—¿Qué? ¿Por qué? —levanté la vista con incredulidad, y él me está mirando fijamente. Sin cambios, sin emociones… solo tenía que hacer lo que dijo.

—No son más que cosas.

—Y tú. Y nuestros recuerdos. ¿Son solo cosas? —pregunté.

—Escucha… Sí, pero no los necesitas. No cuando estamos aquí —se golpeó el pecho—. Todas esas cosas pueden ser reemplazadas. Tu ropa, tus pinturas. La diferencia importante es que nunca te preocupes por ellas. Podemos perder lo que tenemos, pero son solo cosas. ¿De acuerdo?

—Está bien.

No tenía sentido para mí, pero acepté, solo para no incitar una discusión.

—Déjalos tener esas cosas —sonrió y dio un mordisco a la vainilla. En ese momento, vi una paz en sus ojos, pero aún no lo entendía.

¿Dejarles esas cosas?

—Así que no tienes que preocuparte por nada —continuó el Sr. West, llevándome de vuelta al coche y a nuestra imposible situación—. Todos los arreglos se han hecho. No hay nada de lo que tengas que preocuparte —me dio una simpática media sonrisa.

—¿Quién es el Dr. Edwards? —le pregunté. El nombre siguió apareciendo en su cabeza, y tuve que sacarlo a colación, aunque esperaba su reacción de shock con los ojos muy abiertos.

—Tu padre dio instrucciones específicas de que te llevaran al Dr. Edwards si algo les sucedía a él y a tu madre —dijo rápidamente—. El Dr. Edwards es tu abuelo —se detuvo, esperando mi reacción, pero no tuve ninguna.

Solo conocía a un hombre que era remotamente cercano al abuelo, y el Sr. Valentin era un hombre rico que mi padre conocía. Mi padre me llevó a verlo unas cuantas veces a su gran y extravagante casa. Aparentemente, el hombre había sido como un padre para mi propio padre, lo había criado y le había dado las herramientas que necesitaba para tener éxito. Padre odiaba traerme a verlo; siempre se ponía tenso e irritable los días que lo visitábamos. Pero siempre me preparaba para el día. Me dijo que limitara mi poder cuando me reuniera con él. El hombre sabía de nuestra habilidad y eso lo había hecho rico.

—Nunca los impresiones —había dicho—. Si te hacen una pregunta con su mente, no respondas. Cuanto menos puedas hacer, mejor —Así que eso era lo que había hecho. No importaba lo que hicieran para ponerme a prueba, nunca respondía.

2

LA LLEGADA

El Lincoln llegó a una parada justo fuera de un edificio abandonado. Al menos, eso parecía. En la entrada lateral, vi una o dos caras mirando a través de las pequeñas ventanas de la puerta. Me acobardé. ¿Adónde me había llevado?

Me saqué los auriculares; el descolorido impacto de Rammstein sonando en mi iPod tendría que esperar mientras miraba a nuestro nuevo entorno. El edificio era definitivamente viejo, con una excitante escalofriante apariencia de desierto. Se caracterizaba por arcos semicirculares de diseño europeo medieval, cosas que solo veía en las catedrales. Un exterior románico – arcos redondos y gruesos, pilares robustos y arcadas decorativas – parecía ser lo único que me gustaba del edificio a primera vista. Mi padre había sido un gran fan de la arquitectura y había aprovechado cada oportunidad para enseñarme lo que sabía de los diferentes estilos.

Un hombre rubio, que desde la distancia parecía un actor cuyo nombre no recordaba, entró por la puerta principal. Junto a él había otro hombre muy alto con un traje verde gris y un bigote grueso. Parecían una extraña pareja.

—Esto es todo —dijo el Sr. West.

Miré al Sr. West, que no parecía dispuesto a moverse aunque el conductor ya estaba abriendo la puerta de su coche para salir.

—Aquí es donde te bajas, querida. No iré contigo. Me necesitan en la oficina. No te preocupes. El Dr. Edwards está al tanto de tu llegada —miró por la ventana.

—¿Qué es este lugar? —pregunté, encontrando mi voz al fin. Los sonidos de mi banda favorita me hicieron desear volver al mundo del metal industrial y amortiguar los gritos de la realidad.

—Este es el instituto Milton —dijo. Me costaba creer que mi padre me hubiera dejado con un profesor—. Ah, y aquí está ahora.

Dos hombres más se unieron a los otros a través de las puertas dobles. Ambos eran mayores, uno con la cabeza llena de pelo blanco. Al subir la escalera, sus grandes ojos se encontraron con los míos bajo unas gruesas cejas negras. Tenía una sonrisa suave y paciente.

El otro hombre que estaba con él parecía aún más viejo; también tenía el pelo blanco, pero se estaba adelgazando, y era significativamente más pesado. Ambos llevaban camisas de vestir blancas y corbatas.

El conductor tomó mi única bolsa del maletero.

—¿Qué pasará con la casa de mis padres? —le pregunté—. ¿Todas nuestras cosas? ¿Podré volver? —quería nuestros álbumes de fotos, mis pinturas, todas las cosas que habíamos compartido.

—Me temo que todo eso se lo han dejado al patrón de tu padre. Ellos se encargarán de esas cosas. La casa se pondrá en venta, aunque no estoy seguro de todo lo demás… —echó un vistazo al papeleo de su carpeta—. No veo nada de eso aquí —de alguna manera, no parecía preocupado.

Las palabras de Padre volvieron con un significado evidente. *Déjalos que tengan esas cosas.* Todo lo que había dejado atrás ahora había desaparecido. No podía llevarme nada más allá de lo que había empacado para un crucero inexistente.

El Sr. West frunció el ceño, pareciendo genuinamente preocupado por mi estado emocional.

—Lo siento, querida. Esos son todos los detalles e instrucciones que me dieron. Buscaré cualquier documentación de un almacén. Puede que se me haya pasado eso.

—No se preocupe por eso —murmuré. Así tenía que ser.

Olvida. Olvídate de nosotros... estamos aquí. Déjalos tener esas cosas. Padre se golpeó el pecho.

—Prepararé un sobre para ti y lo enviaré a la casa del Dr. Edward dentro de la semana siguiente.

—¿Un sobre?

—Sí, con información detallada de la herencia que tus padres te han dejado —el Sr. West miró su reloj—. Tengo que irme. De nuevo, mis condolencias por tu pérdida —me abrió la puerta y literalmente me empujó fuera. Agarré mi mochila y abrí la puerta, aunque el conductor ya la había agarrado para ayudarme.

Saliendo del coche, miré a los cuatro hombres extraños que me miraban desde lo alto de las escaleras. El conductor colocó mi única maleta cerca de mis pies, y los hombres bajaron las escaleras.

Puse el iPod de nuevo en mi mochila y me acogí a mi nueva realidad.

—¿Esto es una escuela? —me las arreglé cuando los hombres finalmente se pararon frente a mí. El aparcamiento estaba lleno de grava, y unas cuantas piedrecitas se deslizaron en mi zapato mientras deslizaba mi pie por el suelo.

—Es un viejo edificio rico en historia —dijo el hombre de pelo blanco y cejas negras gruesas. Le fruncí el ceño, pero le creí—. Le aseguro que nunca encontrará un lugar como Milton —me hizo preguntarme a quién intentaba convencer.

Los otros dos hombres, la extraña pareja, estaban detrás de él, con un aspecto algo tonto mientras ambos sonreían. El que llevaba el traje verdoso parecía un niño muy alto con un bigote grueso, pelo castaño claro en ondas gruesas y un bronceado claro. Sus ojos gris-verdosos me miraban, aunque parecía bastante amistoso. El hombre que estaba a su lado llevaba una camisa blanca de manga larga enrollada hasta los codos, su corbata negra y sus ojos azules me miraban por debajo de las ralas, fantasmales mechones de pelo rubio y cejas apenas visibles.

—Bienvenida, Claudia —dijo el hombre mayor y más grueso mientras me miraba con curiosidad. Inmediatamente me pregunté si él sabía lo que yo podía hacer—. Este individuo conocedor —añadió, señalando al hombre de pelo blanco y cejas negras—, es el Sr. Michael

McClellan, nuestro subdirector —el Sr. McClellan sonrió y asintió con la cabeza.

—Debes ser él. Dr. Edwards —intervine antes de que pudiera presentarse. Pareció sorprendido por un segundo, pero luego sus ojos se suavizaron, y finalmente sonrió también.

Las mentes de su compañero giraban con excitación, y yo las escuché. *¡Es ella! Es su nieta. Es tan hermosa. Ella está realmente aquí.* El Dr. Edwards tenía más control que ellos, pude sentirlo. Tenía el don. Como Padre, como yo. Si era mi abuelo, no había duda de que nuestras habilidades habían salido de él. Pero se abstuvo de conectar conmigo. No era más fuerte que yo, pero se controlaba más que yo. Aún así, sabía que incluso él estaba sobrecargado de trabajo.

La incertidumbre aquí me asustaba. Tenía tantas preguntas, la mayoría de ellas centradas en por qué mi padre había tomado tantas medidas para traerme aquí en vez de dejarme con alguien que conocía.

Miré el edificio detrás de los hombres, dudando en creer que este sería mi nuevo hogar. ¿Sería esta mi nueva realidad también?

—Sí, soy el Dr. Edwards, director de la Secundaria Milton —su sonrisa se amplió lentamente—. También soy tu abuelo.

Los otros hombres me miraron fijamente, esperando mi reacción. No creí que esperaran la desaprobación o la duda que no podía ocultar.

—Mi abuelo…

—Pero eso ya lo sabías —respondió el Dr. Edwards, y yo fruncí el ceño. *¿Verdad que sí?*

Sí, respondí en mi mente, y cuando sus ojos se entrecerraron, me di cuenta de que me había oído tal y como yo le había oído a él.

—¿Por qué no te he conocido hasta ahora? —pregunté en voz alta. Mi estómago se tambaleó. No sabía qué más decir, confundido por el hecho aparente de que les había costado la muerte descubrir la verdad.

—Estoy seguro de que tu padre tenía sus razones —respondió el Dr. Edwards. Frunció el ceño compasivamente, y nuestros ojos se encontraron de nuevo. Compartimos el don, el don que mi padre y yo habíamos compartido—. He estado esperando mucho tiempo para conocerte —añadió—. Ahora, aquí estás.

—Estoy seguro de que tienes muchas preguntas para mí —pestañeé hacia él y traté de mirar en su mente. Fue más fácil de lo que esperaba poder controlarlo. Podía sentir el trance nebuloso dentro de su mente cuando lo tocaba, y se congeló, sin pestañear. Encontré su conversación con padre en sus recuerdos.

—*Sé que has estado queriendo verla...* —*Padre dijo. El Dr. Edwards abrió la boca para hablar, pero padre lo silenció con una fría mirada*—. *Y ahora, aquí está tu oportunidad. Quiero que venga a vivir contigo. Haré que mi abogado haga los arreglos necesarios con el suyo, Sr. West, ¿correcto?* —*el Dr. Edwards asintió*—. *Necesito que la protejas* —*continuó mi padre*—. *Ya no puedo mantenerla a salvo...*

Me empujaron suavemente, liberando el recuerdo. El Dr. Edwards se había liberado. Lo solté, sintiendo que se retorcía como un bajo enredado en una línea.

El Sr. McClellan tocó al Dr. Edwards suavemente en el brazo. Me parpadeó y me pregunté si sabía lo que acababa de hacer.

—Deberías llevar a Claudia a casa para instalarte, Neil. Estoy seguro de que está cansada por su largo viaje.

La sonrisa del hombre parecía un poco forzada.

—Sí, Michael. Tienes razón.

—No te preocupes. Conozco el procedimiento —añadió Michael—. Además, ustedes dos tienen mucho que hacer para ponerse al día.

El Dr. Edwards lo miró y asintió con la cabeza. Detrás de ellos, los otros dos hombres miraban, aún sin ser introducidos. En cambio, me pusieron sonrisas estúpidas, como si estuvieran posando para una foto.

El Dr. Edwards recogió mi única maleta. *Claudia, ven. Déjame llevarte a casa.*

Pasé junto a él y me dirigí hacia los coches del aparcamiento.

—No hagas eso —dije, lo suficientemente fuerte para que los otros hombres pudieran escuchar. El hecho de que nos hubiéramos conectado no significaba que pudiera usar esa conexión conmigo.

El Dr. Edwards no dijo nada. Cuando me acerqué a su coche, supe que no le sorprendía que supiera cuál era el suyo. Me paré junto a la puerta del pasajero del Land Rover, y cuando sacó las llaves, yo mismo abrí la puerta. Solo sonrió, sabía cómo lo había hecho, pero me metí dentro. Se suponía que no debía usar mi don para nada, dijo mi padre. Pero Padre ya no estaba aquí.

3

UN NUEVO HOGAR

El viaje a casa fue tranquilo. Intenté no empezar la conversación con él si no tenía que hacerlo; creo que entendió la idea. El Dr. Edwards vivía en una modesta casa de dos pisos de aspecto sencillo. Parecía demasiado grande para él, pero estaba bien construida.

El vecindario se sentía hospitalario y cálido con la valla blanca de estacas y los coloridos parterres en los jardines delanteros. Los niños iban en bicicleta y lanzaban una pelota a la calle. Había corredores y gente que paseaba a sus perros, y todos parecían conocerse. Era el tipo de vecindario donde los niños habían crecido juntos y vivido en las mismas casas durante mucho tiempo.

El Dr. Edwards parecía fuera de lugar aquí, un hombre viejo y de pelo blanco que vivía solo. Cuando llegamos a su casa, sentí las vibraciones de sospecha en la pareja de al lado cuando salieron del coche.

Ahí está ese viejo loco otra vez.

Oh, Dios. ¿Quién es la joven que está con él?

Me saludaron, pero parecían arrepentirse de haber hecho contacto visual cuando mi abuelo miró en su dirección. El Dr. Edwards le hizo señas, pero sus vecinos entraron corriendo y no nos volvieron a mirar.

No llames la atención…

Es tan extraño…

El Dr. Edwards llevaba mi maleta, y yo tropecé detrás de él en la casa. Me paré en el vestíbulo, mirando mi nuevo entorno. La casa era bastante grande por dentro. Una escalera nos saludó por la entrada, y nos llevó al segundo piso con tres dormitorios y un baño. La sala de estar estaba situada justo al lado del vestíbulo, y el comedor estaba cerca de la cocina al otro lado de la casa. Había sacado este mapa de su mente, igual que había sabido qué coche conducía, como si hubiera estado aquí antes.

Lo seguí hasta uno de los dormitorios. Él entró primero, y yo esperé en el pasillo mientras él ponía mi bolso cerca de la cama grande. Era más pequeña que mi antigua habitación, y ese solo pensamiento me hizo extrañar mi hogar. Traté de ocultar mis emociones, sin querer llorar delante de él.

Los muebles parecían tan viejos como los edificios de la Secundaria Milton. En el rincón había una cómoda antigua con un espejo. La cama tenía un simple marco de caoba y un edredón azul, a cada lado de la cual había dos mesitas de noche con lámparas antiguas. Me sentí como si hubiera llegado a un viejo motel y me hubiera tomado un respiro.

—Espero que esta habitación no sea demasiado pequeña —dijo el Dr. Edwards—. No es mucho, pero es mi casa.

—Está bien, supongo —respondí. El Dr. Edwards me miró. Se esforzaba por hacerme sentir cómoda, lo sabía. Pero no quería su comprensión o su compasión. Quería estar sola. Mi nueva y extraña vida estaba empezando a calar.

—Lo siento —dijo el Dr. Edwards.

Lo miré, abatido por mi propia autocompasión. Supongo que él podía sentir eso… ¿o yo era tan obvia? La mayoría de la gente decía que tenía problemas para mostrar mis emociones pero que en cambio actuaba en consecuencia.

—¿Qué quiso decir mi padre? —me quebré bruscamente—. ¿De qué está tratando de protegerme?

Sabía lo que quería decir, pero aún así se sorprendió por mi pregunta. Lo menos que podía hacer era ser honesto conmigo.

—Hoy no es el momento adecuado para hablar de eso. Necesitas tiempo para llorar —entonces cerró su mente para mí. Yo tiré, y él empujó; le quitó todo lo que tenía, pero retrocedió con fuerza.

El Dr. Edwards respiró profundamente.

—Claudia, tu padre estaba tratando de protegerte de… no quería que te pasara lo que le pasó a él. Por eso te trajo a mí.

—Pero se suponía que íbamos a ir a un crucero… Íbamos a pasarlo en familia. ¿Intentas decir que mintió, que planeaba traerme aquí todo el tiempo?

—No, lo que intento decir es que él solo quería mantenerte a salvo… —parece que no sabía de qué otra forma expresarlo, como se desprende de haberlo dicho ya demasiadas veces—. Hay tanto que necesitas saber —continuó—, pero quiero que entiendas que te lo iba a decir en el momento adecuado. Simplemente no tuvo esa oportunidad. Nada de esto se suponía que iba a pasar. Estaba protegiéndolo a él y a ti cuando lo entregué —él exhaló—. Si alguien falló, ese soy yo…

—Así que, ¿lo planeó todo, solo para conseguir que me quedara contigo? —pregunté.

—Sí. Lo planeamos juntos —frunció el ceño—. Tu padre solo quería prepararte para lo peor. Nunca pensé ni por un minuto… —se detuvo, incapaz de superar su propio luto—. Nunca pensé que lo perdería de nuevo.

Eso me sorprendió. No quería hablar más de ello.

Mi abuelo respiró profundamente. Me acerqué a la ventana. Afuera, el viento soplaba rápidamente; la noche parecía estar llena de movimiento. El sonido del viento nunca me había molestado, pero ahora sí. Estaba enfadada, y parecía enfadada conmigo. Cuando Padre estaba enfadado, los cielos tronaban y se oscurecían. Cuando estaba triste, llovía. Creía que esto era lo normal. A veces, las luces parpadeaban y las bombillas se apagaban o a veces estallaban.

—Recibí un correo electrónico de él unos días antes de que volaras —dijo mi abuelo. Esto me sorprendió—. Quería ir a un crucero. Todos nosotros. Eso era lo que había estado esperando. La oportunidad de conocer a tu padre. Pero creo que él sabía, en el fondo, que nunca tendríamos esa oportunidad… —un suspiro se escapó de su pálida boca—. Por eso hizo todo esto… hizo arreglos en caso de que lo peor ocurriera…

Me dejé caer al lado de la cama. No quería llorar, así que forcé las lágrimas. Afuera, el trueno rugió.

No llores. Eres más fuerte que eso, Claudia... La voz de mi padre se abrió paso a través de mis pensamientos. ¿Era eso lo que realmente había dicho?

¡Basta, Claudia! Tienes que aprender a controlar tu poder. ¿No te lo he dejado claro? ¿Quieres que la gente mala te aleje de nosotros?

—Habló de que la gente mala vendría a llevarme lejos... —dije—. Pensé que era su manera de hacer que comiera mis verduras cuando era pequeña —me reí. El Dr. Edwards sonrió—. Pero son reales, ¿no? —se mordió el labio y bajó la cabeza. No tenía que decir nada; lo sabía.

Mi abuelo me miró.

—No dejaré que te pase nada. Tu padre hizo muchos preparativos para mantenerte a salvo. Para ocultar cualquier registro de tu existencia y lo que puedes hacer.

—¿Cómo?

Se encogió de hombros.

—Conocía a la gente, supongo...

Aguanté las lágrimas, aunque ahora no era nadie. No tenía nombre, ni una familia real. Ni siquiera en papel.

—Tienes una identidad completamente nueva. Y tienes una familia —no quería oír nada más, y creo que él lo sabía. Bajé la cabeza, las manos en el regazo, y finalmente dejé que las lágrimas trazaran los lados de mis mejillas. Me limpié en ellas. ¿Quién era yo?

Mi nieta.

Lo miré, pero el Dr. Edwards no lo repitió en voz alta.

—No estás lista para ir a la escuela mañana —dijo en su lugar—. Deberías quedarte en casa. De hecho, no creo que debas ir a ninguna parte. Necesitas tiempo para llorar.

—¿Qué diferencia hay? —susurré. Había dejado de luchar. Un rayo iluminó el cielo, el trueno siguió como un sabueso gruñendo, y finalmente comenzó a llover.

Incapaz de pensar en qué decir, el Dr. Edwards se acercó a la puerta. Me miró, respiró hondo y giró lentamente el pomo. Antes de salir, dijo:

—Solo quiero que sepas que estoy muy feliz de que estés aquí. Hablaremos más… cuando puedas. Hay tanto más que necesitas saber sobre quiénes somos…

Lo miré, perpleja por sus palabras e insegura de qué decir. Quería decirle algo malo, pero no lo hice. Me dejó en silencio.

4

LA PRESENCIA

ESCUCHÉ LA LLUVIA A TRAVÉS DE MI VENTANA Y SENTÍ A ALGUIEN SENTADO AL LADO DE MI CAMA. Se sentía como la presencia de mi padre, pero mi corazón se sentía demasiado pesado…

Claudia… Sonaba como mi padre.

—¿Hola? —susurré a la sombra, parpadeando y tratando de adaptarme a la oscuridad. Me senté y busqué la luz para encontrar a un hombre de pelo rubio y ojos azul pastel que me miraba fijamente. Una sonrisa malvada curvó su boca, y sus ojos parecían atravesar mi alma. No lo reconocí, pero me sentí conectada a él de alguna manera incluso más que a mis propios padres. Me asustó.

Por fin te encontré. Te encontré… Eres la fuente… eres la persona que he estado buscando. Y no voy a dejarte ir… Él me alcanzó, y yo grité.

Me desperté, dándome cuenta de que estaba sola en mi cama. Cuando me senté, alguien llamó a la puerta. Me restregué los ojos, agradeciendo que solo hubiera sido un sueño. ¿Quién era ese extraño? ¿Por qué lo conocía? ¿Cómo lo conocía? La sensación de conocerlo de alguna manera era demasiado fuerte para ignorarla, pero me preguntaba si era verdad. Llevaba un traje blanco, que yo recordaba, con una corbata roja y una camisa negra de seda. No podía recordar su cara más allá del pelo rubio y los ojos azules.

El llamado se repitió, sorprendiéndome.

—¿Claudia? Claudia, me voy a trabajar ahora —la voz de mi abuelo sonaba temblorosa y nerviosa—. Voy a la escuela… a Milton. Entiendo si prefieres quedarte en casa. Me parece bien. Me parece bien que te quedes en casa hoy o por el tiempo que necesites —luego se quedó callado por un momento. No pensaba responder. Me imaginé que entendería la indirecta—. Dejo mi número, por si acaso —añadió—. Usa el teléfono fijo si no tienes tu propio celular —puse los ojos en blanco—. Bien, me voy ahora. Hay mucha comida en el refrigerador si tienes hambre —después de más silencio, le oí bajar las escaleras, abrir la puerta, y después de una breve pausa, volver a cerrarla.

Yo estaba sola.

Durante el resto de la semana, cada mañana parecía empezar de la misma manera. El Dr. Edwards se iba, y yo me quedaba en mi habitación. Nunca le contesté cuando llamó a mi puerta, sin importar la hora del día. Cuando se fue, finalmente dejé mi habitación para registrar la nevera, coger lo que necesitaba y volver a subir a comer. Solo volví a salir para poner los platos sucios en el fregadero, pero siempre cuando él no estaba cerca.

En la cena, dejó una bandeja con la cena fuera del dormitorio mientras limpiaba la cocina. Cada vez que abría la puerta para coger la bandeja, volvía a subir las escaleras corriendo para hablar. Pero yo cerraba la puerta detrás de mí y no decía nada.

Volvía a la puerta del dormitorio todas las noches antes de irse a la cama. No sabía qué pretendía hacer, pero solo sentía bondad en su corazón. Aún así, no quería hablar, y no podía decir nada. Se paró en el pasillo y pensó en lo que podría decirme. Le leí sus pensamientos; tal vez él quería que lo hiciera. Se sintió casi como una invitación que pensó que podría consolarme. Había algo que quería compartir conmigo, pero lo dejé fuera antes de que pudiera empezar.

Me alejé de la puerta y aparté sus pensamientos. Solo cuando le oí tropezar y me di cuenta de que debía haberle empujado con fuerza me sentí mal.

También llovió toda la semana, y la oscuridad no desapareció por completo. Las nubes nunca despejaron el hermoso cielo, sin embargo, algo de este día fue diferente; un pequeño rayo de sol cayó ahora a través de las persianas, iluminando la habitación que no me era familiar, la habitación que era solo otra habitación.

Agarré mi mochila; había pasado el día dibujando bosquejos de luz de mis padres, sin querer olvidar sus caras. Quería asegurarme de que siempre los recordaba. Temiendo ahora, como lo había hecho antes de empezar, que había olvidado pequeños detalles de la cara de mi padre, me volví para mirar el dibujo en la mesilla de noche. La había colocado allí el día que llegué, y era la única foto que tenía de ambos.

Los grandes ojos azules de mi padre me miraban desde la foto. Era la imagen de la perfección, con mechones rubios y atrevidos. A menudo me preguntaba por qué no había adquirido nada de su belleza. Me parecía más a mi madre, cuyos ojos oscuros me saludaban desde detrás del mismo marco. Tenía el pelo castaño largo hasta la cintura y una piel bronceada como la mía. Mi padre parecía tan pálido a su lado, pero era tan guapo que no importaba. Nunca me di cuenta de lo perfectos que se veían juntos. Y ahora se habían ido para siempre. Seguía pensando que vería a mi padre, que entraría por esa puerta en cualquier momento y me diría que lamentaba haberme asustado.

Pero eso era solo una ilusión; nunca los volvería a ver. Y cuanto antes lo aceptara, antes podría empezar a vivir.

Pasé unos minutos más dibujando, luego me levanté de la cama y fui a la ventana del dormitorio que había tenido la suerte de llamar mío. Allí, abrí las persianas y miré hacia afuera. El día era brillante y soleado; los niños jugaban al otro lado de la calle, otros iban en bicicleta. Parecía un día agradable y normal. El vecindario era hermoso, realzado por las grandes y caras casas de lujo que se alineaban en la calle y las puertas metálicas de acceso que requerían códigos de entrada para abrirse.

Me alejé de la ventana, sintiéndome como un prisionero. Pero eso fue principalmente mi culpa. Tal vez era hora de salir de esta prisión y conocer a mi abuelo. Temía la idea, pero no tenía otra opción.

Tomé un respiro, miré la foto de mis padres y abrí la puerta del pasillo.

5

EL DON

ESTABA EN LA COCINA, TOMANDO LO QUE PARECÍA un desayuno tardío, cuando bajé las escaleras. Entré en la puerta vestida con un par de vaqueros oscuros y una camiseta y un jersey floreados, con el pelo largo cayendo en cascada por mi espalda.

El Dr. Edwards se levantó y sonrió, y pensé en qué decirle. Debí parecer una adolescente malcriada. Pero estaba avergonzada e incómoda por haber actuado como lo hice. Tal vez debería escuchar lo que tenía que decir. Tal vez debería darle la oportunidad de decirme lo que estaba hirviendo en su mente para revelarlo.

—¿Quieres desayunar? —preguntó. Un suéter de algodón oscuro cubrió su camisa blanca. El aire acondicionado parecía funcionar muy bien, ya que ambos habíamos necesitado capas extras. Me puse el suéter azul sobre mi propia blusa floreada.

Lo miré y asentí lentamente. Inmediatamente, agarró huevos, tocino y papas fritas del refrigerador.

—¿Quieres huevos y tocino? —preguntó educadamente, volviéndose con el cartón de huevos ya en la mano.

—¿Tocino? —había dejado de comer cualquier tipo de carne roja; mi madre pensaba que era algo lindo, y mi padre pensaba que estaba pasando por una fase.

—¿Tocino de pavo está bien? —preguntó. ¿Me había leído? Asentí con la cabeza. Puso el tocino a un lado en el mostrador, luego tomó un tazón para batir dos huevos y seguir haciéndome el desayuno.

Me senté casi inmediatamente en el lado opuesto de la mesa, y él sacó el jugo de naranja para servirme un vaso antes de que repentinamente pareciera darse cuenta de que no había preguntado si yo quería.

Cuando me lo pidió, asentí con la cabeza y cogió un vaso del armario superior. Lo sirvió y lo puso cerca de mi mano con tanto cuidado que intenté leerlo y encontré su mente preguntándose, buscando pensamientos descartados, amenazas perdidas. Estaba aturdido y distraído por ellos, tratando de diseccionarlos mientras sacaba cada pensamiento de su mente. Me perdí en el momento, tratando de conectar sin ser notada; también lo había intentado con mi padre. Pero él lo controlaba mucho mejor.

Sentí que mi abuelo podía perderse fácilmente en su propia mente, pero por alguna razón, parecía tener un gran control actualmente. Pensaba lo mismo, y eso lo desconcertaba. Entonces me miró, y por un momento, conectamos. ¿Fui yo la razón por la que ambos pensamos? Sabía que le estaba leyendo, lo que me tomó por sorpresa; no conocía a nadie más que a mi padre y a mí que pudiera hacer esto. Y ahora aquí estaba este hombre, mi abuelo, tratando de conectarse de la misma manera.

Había algo diferente en entrar en esto con él, y yo sabía que él también lo sentía. ¿Fue porque era mi abuelo? Se sentía como el hombre de pelo rubio de mi sueño, aunque con el Dr. Edwards, se sentía aún más fuerte. No podía explicármelo, pero ese pensamiento me hizo feliz y me asustó.

Dio la vuelta al tocino, cogió un plato de la estantería y añadió los huevos a la segunda sartén. Sentí que se preguntaba qué podía decir para romper el inusual silencio que nos roía a los dos.

Claudia, escuché un susurro en mi mente. Al principio, traté de ignorarlo. Pero sabía que era él tratando de comunicarse. ¿Cuántas veces me había regañado y advertido mi padre? *Nunca uses tus habilidades frente a ellos. Si te llaman en pensamiento, no les respondas.*

Solía hablarle a tu abuela de esta manera.

Pestañeé al Dr. Edwards; no iba a dejarlo pasar.

—¿Dijiste algo? —le pregunté en su lugar.

Me miró fijamente.

Claudia...

Me levanté, alejándome de la mesa.

—No voy a hacer esto contigo.

—No tienes que tener miedo —dijo, lamentando su intento para invitar a una conversación entre nosotros.

—No tengo miedo —dije, volviéndome hacia él. Era más que el miedo, pero mi padre me había enseñado algo para no desobedecer nunca. Lo empujé contra él, y la vibración de eso lo hizo retroceder.

Sacudió la cabeza y puso una mano en el mostrador para estabilizarse. *Es más fuerte de lo que pensaba...* susurró su mente. Aunque tenía la habilidad, como mi padre y yo, no nos iba a acercar más, si eso era lo que él esperaba.

—Mi padre y yo podríamos hacer eso —dije—. Solíamos tener nuestras pequeñas conversaciones, solo nosotros dos. Era la única vez que se me permitía usarla. Él nunca quiso que lo usara en ningún otro lugar. Decía que la gente me temería, no me entendería —me encontré con su mirada. ¿Por qué pensé que necesitaba una explicación? Incluso cuando me dije que no lo hiciera, empecé a llorar—. Y ahora se ha ido. No quiero volver a usarlo nunca más.

—Claudia, tienes un don. Un maravilloso don... tu padre hizo lo que hizo para protegerte.

—¿Protegerme de qué? Todo lo que sigo escuchando es que él quería protegerme. ¿De qué? —me quebré. Mi abuelo se estaba conteniendo otra vez; tenía miedo, y yo quería saber lo que temía. Él y mi padre parecían estar aterrorizados por lo mismo—. Entonces me manda a vivir contigo... —bajé la cabeza—. Y en el momento en que nos separamos, él está muerto.

—¿Crees que todo esto es culpa tuya? —preguntó el Dr. Edwards, sorprendido por mis palabras.

¿De quién más podría ser la culpa? Padre tenía un dicho, *Juntos somos más fuertes, unidos estamos unidos, la fuente de mi fuerza eres tú.* Siempre pensé que era una frase tonta, pero ahora significaba mucho. Ahora, empezaba a preguntarme cuánto más significado podría tener.

—Si no me hubiera enviado lejos, todavía estaría vivo —declaré.

—No puede creer que seas el culpable de esto. Tu padre no hubiera querido que creyeras esas tonterías —mi abuelo se giró de repente para ver que se estaba quemando el tocino. Sacó la sartén del mechero, y luego tiró mis huevos terminados en un plato—. Lo siento. Haré otros —tiró el tocino quemado a la basura, y luego empezó de nuevo.

—No te molestes —le dije. Había perdido el apetito.

—No, no pasa nada —tomó más tocino de la nevera y volvió a añadir unas cuantas lonchas más a la sartén. El tocino comenzó a chisporrotear bajo el aceite de cocina una vez más. Las papas fritas se habían hecho junto con los huevos y también los tiró en el plato. Por lo que pude ver en el mostrador de la cocina, ya había hecho algunos panqueques. Uno de ellos lo añadió a mi plato con un tenedor, y luego miró fijamente el plato con los ojos abiertos, como si se diera cuenta de que parecía demasiada comida mientras dejaba el plato delante de mí.

A regañadientes me senté de nuevo. Tenía hambre, y esa fue la única razón por la que me senté de nuevo.

Entonces alguien llamó a la puerta. Miré a mi abuelo, que me devolvió la mirada sorprendida e interrogante. Obviamente no había estado esperando a nadie.

6

HISTORIA FAMILIAR

VI A MI ABUELO LLEGAR A LA PUERTA. La comida que había puesto en la sartén estaba chisporroteando de nuevo. Me levanté, fui a la estufa y volteé el tocino con el tenedor que había dejado fuera. Se sentía casi normal, aunque estaba seguro de que nunca más me sentiría normal. Mi padre había muerto. Mamá estaba muerta. Vivía con un extraño, aunque no era un extraño cruel. Suspiré, dándome cuenta de que estaba siendo injusta con este hombre.

Volvió con un gran sobre blanco, que colocó en el borde de la mesa del desayuno. No me di la vuelta para mirarlo, pero pude ver que me estaba mirando. Tal vez estaba buscando un poco de Padre en mí.

Lo sé. Casi me salpico la grasa del tocino cuando se me cayó el tenedor. Sabía que podía hablarme como Padre, pero me inquietaba cada vez. Me incliné para recoger el tenedor del suelo, murmurando una disculpa.

—Está bien, Claudia. Toma, puedo arreglarlo.

Él dio unos pasos hacia mí, y yo me volví a la mesa. El tintineo de los cubiertos y los platos de cristal llenó el silencio entre nosotros, y me trajo el pequeño plato de tocino añadido a la ya considerable cantidad que había puesto delante de mí. Me lo comí, mi cuerpo me dijo que

28

tenía hambre, pero mi cerebro se desesperó por volver a comer en un mundo sin mis padres.

El abuelo deslizó el sobre hacia mí.

—Estos documentos son del Sr. West. Información sobre la herencia que recibirás en tu vigésimo primer cumpleaños.

Miré fijamente el papel blanco y todo lo que implicaba. Era dinero manchado de sangre. Preferiría tener a mis padres. Fruncí el ceño, al darme cuenta de que estaba actuando como un bebé. No era un bebé, y luego lo sentí… el abuelo me contactó con la mente, tratando de averiguar lo que estaba pensando. No sabía si se daba cuenta de que lo estaba haciendo, o incluso si sabía que yo lo notaría.

—Deja de hacer eso —le dije. Parecía confundido—. Estás tratando de leer mi mente. No funcionará.

Se ruborizó y miró hacia otro lado.

—Lo siento. No quise hurgar. La mayoría de la gente, ya sabes, no se da cuenta cuando otra persona toca su mente.

Me encogí de hombros. Lo sabía perfectamente, y mi padre me había dicho que no hiciera esas cosas. Era peligroso; nos haría daño. Le había hecho daño a él. Me di una sacudida mental. No lo sabía con seguridad, solo lo suponía. Tomé un trozo de tocino y lo mastiqué lentamente.

—Hay una historia en nuestra familia de esta habilidad.

—Mi padre me lo dijo —mentí. Por supuesto que no lo hizo. Siempre se había negado a hablar de ello.

—Esperaría eso de él. Él conocía los peligros. Por eso te envió a mí —otra vez esto. El abuelo no iba a dejarlo pasar—. Hay… cosas que nos persiguen —intenté escuchar, pensando que podría revelar algo que Padre nunca tuvo.

—¿Cosas? —le respondí, sonando incrédulo incluso para mí mismo.

—Sí —dijo—. Hay más en este mundo de lo que se ve a simple vista. Nuestro poder es muy antiguo y especial para este mundo. Hay… bueno, supongo que son personas a su manera. Nos buscan desde el otro lado del sistema solar. Se sienten atraídos por nosotros.

—¿Extraterrestres? —dije—. ¿En serio? —bien, ahora no sabía qué creer, pero sentí que él lo creía.

—Sí y no —la comisura de su boca se giró hacia abajo—. No estoy explicando esto muy bien.

Le fruncí el ceño.

—No —me negué a mencionar la palabra "loco".

—¿Tu padre nunca te dijo nada?

—Me dijo que no mostrara mi habilidad, que había gente que me alejaría de él... —y esa era la verdad, arraigada en mí desde la temprana edad de cinco años. Recordé las palabras de regaño de mi guapo padre gritándome delante de mi escuela primaria. Escondí mis recuerdos de mi abuelo, pero él había vislumbrado lo que yo quería olvidar.

—Sí, también están esos —dijo—. Científicos. Otros que nos usarían para sus propias prioridades... para cosas no tan buenas.

—Esto es una locura —basta. Todo el asunto sonaba absurdo. Me extendió la mano y me la tocó, deseando que la escuchara. Mis ojos se abrieron de par en par cuando su piel tocó la mía. Detrás de su hombro, vi una figura oscura y corpulenta, su cara se oscureció por una profunda capa. Una mano esquelética asomaba de una manga oscura, y una guadaña imposiblemente grande llenaba la cocina. La cabeza giró sus ardientes ojos blancos. Tiré mi mano hacia atrás. La visión se había ido. *La oscuridad* que había visto allí...

El abuelo me miró con los ojos muy abiertos.

—¿Qué viste? —preguntó. Trató de alcanzarme y tocarme de nuevo.

—No vi nada —las palabras salieron en un chirrido. Definitivamente no quería que nuestro contacto convocara a esa horrible criatura a la cocina, que por lo demás es normal—. ¡No sé *nada*! —grité, de pie desde la mesa. La visión se quedó en mi mente. Padre a veces también podía sentir esas cosas; debe haber sido una visión del futuro. Yo podía hacer eso algunas veces, pero solo en retazos de momentos que no tenían sentido, como un rompecabezas que tenía que armar yo mismo.

El abuelo me miró desde el otro extremo de la mesa, con la frente fruncida por la preocupación. Se veía tan frágil, y alrededor de los bordes, era obvio que era el padre de mi padre.

—Claudia, todo estará bien. Te mantendré a salvo.

Mi padre solía decirme eso también.

—¿Cómo?

—Nuestras habilidades pueden darnos advertencias. Premoniciones —nos hacía sonar como si fuéramos adivinos o videntes de bolas de cristal. Era absurdo.

—No creo en los cuentos de hadas.

—Esto no es un cuento de hadas, Claudia. Sabes que tu habilidad es real. *Sabes que puedes oír mis pensamientos, así como yo puedo oír los tuyos. Cuando me dejas.*

Me di la vuelta, sin querer que me viera la cara. Mis manos temblaban. Fui responsable de la muerte de mis padres; no lo dudé. Y ahora iba a herir a este hombre que acababa de entrar en mi vida. Mi abuelo.

—Me estás asustando —me tendió la mano otra vez, pero yo me alejé más de su alcance.

—Por favor, no… —susurré—. ¿Y si te hago daño a ti también? No quiero hacerte daño como les hice a ellos…

Él me parpadeó, finalmente pareció darse cuenta de lo que yo sabía.

—Claudia, esto no es obra tuya. No tienes nada que ver con esto.

Lo miré fijamente.

—¿Cómo puedes estar seguro?

Hizo una pausa como si no supiera qué decir.

—¿Qué viste? Por favor, Claudia, solo quiero prepararte para lo que pueda venir. Quiero contarte las cosas que sé —tomó un respiro, considerando sus palabras, consciente de mi miedo—. Pero esperaré hasta que estés lista —dijo finalmente—. La muerte de tus padres no fue tu culpa. Solo recuerda que tienes un *don*. Debes aprender a controlarlo. Te mostraré cómo. Cuando estés lista.

Era la segunda vez que lo decía, y yo no lo creía más que la primera vez. Si estas premoniciones que mencionó fueran reales, me habrían advertido. Habría sido capaz de evitar que mi padre y mi madre me enviaran lejos. No estaría sentada al otro lado de esta mesa con esta loca relación que no sabía que tenía.

Me puse de pie otra vez.

—Me voy a mi habitación —me dejó ir.

Cuando llegué al final de las escaleras, le devolví la mirada. La sombra estaba allí otra vez, colgando sobre su cabeza. Me estremecí y traté de pensar en otra cosa.

7

EL BALANCE

EL COCHE LLEGÓ A UNA PARADA EN EL APARCAMIENTO DE LOS PROFESORES BAJO un cartel que decía *Dr. N. Edwards*. Me senté en silencio. No había dicho una palabra en toda la mañana. Sentí que mi abuelo esperaba que al final del día pudiéramos hablar. Había más cosas que discutir, más cosas que quería compartir conmigo. Yo también quería hablar, pero tenía miedo. Él no creía que yo fuera responsable de lo que le había pasado a mis padres, pero yo estaba segura de que era mi culpa. Ahora, temía que lo lastimara de alguna manera extraña. Había visto algo en esa cocina. Y tenía malicia.

—¿Te gustaría que entráramos juntos en el edificio? —sugirió con una sonrisa.

Yo quería, pero no podía permitirme acercarme demasiado.

—Quiero... pero tengo miedo —confesé, sentada muy quieta y mirando mi regazo.

—Claudia, no hay razón para tener miedo.

—No lo entiendes —quise decírselo, pero el recuerdo aterrador de esa sombra me congeló en el silencio. Contarlo empeoró las cosas. Volví a mirarlo, con las lágrimas en los ojos—. Cuando veo algo —empecé—, cuando veo... estas cosas extrañas... se vuelven reales —a menudo sospechaba que eso sucedía porque había estado viendo el futuro. La semana antes de que mis padres murieran, soñé con volver a casa y no poder encontrarlos, metido en nada más que una casa vacía. No creía que hubiera nada de malo en que se fueran. Nunca se lo había dicho a mi padre; nunca había querido hacerlo, esperando que al no decir nada, no sucediera. Entonces podría considerarlo como otro mal sueño. Cogí mi mochila del suelo del coche.

—¿Qué viste? —preguntó otra vez.

—No quiero decirlo.

Asintió con la cabeza, con una comprensión sorprendente en sus ojos. Tal vez el vínculo entre nosotros era más fuerte de lo que quería admitir. ¿Realmente lo entendió?

—¿Sabes dónde están todas tus clases? —preguntó en cambio, apagando el motor del coche.

—Sí, lo sé… —ahora, de repente, me sentí mal por lo que le había dicho cuando nos conocimos—. Siento lo que dije… al principio —me sentí como un mocoso ahora. Nada de esto fue culpa suya.

—Sé que solo intentas ser amable conmigo… —él sonrió. Sentí la paz en su corazón, un calor que había salido de mí. Tal vez podría llegar a entenderlo. Yo quería hacerlo—. Estaré aquí cuando estés lista para hablar —añadió—. No puedo imaginar lo difícil que es ser enviado a vivir con alguien que no conoces.

—¿Podemos intentarlo después de la escuela? Para hablar, quiero decir. —quería tratar de entender que este hombre que conocía no llevaba nada más que bondad en su corazón.

Asintió con la cabeza.

—Claro. Realmente me gustaría eso.

Salimos del coche y subimos juntos las escaleras y entramos en la entrada de la escuela. Nos detuvimos al final del pasillo, que estaba lleno de estudiantes. Tragué con fuerza, el pánico se apoderó de mí, y esperaba que esto no provocara *el don*, para usar las palabras de mi abuelo.

Una mano se posó en mi hombro, y el caos se instaló dentro de mí, la seguridad y la calma aliviaron mi ansiedad.

Tenemos el poder de aliviar los miedos de los demás. Conectamos… Los fuertes ayudan a los jóvenes, los sabios ayudan a los menos informados, pero a veces funciona al revés. Al igual que tú me ayudas a mí. Esta fuente equilibra a todos los demás y da fuerza a nuestros dones...

Tu fuerza, Claudia, me da control sobre mi poder. Y a cambio, nuestro vínculo te proporciona una guía y te ayuda a aliviar tus propios miedos.

Así que nos estábamos alimentando el uno del otro.

En cierto modo, respondió. *¿Entiendes?*

Creo que sí, dije.

Me dejó ir a caminar solo; conocía la rutina. Me volví hacia él.

Hablaremos más tarde...

Me gustaría eso. Se volvió hacia mí y sonrió.

—¿Te veré en el almuerzo?

Asentí con la cabeza y entré en el salón lleno de gente, dejándolo en la puerta.

8

LA SOMBRA EN EL PASILLO

ME APRESURÉ A TRAVÉS DEL PASILLO. Estaba empezando a entender al Dr. Edwards mucho más de lo que esperaba. Tenía miedo de decirle lo que había visto en su cocina; tenía miedo de decir que lo haría realidad. Él sabía ahora, sin duda, que yo había visto algo, pero obviamente no sabía qué.

Ahora, me encontré queriendo aprender de él, especialmente las cosas que mi padre no me había revelado. La idea me aterrorizaba, pero al mismo tiempo, estaba lista para aprender quién era, qué podía hacer. Leer mentes y mover objetos era una gran parte de ello, así como sentir emociones – sentir el dolor de otros. Intenté no hacerlo, pero la conexión estaba ahí, atrayéndome a la energía de otros seres. Las personas dotadas como mi padre y mi abuelo tenían una conexión aún más fuerte, un vínculo conmigo y con los demás, tal como mi abuelo lo había explicado.

Papá era un poco menos complicado. Podía leer las mentes y mover objetos, y esa era la magnitud de su don. Mi padre tenía una palabra para ello: "mindsifter". A menudo pensaba en las películas de La Guerra de las Galaxias cuando escuchaba esa palabra, y al principio se irritaba conmigo y con el hecho de que no me tomara las cosas en serio.

Mientras caminaba por la escuela secundaria, las miradas se

volvieron para ver a la nueva chica, incluso cuando atravesé las puertas laterales y pasé por la entrada de la cafetería. Ellos sabían quién era yo mucho antes de que entrara. Se podría pensar que era una especie de celebridad.

¿Eso fue algo bueno? Era la nieta del director. Qué extraño, en un momento estaba comiendo cereales en la mesa de desayuno de mi familia, y al siguiente estaba yendo a la escuela en un día ajetreado con un abuelo que acababa de conocer. La vida era extraña. Estaba sola. Siempre me había sentido así, sola incluso con mi familia. Siempre me había faltado algo en mi vida. No sabía qué, pero una gran parte de mí se sentía perdida. Aunque todavía extrañaba a mis padres ferozmente, no podía decidir si mi vida había terminado con sus muertes o si acababa de empezar.

El pasillo se extendía hacia adelante, multitudes de estudiantes se extendían para hacerme un camino, mirándome fijamente mucho después de que los pasara. Anhelaba la soledad, un lugar donde esconderme de todo esto, antes de perder el control. No podía detenerlo cuando estaba enfadada o triste. No sentía que sería capaz de detenerlo ahora. Pero no conocía este lugar; no tenía ni idea de a dónde ir. No era justo.

Entonces, una vez más, la voz de mi padre encontró su camino en mi mente, su imagen se quemó en mis pensamientos para siempre. Se paró frente a la puerta de mi dormitorio, diciéndome que nos íbamos a mudar.

—Pero me gusta mucho Trent, padre —le dije—. ¿Por qué tenemos que irnos?

—Porque eres mi hija, y no les voy a dar a mi única hija. Ya lo he dado todo, y esto es demasiado. Esto termina aquí.

No entendí la mayor parte, pero no tenía que hacerlo, porque estaba tan segura de que mi padre sabía lo que era mejor para mí.

—No es justo —había protestado, y él vino a sentarse a mi lado en mi cama.

—La vida no es justa, pero haces lo mejor que puedes con lo que se te da, cariño.

Me sabía las palabras de memoria.

Subí corriendo las escaleras, esperando encontrar un lugar privado.

Me encontré con el baño de chicas a la vuelta de la esquina en el segundo piso, donde me agaché en el último puesto vacío y me derrumbé. No pude hacer nada más que llorar. Por encima de mí, las tuberías temblaban y gemían con el sonido de mis sollozos, y pensé que estallarían.

—¡Basta! —grité, y las tuberías se asentaron al instante. En medio del silencio, la campana sonó, penetrando en mis pensamientos. Escuché voces de estudiantes en los pasillos, corriendo de un extremo al otro, puertas y armarios dando portazos, zapatillas deslizándose por el suelo de cera, y por último, el silencio… salvando el sonido de mi propia respiración.

Por un breve segundo, permaneció así. Pero entonces la puerta del baño se abrió lentamente, y escuché un extraño silbido, una pegajosa y todavía espeluznante melodía. Los pasos siguieron, haciendo eco en los azulejos del suelo del baño. El silbido subió de tono, desapareciendo lentamente, y luego comenzó de nuevo. ¿Era esa la canción principal de Barrio Sésamo?

Me quedé callada, escuchando en silencio y esperando que quienquiera que fuera se fuera rápidamente. El silbido continuó cerca de los lavabos hasta que oí el grifo abierto y el agua salpicando en el lavabo.

Miré a través de las grietas del puesto pero no pude ver quién era ni dónde estaban. Escuché unos pasos más, y luego una figura apareció a la vista. Un hombre alto, delgado y rubio vestido con un traje negro y una corbata roja estaba de pie frente a los lavabos y los espejos. Parecía bastante normal excepto por el simple hecho de que estaba en el baño de chicas de un instituto.

Las palmas de mis manos se pusieron sudorosas, y tuve que recordarme a mí misma que no debía contener la respiración.

De una manera increíblemente robótica, inclinó ligeramente la cabeza y miró fijamente su propio reflejo, como si se estuviera mirando a sí mismo por primera vez. Sus grandes, oscuros y apagados ojos casi parpadearon, y curvó sus delgados labios en una mueca torcida. Podía ver el definido pómulo hundirse en los lados largos e internos de su pálido rostro.

Pasando un dedo por su frente, el desconocido agarró una toalla de papel, se limpió las manos y se enderezó la corbata. Su reflejo parpadeó ligeramente, distorsionando su imagen por solo un momento. Más allá de los ojos huecos y el cráneo de porcelana, se formó una fila de dientes en una cabeza encapuchada en el espejo, cuyo reflejo lo miraba fijamente.

Casi me caigo contra la puerta de la cabina y me atraganté con un grito. El corazón me latía en el pecho. ¿Realmente acabo de ver eso?

Las luces encima de mí parpadearon de nuevo, y luego se detuvieron. Una sola lámpara de techo se apagó por completo. Le eché un vistazo, aterrorizada.

Oh, tienes que estar bromeando, pensé, mirando a la lámpara. Si no temía a la oscuridad, la luz había sido mi única protección.

El silbido continuó. Me quedé helada, tratando de controlarme, y cuando la melodía se detuvo abruptamente, volví a apretar mi cara contra la grieta de la cabina. Nuestros ojos se encontraron en el espejo, y me tiré contra el inodoro. No había duda de que me había visto. Por supuesto que sí.

Sintiéndome valiente y estúpida, me asomé de nuevo por el retrete y encontré el baño vacío, al menos lo poco que podía ver.

—Boo —un par de ojos azul oscuro aparecieron al otro lado de la rendija de la puerta del baño. Grité y volví a tropezar. Una tubería estalló sobre mi cabeza, y por un momento, me quedé allí, mirando la puerta del baño y no podía moverme mientras el agua me salpicaba la cabeza. Pero no pasó nada, y cuando finalmente abrí la puerta y salí, no había nadie. Estaba completamente sola otra vez.

La luz sobre el espejo parpadeó cuando di un paso adelante. Ahora estaba de pie en el mismo lugar donde él había estado. No creí que nunca olvidaría sus ojos y esa sonrisa inteligente y sabia.

El único reflejo que ahora me miraba era el mío propio. La luz volvió a parpadear y en el espejo lo vi parado detrás de mí en un puesto abierto, fijándome con la misma mirada enferma. Las luces se apagaron por completo, y me di la vuelta para enfrentarlo. Mis manos agarraron el lavabo detrás de mí mientras me empujaba contra él. Pero él se había desvanecido otra vez.

Ya se había formado un pequeño charco en el interior de la caseta donde me había escondido, y la puerta se abrió un poco más. El sonido del agua que salpicaba de la tubería rota evitó que me volviera loca. *Sentí* que algo me miraba desde la oscuridad, esperando en silencio.

Entonces sonó el timbre. Asustada, cogí mi mochila y salí corriendo al pasillo.

Me apresuré hacia un pequeño balcón abierto que daba al primer piso. Debajo de mí estaba la entrada del auditorio, al lado de la cual estaba pintado *Vamos Búfalos* y un dibujo animado de un búfalo soplando nubes de humo por sus fosas nasales.

Allí estaba el hombre del traje negro y la corbata roja, de pie contra la barandilla. Por alguna extraña razón, sentí que me estaba esperando. Cuando su mirada se encontró con la mía, pareció hacerme un gesto para que avanzara. Un escalofrío me recorrió el costado de mi brazo mientras sus vacíos ojos azul oscuro me miraban casi a través de mí. Como una aparición fantasmal, sus labios se separaron ligeramente para susurrar algo que no pude oír. ¿Nadie más pudo ver esto? Me señaló con un dedo huesudo, y sus ojos sonrieron y bailaron desde esa mirada hueca y fría.

Tú… Te he estado buscando.

Me alejé, cayendo en el camino de otros dos hombres que venían por el pasillo. Aterrorizada, me di la vuelta, y por un momento, ninguno de ellos dijo una palabra. El hombre más alto, con un abrigo verde, hizo una ola. Era un poco difícil de ignorar mientras se erguía frente a mí.

Su rubia compañera, la que había muerto por Ed Harris, sonrió.

—¿No tuviste problemas en encontrar tus clases, Claudia? Siento que no hayamos tenido la oportunidad de presentarnos. Soy el Sr. Claypool, y este es el Sr. Vasquez. ¿Estás bien? —el señor Vásquez me sonrió cálidamente.

Asentí con la cabeza, todavía temblando. Miré hacia la barandilla, pero el hombre del traje negro y la corbata roja no estaba. Intenté dejar de temblar, esperando que no hicieran más preguntas; no creí que fuera capaz de decir nada coherente.

Sin embargo, no pude encontrar ninguna respuesta para él, y deseaba no haber tenido nunca esta visión. Era imposible ahora sacudir la sensación de que se suponía que no la había visto en absoluto. *Tú… Te he estado buscando…* había dicho. ¿Qué significaba eso?

—No dudes en pedirnos ayuda, ¿vale? —el Sr. Claypool dijo. El Sr. Vásquez asintió con la cabeza, moviéndola. Sus labios parecían desaparecer bajo su grueso bigote.

Ni siquiera parecieron notar mi pelo y ropa mojados hasta que unos estudiantes se apresuraron a decirles que el baño de las niñas se estaba inundando. Entonces me devolvieron la mirada, mirándome de arriba a abajo, y los vi juntar las piezas.

—Ah, Claudia. ¿Por casualidad sabes algo de esto?

Manejé una sonrisa medio culpable, y los tres miramos el rastro de huellas húmedas que venían del baño.

El Sr. Claypool y el Sr. Vásquez me llevaron a la oficina de mi abuelo. Miré a mi alrededor, perdiéndome en los premios y fotos de su pared. Mi abuelo estaba en su escritorio, hablando con Michael, y ambos se volvieron hacia nosotros cuando entramos.

—Hola de nuevo —dijo Michael. Solo le sonreí antes de que pareciera despedirse y se dirigiera hacia la puerta—. Hablaré contigo más tarde, Neil.

—No te olvides de la cena en mi casa esta noche. El Sr. Claypool y el Sr. Vásquez, ambos están invitados también… —mi abuelo frunció el ceño y entrecerró los ojos cuando notó mi pelo húmedo. El Sr. Vásquez y el Sr. Claypool saludaron con la cabeza a Michael cuando pasó por delante de nosotros.

Los ojos de mi abuelo se dirigieron a los hombres que estaban a mi lado, y luego volvieron a mi cabeza.

—¿Por qué tienes el pelo mojado?

—Señor, una tubería se rompió en el baño de chicas del segundo piso —escupió el Sr. Vásquez, sonando como si hubiera esperado mucho tiempo para decirlo. Miré mis zapatos.

—¿Estás bien? —me preguntó mi abuelo, ignorando el repentino arrebato del Sr. Vásquez.

Su preocupación me sorprendió, y me pregunté si sabía algo… si había dejado algo. Lo miré y asentí con la cabeza.

—¿Qué ha pasado? —preguntó, y su ceño frunció más profundamente. Esta empatía extrañamente precisa siempre fue extraña para cualquiera que no conociera el don como nosotros. Pero nosotros lo sabíamos. Siempre lo supimos. Él sabía que yo había visto algo.

—No sé… —le dije—. Vi algo… Realmente no lo sé. —le rogué silenciosamente que no volviera a preguntar, aún aterrorizada por lo que pasaría si lo decía en voz alta.

—Señor, si me permite —dijo el Sr. Claypool—. Esas tuberías son bastante viejas. Es mejor que exploten ahora para que podamos pedir dinero en el presupuesto para reparar el resto.

Mi abuelo asintió con la cabeza; no entendieron nuestro dolor interior. Sabía que las tuberías no eran un accidente.

—Puedo llevar a Claudia a la enfermería —añadió el Sr. Claypool—. La Sra. Jenkins siempre guarda un par de ropa de repuesto en su oficina para tal emergencia.

—Es una buena idea —mi abuelo se acercó a mí y me puso una mano en el hombro. Miré a sus ojos tristes y parados—. ¿Estás segura de que estás bien? —preguntó otra vez. Asentí con la cabeza. Respiró hondo, y luego pareció tomar una decisión—. Hay algo que necesito darte. Algo de lo que deberíamos hablar. ¿Te parece bien?

Le miré a los ojos, y sus imágenes inundaron mi mente. Tenía el cristal en su mano, que brillaba en rojo y a veces en azul-rojo por el peligro, azul por la paz. El cristal proyectaba emoción y advertía del peligro inminente, como un extraño y poderoso anillo de humor. Cualquier sombra, cualquier presencia, se retiraba rápidamente de la luz del cristal.

—¿Entiendes? —dijo mi abuelo. Me mostró esa breve imagen de nuevo. Sabía que quería darme el cristal, pero también sentía que con ese gesto se obtenía mucho más que simplemente dármelo.

—Creo que sí —dije. Y ahora tenía mucha más curiosidad—. ¿Te mantiene a salvo? —pregunté.

Asintió con la cabeza.

—Y hace mucho más que eso. Te enseñaré a usarlo. Después de la escuela, hablaremos más —volvió a mirar al Sr. Claypool que estaba parado detrás de mí—. Por favor, que la Sra. Wallace llame al fontanero —dijo—. Dígale que use mi tarjeta de crédito.

—Sí, señor —respondió el Sr. Claypool, girando para irse. El Sr. Vásquez le esperó en la puerta.

Mi abuelo se volvió hacia mí una vez más antes de que me fuera.

—Si necesitas algo, estoy aquí. No importa lo pequeño que sea. Ven a verme, ¿de acuerdo?

Sonreí, sintiendo el calor de su corazón extendiéndose a través del mío. Parecía que ambos compartíamos la conexión por ese breve momento. Estaba resplandeciente. Y sentí que esta era la felicidad que había sido en su vida.

9

CONOCIMIENTOS DE LA ESCUELA SECUNDARIA

LA SEÑORA JENKINS SEGURAMENTE TENÍA UN POCO DE ROPA DE REPUESTO, ropa vieja de los estudiantes que dejaron en el gimnasio. Las había guardado en una caja de donaciones en la oficina de la enfermera.

Después de secarme el pelo con una toalla, revisé la ropa pero no había forma de que me pusiera ninguno. Algunas parecían más antiguas que los setenta.

El timbre sonó de nuevo cuando salí de la oficina de la enfermera. El Sr. Vásquez y el Sr. Claypool estaban en el pasillo, y traté de ignorarlos. Realmente habían fracasado al intentar no parecer tan obvios.

La segunda campana sonó justo cuando entré en mi clase de historia con el Sr. Peterson, y encontré un asiento en la parte de atrás. Esperaba que el profesor no me llamara para presentarse, ya que era la nieta del director en su primer día.

La mirada deslumbrante del Sr. Peterson nunca me abandonó, ni siquiera una vez que tomé mi asiento. Estaba lleno de resentimiento, no hacia mí, sino hacia mi abuelo. *¿Es extraña como su abuelo?* Le oí pensar. *El problema es la falta de religión. Si yo estuviera a cargo aquí, haría algunos cambios… Necesitamos rezar, necesitamos religión en la escuela…*

Sus ojos se desviaron en la otra dirección, silenciando las voces que empezaban a perturbar el aula. Entonces tomó la pizarra de tiza y añadió una tarea.

Algunos estudiantes me miraron, susurrando. Un murmullo de voces parloteaba dentro de mis oídos.

Apuesto a que recibe un trato especial…

¿Desde cuándo el Dr. Edwards tiene una nieta?

—Oye, tú eres Claudia Belle, ¿verdad? —una chica sentada delante de mí giró para mirarme a la cara. Su pelo castaño rizado y lleno de vida caía sobre sus gafas cuadradas de montura oscura. Sorprendida, no respondí de inmediato. Sus palabras habían interrumpido y extrañamente silenciado las voces casi inmediatamente, y no pude concentrarme en nada más que en ella.

—Soy Tina Watkins —ella ofreció una mano. Dudé. ¿La gente todavía se da la mano? — Creo que es genial que seas pariente del director. Apuesto a que puedes salirte con la tuya —exclamó Tina con una sonrisa. Un suspiro de alivio se escapó de mi boca. Esto era un hecho que no había considerado—. Entonces, ¿qué te parece Milton hasta ahora?

Encontré a Tina curiosamente extraña, un poco demasiado entusiasta. Parecía mucho más interesada en mí que en lo que el profesor escribía en la pizarra. El Sr. Peterson le aclaró la garganta para que se diera la vuelta, pero ella solo se enfrentó a él brevemente, arrugando la nariz en respuesta.

Miró hacia otro lado cuando sus ojos se encontraron, lo que me pareció más que un poco extraño. Luego se volvió de nuevo y continuó escribiendo sus propias instrucciones.

—Es interesante… —dije, finalmente respondiendo a su pregunta —. Diferente…

—No sabes ni la mitad de ello —ella se rio.

Intenté concentrarme en la lección, pero era difícil cuando Tina no era la única persona que no prestaba atención. Algunas chicas del otro lado de la clase se rieron, y supe que hablaban de mí incluso antes de que las mirara y arrugaran sus narices en mi dirección. Rachel Westcott -Capté su nombre en mis pensamientos. Ginger y Becky eran las otras dos. Me recordaron una escena de *Chicas Pesadas*.

Tina se volvió a girar para hablar conmigo.

—No dejes que te molesten —dijo.

—No lo hacen —respondí, encontrando su mirada. Ella sonrió, sus ojos me iluminaron, y yo me eché atrás en mi asiento, recibiendo las miradas de las chicas malas de la izquierda y escuchando sus risas. Las luces de arriba parpadearon. Aquí no, supliqué, más risas que resonaban en un lado de la habitación. Por favor, no lo hagan. Algo apareció encima de nosotros, y el Sr. Peterson paró su lección para girar y mirar al techo.

Exhalé. *Respira…* Otro estallido sonó, luego dos más, y las lámparas encima de Rachel y sus amigos chispearon y se apagaron completamente, el vidrio se rompió sobre sus cabezas. Jadeé, Rachel y sus amigas gritaron y se dispersaron, y los otros estudiantes se fueron a los bordes del aula.

Tina se rio. Cuando me volví a mirar hacia delante, ella era la única otra estudiante que seguía en su pupitre, mostrándome una enorme sonrisa. Rachel me miró fijamente, y me pregunté si realmente pensaba que era mi culpa.

El incidente se atribuyó a las luces defectuosas. La mayor parte de la clase se pasó viendo al conserje quitar tanto la lámpara como el desorden del cristal esparcido. Después de unos minutos más de esto, la campana sonó sobre nosotros.

Salí del aula con el resto de los estudiantes, el Sr. Peterson estaba parado detrás de su escritorio y nos miraba salir. Solo me volví cuando vi que Tina pasaba lentamente por su escritorio y miraba al hombre, pasando lentamente un dedo por el borde de su escritorio. Pero lo que me llamó la atención fue la forma en que lo hizo; utilizó el extremo afilado de su uña para rascar la superficie de la madera.

Me apresuré a salir. Había visto a bastantes estudiantes que se volvían tan pícaros como para saber que ella podría ser uno de ellos. Pensé que el salón estaba demasiado lleno de estudiantes para que Tina me viera, pero entonces apareció a mi lado.

—Oye, ¿cuál es tu prisa? —dijo, poniendo una mano en mi brazo para detenerme, casi como si supiera completamente que estaba tratando desesperadamente de escapar de ella.

—Solo estoy yendo a clase —murmuré, sintiéndome presionada para justificarme.

—Oh, no te sientas mal —dijo—. No es como si fuera tu culpa —ella no se fue de mi lado.

—¿Qué quieres decir? —la miré fijamente. Tina sonrió mucho, y dudé que se diera cuenta de lo mucho que esa espeluznante sonrisa implicaba que sabía lo contrario—. Bien… —le dije—. No es así.

No tuve tiempo de explicarle por qué estaba molesta, si es que ella lo había notado. Pero parecía que no quería una explicación en absoluto. Era educadamente extraña, pero educada, no obstante. Y no era como si tuviera amigos de todas formas. ¿Honestamente podría permitirme ser selectiva?

—Entonces, ¿a quién tienes después? —Tina preguntó. Me di cuenta de que el Sr. Peterson nos miraba desde la puerta de su aula.

—¿Cuál es su problema? —le pregunté—. No ha dejado de mirarme desde que entré por la puerta.

O, me preguntaba, ¿le molestaba Tina y el hecho de que yo hubiera hecho una alianza antinatural con ella?

Tina se rio.

—Oh, no dejes que te moleste. Es un fanático religioso. Probablemente piensa que eres un demonio o algo así y quiere exorcizarte.

—¿Qué? —dije, mirando al Sr. Peterson. Había dado un paso por la puerta de su aula y se agarró al crucifijo dorado que tenía en el cuello.

—Solo estoy bromeando. Ese hombre está muy amargado —dijo—. Cree que el Dr. Edwards es el diablo.

—¿Qué? ¿Por qué? —exclamé.

Tina puso los ojos en blanco.

—Cree que todos son el diablo. Desde que el Dr. Edwards le hizo quitar el crucifijo de la pared, ha estado así.

—¿Un crucifijo? Supongo que todavía cree en la oración en la escuela —pregunté.

—Algo así —Tina sonrió—. Creo que se cree que es como Jesucristo renacido —ella se rio de nuevo.

—Genial —susurré—. Como si necesitara más problemas.

—Algunos profesores se encariñan tanto con sus clases, que uno pensaría que viven allí o algo así. Y creen que pueden colgar todo tipo de basura —Tina sacudió la cabeza, y luego miró al Sr. Peterson. Esto hizo que el profesor huyera a la seguridad de su clase. Tal vez estaba realmente loco.

—Así que… —Tina se volvió hacia mí—. ¿A quién tienes después? —ella sonrió, revelando un conjunto de dientes blancos y rectos.

Traté de no dejar que su perturbadora sonrisa entusiasta me abrumara. Miré mi agenda y encontré matemáticas con el Sr. Thompson y Educación Física en la siguiente lista. Ya había perdido mis dos primeras clases: Inglés y Ciencias.

—Deberíamos memorizar los horarios de cada una —sugirió con una completa sonrisa. Sonaba un poco extraño, pero pensé que no había nada de malo en ello. Me encogí de hombros y le mostré mi tarjeta—. Tienes inglés con el Sr. McClellan —Tina frunció el ceño—. Oh, qué lástima.

—¿Tú también lo tienes? —pregunté, preguntándome por qué parecía tan decepcionada. Solo lo había visto dos veces, y parecía bastante agradable. Era un amigo íntimo de mi abuelo, eso es lo que sentí por los dos, especialmente por el Sr. McClellan; era mucho más fácil de leer.

—No. Lo tuve el año pasado —dijo Tina—. Ahora tengo a la vieja bruja de la Sra. Whitman. Dios, odio su clase.

Unos cuantos estudiantes pasaron por delante de nosotros, y ella saludó de una manera bastante robótica, como si hubiera sido programada para hacerlo. Parecía casi irreal en ese momento, tan irreal como su sonrisa, me di cuenta. Me pregunté por qué estaba tan emocionada de hablar conmigo. ¿Podría ser por mi estatus en este lugar como la nieta del director? ¿O era otra cosa? No me gustaba mucho conversar con los demás, siempre había trabajado mejor por mi cuenta. A veces, pensaba que la distancia que mantenía era lo que atraía a los demás hacia mí en primer lugar.

—¡Eh! ¿Qué período de almuerzo tienes? —preguntó Tina. No le respondí enseguida, así que miró mi tarjeta—. Tienes un almuerzo B como yo. Podemos sentarnos juntas —lo dijo sin preguntar, como si no pensara que yo diría que no o no le importara si lo hiciera. Sonreí, asentí con la cabeza, sin poder ofrecer nada más—. Bueno, tengo que ir a clase. Te veré por ahí. No seas una extraña —luego fue arrastrada por la multitud de estudiantes que se movían en la otra dirección.

Me moví entre la multitud sola.

Después de la clase de matemáticas con el Sr. Thompson, caminé por el pasillo hacia la cafetería y vi a mi abuelo hablando con uno de los profesores. Estaba tan feliz; sentí su corazón elevarse. Entonces vi una imagen de mí misma aparecer en su mente. Quería ir a él, él quería almorzar conmigo, pero una sensación de inquietud me empujó en la otra dirección. Temeroso de traer otros sentimientos extraños o figuras fantasmales a su día, también, decidí que me mantendría lejos hasta que pudiéramos hablar más tarde esa noche. Tenía noticias que contarme, lo sabía. Me enseñaría quién era yo y lo que mi padre no me había dicho sobre nuestro poder. Y sobre el peligro.

El Sr. Thomas, el guardia de seguridad, y otro hombre hispano con el mismo uniforme vinieron a mi casa. El segundo hombre parecía estar siguiendo al Sr. Thomas para entrenar, y ambos me saludaron cuando los pasé.

Unos cuantos estudiantes detrás de mí salieron de la escalera y entraron en el almuerzo B, llamando la atención de los guardias. Me paré en la entrada de la cafetería llena de gente durante unos segundos, mirando una masa de rostros, ninguno de los cuales reconocí. Finalmente, y a regañadientes, me metí en la fila del almuerzo.

Pagué por mi almuerzo y deambulé por ahí, tratando de fingir que sabía a dónde iba. Encontré un bonito rincón vacío de la cafetería y me sumergí en un libro de mi aplicación Kindle.

Algo se movió por el rabillo del ojo y parpadeé, mirando a mi izquierda. Tina estiró su brazo en el aire, agitándolo de un lado a otro y mirándome directamente. Sentí que mi cara se enrojecía y quería desaparecer. Tenía el presentimiento de que esta chica se habría parado en la mesa solo para llamar mi atención. Me saludó con gestos más pequeños ahora que sabía que la había visto, y otra enorme sonrisa apareció en su rostro apretado y distante, como si no estuviera del todo allí. Con un suspiro, me levanté y me dirigí hacia ella, donde se sentó en una mesa con unos pocos amigos, lejos del resto de la masa estudiantil.

La exploración de sus pensamientos internos traía consigo una ola de sonidos distorsionados en lugar de ideas claras sobre qué tipo de persona era. Una rápida mirada suya casi me derriba, asustándome lo suficiente como para detenerme. Pero volvió a sonreír con la misma rapidez, como si nada hubiera pasado, e inclinó la cabeza. Con cautela, me acerqué a la mesa.

Las amigas de Tina miraron inmediatamente hacia arriba mientras nos presentaba. Todos parecían amistosos, excepto uno.

El chico llamado Sean parecía el presidente de la clase. Tenía pelo oscuro, gafas con marco y mechones bien peinados. Sus ojos salieron disparados de detrás de las páginas de su novela de Chuck Palahniuk. Sonrió, dejando el libro; parecía que su atención rara vez podía desviarse del Sr. Palahniuk. Parecía fuera de lugar, un intelectual en una cafetería llena de inadaptados, todo un opositor de Tina y los otros dos. Parecía un caballero inglés en un mar de idiotas de instituto.

—Hola —dijo con una voz musical, y me sonrojé.

Rubén, un patinador, se había metido un trozo de pan en la boca cuando yo aparecí en escena. Tenía el pelo dorado y el rostro delicadamente estructurado; un sorprendente anillo de metal le perforaba el labio. Se congeló cuando lo miré, tragando el pan que ya tenía en la boca.

—Eso es asqueroso —dijo una chica a mi izquierda, vestida con encaje negro y un corsé. No sabía si estaba lista para un funeral o un concierto de heavy metal. Puso los ojos en blanco cuando Rubén dirigió su atención hacia mí y me saludó.

No parecía tan amigable como los demás. Dirigiendo sus claros ojos azules hacia mí, echó hacia atrás su pelo negro hasta los hombros, midiéndome a primera vista con una mueca de desprecio.

—Oh, mira, es Pocahontas... con margaritas —me miró lascivamente.

El insulto no era nuevo. Me senté al lado de Tina, frente a Alex y Rubén.

—Era la flor favorita de mi madre —admití, sintiéndome un poco infantil tanto por haber llevado el colgante de margaritas alrededor de mi cuello como por admitir mi razón para ello. La chica gótica simplemente puso los ojos en blanco en respuesta.

Rubén y Sean parecieron absorber silenciosamente cada una de mis palabras, como lo hizo Tina cuando le hablé en el pasillo. Me preguntaba si ambos sabían que mis padres habían fallecido. Su atención embelesada tendría sentido si se sintieran un poco comprensivos conmigo.

—Creo que es encantador —dijo Rubén con una sonrisa.

—Las margaritas siempre han sido una de mis flores favoritas —dijo Tina con orgullo.

—Son conocidas por representar la inocencia y la pureza —dijo Sean, curvando sus labios en una sonrisa arrugada.

Alex frunció el ceño.

—¿Inocencia y pureza? —ella puso los ojos en blanco—. ¿En serio? —hubo un largo e incómodo silencio que se extendió por toda la mesa.

—Entonces, ¿qué hacen durante el almuerzo además de comer? —pregunté, esperando romper el eterno silencio.

Alex me miró fijamente, pero los demás parecían ansiosos por responder a mi estúpida pregunta.

—Hablar de otras personas —Alex sonrió.

Manejé una sonrisa intranquila y me imaginé que ya había sido una de sus víctimas.

—Así que tu abuelo es el director, ¿eh? —preguntó.

Sean entrecerró sus ojos marrones, pareciendo molesto por el repentino giro en la conversación. De alguna manera, sentí que esto no había sido noticia para ellos. ¿Quién no sabía ya que yo era pariente del Dr. Edwards?

Asentí con la cabeza, esperando salir del tema, luego tomé mi tenedor y me puse a buscar lo que parecía puré de papas.

—Así que, ¿puedes hacer lo que quieras? —Alex añadió.

—Supongo —me las arreglé para decir, distraído por lo que podría haber sido pastel de carne en mi plato. Levanté la vista y vi a los dos ayudantes del director entrando en la cafetería.

Alex miró hacia atrás y también los vio.

—¿Son amigos tuyos? Parece que sus guardaespaldas están aquí. Y justo a tiempo —añadió en un tono musical burlón.

—Alex —dijo Tina con firmeza, sus ojos se dirigieron hacia la chica gótica de pelo negro. Se volvió hacia mí con una mirada que decía: *Ignórala.*

—No son mis guardaespaldas —sentí la necesidad de decir algo, de aclarar eso, al menos. Esperaba que el Sr. Claypool y el Sr. Vásquez no me vieran, pero entonces ambos me miraron y me saludaron. Casi me muero, queriendo devolver la sonrisa pero temiendo las consecuencias, sobre todo cuando Alex casi se burló de mí.

—¿Los conoces? —Alex dijo. Claramente, los conocía. Sin embargo, me hizo replantear mi respuesta. Los otros chicos de la mesa se volvieron todos para mirarme. ¿Conocer a los funcionarios de la escuela era un gran no-no para ellos?

—No. En realidad no —dije y bajé la cabeza.

—¿Cómo podría? Este es su primer día —me respondió Tina. Se rio, tranquilizando extrañamente a los demás. Alex la miró fijamente. Tina parecía extraña por todas partes, estoy de acuerdo con eso, como si hubiera perdido algunas canicas, y me alegré de no ser la única que encontraba su individualidad extraña.

—Hacemos una regla de mantenerse alejado de las figuras de autoridad cuando nos escapamos —explicó Alex—. No confío en ellas. Siempre tratan de meterme en problemas. Me molestan porque soy diferente. Así que soy gótica. Mi alma es oscura —ella sonrió—. A ellos les gusta repartir boletas de detención. Se meten con la chica gótica.

Los otros no dijeron gran cosa. Noté que Sean había reanudado la lectura de su libro, observándome desde detrás de sus gafas de montura cada vez que tenía oportunidad. Me pareció extraño que se perdiera en las páginas de un libro de tapa dura en lugar de un iPad, como la mayoría de los niños de nuestra edad.

—Están perdiendo el tiempo tratando de poner este lugar a tono —añadió Alex.

Parecía ser la única que hablaba y la única que parecía remotamente normal, aunque también era un poco hostil. Sean estaba mayormente ocupado con su libro. Tina y Rubén observaron en silencio la escena desde el otro extremo de la mesa. Parecían casi robóticos en su propia piel, mirando el mundo como si no lo reconocieran y se les recordara cómo actuar.

—Estoy de acuerdo. Hay cosas mucho más importantes de las que preocuparse —dijo Sean con una sonrisa insensible desde detrás de su libro. No pude evitar sentir que hablaba de otra cosa, pero entonces nuestros ojos se encontraron, y él sonrió.

—Creo que la escuela se ve bien tal como está —continuó Alex, echando un vistazo a la cafetería—. Le da carácter al lugar. Mucho más carácter que algunas personas de aquí.

Sean reposicionó ligeramente sus gafas, estrechando sus grandes ojos mientras me miraba y aparentemente trató de ignorar el despotrique de Alex.

El Sr. Claypool y el Sr. Vásquez caminaron hasta la parte delantera de la cafetería y se quedaron allí. Sabía que me estaban vigilando, aunque la idea era ridícula. Pero me hizo sentir segura. No dejaban de mirar nuestra mesa, y sentí que querían pasar a saludar. Pero se resistieron. Ya me los había ganado, y solo les había sonreído una vez.

—¿Ahora se están escapando? —pregunté, sin saber qué más decir.

Alex me arrugó la nariz.

—No nos vas a delatar, ¿verdad, Pocahontas? —torció el collar del pentagrama que colgaba de su cuello, frunciendo su ceja.

—*Alex* —siseó Tina en mi defensa.

—Solo preguntaba —dijo Alex con una sonrisa, hurgando en su comida—. ¿Qué demonios es esto? —ella frunció el ceño y levantó un pedazo de algo de su bandeja—. Deberías hacer que tu abuelo hiciera algo con la comida de la cafetería —me dijo, y luego dejó caer su tenedor de nuevo con asco.

—No escuches nada de lo que diga Alex. Solo está siendo… *divertida* —dijo Tina, tratando de reírse y luego le disparó una mirada a la chica gótica. A pesar de que todos los demás se mostraron molestos por los comentarios de Alex, por la razón que fuera, permanecieron sentados como un grupo de maniquíes. La única persona genuina aquí parecía ser la chica que me insultaba.

—Ella es la única que se escapa —me respondió Sean—. Y en cuanto a carácter, no tiene ninguno. La literatura construye el carácter.

Mucho más que el encaje negro que ella llama armario —levantó la mirada de su libro para sonreírle.

Alex le dio la vuelta.

—Jódete. Todo el mundo se salta la clase. Es un requisito para ser adolescente —Sean no respondió, concentrándose en su libro—. Lo que sea. Solo intentas impresionar a Pocahontas.

Sean parpadeó, sus ojos se oscurecieron con el ceño fruncido, pero en cuanto Alex dejó de discutir, pareció hacer lo mismo.

—Se llama Claudia —corrigió Tina.

La mesa volvió a callar; solo el sonido de los otros estudiantes en la cafetería me impidió sentir la fea incomodidad de la misma.

—Entonces, ¿qué pasa con tu abuelo, en todo caso? —preguntó Alex. Pareció llamar la atención de todos otra vez; los otros intercambiaron miradas, y luego me miraron fijamente. No estaba muy seguro de lo que quería decir, y sin embargo sabía exactamente lo que había preguntado. Su mente se llenó de desconfianza y un poco de celos, estaba bastante oscuro, pero también había algo más que no había entendido antes. La bondad.

Basta, susurró una voz.

Miré a cada uno de los otros en esta mesa, pero nadie dio ninguna indicación de que habían dicho algo. Siempre pensé que mi fisgoneo en la mente de los demás me iba a meter en problemas, pero me deshice de ello.

—¿Qué quieres decir? —le pregunté a Alex—. Lo conocí hace unos días.

—¡No puede ser! —Rubén gritó, sorprendiéndome con su primera reacción real—. ¿Quieres decir que no lo has conocido hasta ahora?

—Mis padres murieron… —le dije—. Por eso estoy aquí —me encogí de hombros, y Alex se ruborizó.

—¿Cómo sucedió eso? —Ruben dijo. Sean le echó otra mirada, y pareció calmarlo y casi silenciarlo.

—Tal vez la verdadera pregunta es ¿por qué esperó tanto tiempo para conocerte? —Sean añadió, inclinándose lentamente hacia adelante de nuevo, sonriendo, y por un segundo, no pude moverme. Había algo en sus ojos; el color se arremolinaba en destellos dorados. Debía de estar viendo cosas, pero la forma en que las gafas bailaban en una mezcla de azules y morados brillantes era hipnotizante.

—Sabes lo que quiero decir, Pocahontas —dijo Alex, sonriéndome tímidamente desde la palidez de su rostro. Debajo de ella, encontré dos ojos azules mirándome, ocultos por el polvo del maquillaje. ¿Por qué sentí que escondía algo aún más oscuro? ¿O era que intentaba esconderse de esa oscuridad?

Capté un destello de shock en su cara, y mi estómago se tambaleó. No había forma de que me leyera la mente, ¿verdad?

—¿No te parece que es un poco extraño? —continuó, midiendo de cerca mi reacción. No se la di, tratando de mantenerme lo más en blanco posible—. Jessica, de la clase de inglés, dijo que vive al otro lado de la calle. Dijo que es una persona muy extraña. Todos los vecinos piensan lo mismo. Le tienen miedo. Él hace que sucedan cosas extrañas. Los gatos mueren, las cosas desaparecen. Extrañas tormentas eléctricas de la nada. Espeluznante, ¿eh?

Me di cuenta de que estaba tratando de llegar a mí, y me quedé mirándola.

—Odio tener que decírtelo, Pocahontas, pero estás relacionada con un montón de rarezas. No me digas que no lo sabías —luego se golpeó los labios.

—¿Raro? —le pregunté. Ella sonrió. Sabía lo que quería decir, recordando a los vecinos de al lado que miraban hacia otro lado cuando mi abuelo solo intentaba ser amable con ellos. Separados por el don, ese era mi problema también—. ¿Extraño cómo? —continué—. ¿Porque es muy reservado? Tal vez esta Jessica en inglés es una perra total y debería meterse en sus propios asuntos.

Sean soltó una pequeña risa, que ocultó con la palma de su mano.

Alex me miró con ojos amplios y sorprendidos, y sobre nosotros, las luces de la cafetería parpadeaban. Un ligero silencio se instaló en la cafetería, pero cuando el parpadeo cesó, un murmullo de decepción se elevó a nuestro alrededor.

Respiré hondo; no podía perder el control aquí, no delante de ellos.

Cuando volví a mirar a Alex, parecía que todavía me estaba examinando, y nos miramos fijamente.

—Bueno, eso fue interesante… —ella sonrió.

—En realidad no —dije—. He oído que pasa mucho… aquí.

—Así es —intervino Tina—. ¿No fuiste tú quien dijo que este lugar se está cayendo a pedazos? —con una sonrisa brillante dirigida a Alex, apuñaló su pedazo de pastel de carne con su tenedor.

Sean dejó su libro y se quitó las gafas, la conversación aparentemente despertó su interés.

Pero Tina se había congelado extrañamente, mirando fijamente su bandeja como si su pastel de carne se moviera delante de sus ojos y tratara de escapar. No se movió hasta que Sean le tocó la mano, entonces parpadeó y sonrió como si nada hubiera pasado. Casi no me di cuenta de nada hasta que una risa mecánica salió de su boca. Solo Alex y yo la miramos sorprendidos.

—Bien… —Alex dijo, poniendo los ojos en blanco ante la extraña exhibición de Tina.

Sean se puso sus gafas de nuevo. Le hicieron parecer bastante serio y observador.

—Personalmente no tengo malos sentimientos hacia el Dr. Edwards, pero tengo curiosidad por saber por qué estuvo ausente de tu vida durante tanto tiempo. Esa es la parte que me molesta —me encontré incapaz de responder, y él se encogió de hombros, añadiendo —, bueno, estoy seguro de que tenía sus razones.

—¿Las tenía? —preguntó Tina. Alex le arrugó la nariz, todavía frunciendo el ceño a la chica que había actuado tan extrañamente unos momentos antes.

Sean se sentó, dejando el libro para inclinarse hacia adelante y apoyar sus manos dobladas sobre la mesa. Ahora me miraba con su atención aparentemente indivisa, y me dio náuseas.

Obligué a mis labios a moverse; su mirada parecía exigir una explicación que no podía dar.

—Qué injusto es mantenerte alejado de mí —dijo Sean, pero cuando parpadeé, estaba una vez más mirando las páginas de su libro abierto.

—¿Qué dijiste? —le pregunté.

Me miró con una sonrisa. Sus ojos eran muy marrones ahora, casi tan inertes como las expresiones de estos otros niños habían parecido desde el principio.

—Dije que debe haber sido más difícil para él mantenerse alejado —respondió Sean, y luego volvió a caer en las páginas de su libro.

—¿Por qué alguien haría eso? —preguntó Rubén.

—No lo sé —respondí, tratando de olvidar lo que escribí mientras mi mente me jugaba una mala pasada.

—Bueno, no creo que pueda confiar en alguien así —dijo Rubén—. Quiero decir, ¿cómo puedes? ¿Qué está escondiendo? ¿Y qué es lo que quiere cuando le ha llevado tanto tiempo aparecer en tu vida? Nunca estuvo allí, y de repente, boom. ¡Soy tu abuelo!

—Eso apesta —dijo Tina—. Escucha, si alguna vez necesitas a alguien con quien hablar, puedes hablar conmigo —ofreció una sonrisa extrañamente grande, sus ojos se abrieron sorprendentemente.

—No es nada de eso… —traté de decir. No era para nada lo que pensaban. Mi abuelo era la persona más amable que había conocido. Y yo quería conocerlo, pero temía haber traído algo oscuro a su vida. A medida que mi don crecía, parecía que también lo hacía la oscuridad a mi alrededor. Nunca le dije a mi padre lo que sentía o lo que había visto. Por otra parte, sentía que no tenía que hacerlo; parte del tiempo, parecía que incluso él me temía y era más cruel conmigo por ello. Me hizo preguntarme qué secretos propios me había ocultado.

—Oh, ¿no es así? —Alex se burló—. Rubén tiene razón, e incluso la Srta. Bicho Raro tiene la idea correcta… —Rubén y Tina la miraron con el ceño fruncido de la confusión—. Es un estafador que busca tu dinero. Tiene todos los documentos correctos y dijo todas las cosas correctas. Vi un especial sobre él en MSNBC.

Los demás la miraron, desconcertados y mucho más molestos que cualquier otra cosa, hasta que se echó a reír y se tragó el chicle que había estado masticando.

—¡Estoy bromeando! Oh, vamos… Solo estoy bromeando. El Dr. Edwards es raro, lo reconozco, pero una cosa que no es es que necesite dinero desesperadamente. He oído que está forrado. Tal vez sea al revés y *estés* tratando de conseguir su dinero —dijo, señalándome.

Le arrugué la nariz, empezando a sentirme tan irritado por ella como los demás.

—No estás ayudando —dijo Sean.

—Bueno, si no, esto podría ser lo mejor que te haya pasado —dijo

Alex, mirándome—. Ahora puedes conseguir lo que quieras del viejo. Te debe mucho. Probablemente hasta podrías conseguir un coche de todo esto.

Los ojos de Sean me encontraron de nuevo detrás de su libro; sus labios apretados me hicieron pensar que empezaba a perder la paciencia, y eso me pareció difícil de imaginar. Parecía tan tranquilo y sereno, improbablemente enviado al límite por alguien como Alex. Me pregunté cómo se habían llevado antes de que yo entrara en escena.

—Solo quiero conocerlo. Es todo lo que tengo —susurré. Los ojos de Sean se suavizaron con una sorpresa inesperada ante mis palabras.

—¿Qué? ¡Aprovecha la situación, hermana! —Alex se rio.

—Bueno, qué sorpresa —le dijo Rubén, poniendo los ojos en blanco.

—Entiendo cómo te sientes —dijo Tina, asintiendo con la cabeza.

—¿Cómo puedes? —Alex preguntó.

Tina y Rubén fruncieron el ceño a Alex, y Tina le mostró su lengua a la otra chica. Luego se inclinaron el uno hacia el otro, y Rubén susurró:

—Tenemos que llevarla a clase —se inclinaron aún más hacia mí—. ¿Podemos acompañarte a clase?

Sean levantó los ojos del libro. Escuchó, esperando tal vez a ver lo que yo diría.

—Supongo —dije, sintiéndome notablemente incómoda.

—Podemos acompañarte a todas tus clases, si quieres —añadió Sean—. Somos una especie de unidad ahora.

¿Una unidad? Los demás estuvieron de acuerdo.

—Después de todo, ahora somos todos amigos.

—No es necesario —respondí—. De verdad.

—Pero eso es lo que hacen los amigos —dijo Tina.

—Se ayudan unos a otros —ofreció Rubén.

—Podemos salir después de la escuela. Debes decir que sí, Claudia —Tina suplicó—. Podemos ir al centro comercial, si quieres. Podemos hacer lo que quieras.

Esto se sintió como la interacción más extraña que jamás había tenido.

—Bueno… tendré que preguntarle a mi abuelo —me ofrecí suavemente. No parecían muy decepcionados, simplemente aceptaron la respuesta como si la esperaran. Pero eran más robóticos en su comprensión de lo que yo esperaba.

—Por supuesto. Estoy seguro de que no le importará —dijo Rubén. No miró nada en particular y sonrió.

—Podemos preguntarle por ti, si quieres —ofreció Tina.

—No, creo que puedo encargarme de eso —miré a Alex para ver que me sonreía en broma.

—Toma, coge mi número —dijo Tina—. Si necesitas algo, llámanos. No importa a qué hora.

—¿Tus padres no se enojan si la gente llama tarde?

Se rio como si acabara de contar un chiste muy divertido.

—No, por supuesto que no. No seas ridícula. Llámanos, de verdad, cuando quieras.

—De repente eres la popular, Pocahontas —Alex sonrió, viniendo a sentarse a mi lado—. Espeluznante, ¿verdad? —susurró. Miré a los dos subdirectores del otro lado de la cafetería—. Miren a la espantosa pareja de ahí arriba. ¿Crees que no podemos verlos constantemente mirando hacia aquí? —Alex dijo.

—Lo siento. Creo que soy la razón por la que están aquí —admití —. Mi abuelo los tiene vigilándome.

—Lo ha hecho, ¿verdad? Bueno, no tienes que disculparte —dijo Tina, con su sonrisa rígida.

—¿Qué? Oh, genial —exclamó Alex—. Van a descubrir con seguridad que me estoy escapando. Muchas gracias, Pocahontas.

—Debería irme —me levanté de la mesa, pero Tina me detuvo.

—¡Deberías! —Alex gritó.

—No seas ridícula —añadió Tina, tirando de mí hacia abajo mientras yo trataba de levantarse—. ¡Quédate! —su extraño agarre en mi brazo y su sonrisa forzada me hizo congelar.

—¿En serio, chicos? —Alex gruñó, mirándolos a todos.

Tina, Rubén y Sean no ofrecieron ninguna disculpa o explicación en absoluto, se quedaron quietos desde donde estaban sentados y se volvieron para mirarla. Enojada, Alex se levantó solo para volver a su asiento cuando notó que los subdirectores finalmente se acercaban a nuestra mesa.

—Genial. Aquí vienen —susurró, tratando de esconder su cara detrás de su mano—. Si me ven, me darán otra semana de detención. ¿Por qué la trajiste aquí, Tina? Me va a meter en problemas.

—Quizás deberías haberte quedado quieta —dijo Sean sin apartar la vista de su libro. Alex puso una cara y le ofreció su dedo corazón—. Qué madura —susurró sin levantar la vista de su lectura.

Me quedé de pie, e incluso después de que Tina me llamara, me acerqué al Sr. Vásquez y al Sr. Claypool. No podía dejar que Alex se metiera en problemas por mi culpa. Los dos administradores me saludaron con sonrisas.

—Te salvó el culo —oí a Tina decirle a Alex detrás de mí.

—No espere que le agradezca, su alteza —refunfuñó Alex.

—Tal vez deberías —dijo Rubén.

—Me agrada —añadió Sean.

—A mi también —Rubén estuvo de acuerdo.

—Oh, ¡jodanse! —Alex gritó, dejando la mesa mientras yo me dirigía a los subdirectores a la salida de la cafetería en el otro extremo.

Me detuve en el pasillo con el Sr. Claypool y el Sr. Vásquez justo cuando vi a Alex pasar por el otro juego de puertas de la cafetería al final del pasillo.

—¿Pueden mostrarme mi próxima clase? —les pregunté, dirigiendo su atención en la dirección opuesta mientras Alex se agachaba en las escaleras cercanas y desaparecía.

Los subdirectores estaban más que felices de ofrecer su ayuda. Nunca había visto a ningún administrador como estos dos, pero ahora estaba atrapada con ellos, *el espantoso dúo*, como Alex los había llamado.

Mientras caminábamos, el Sr. Vásquez no paraba de hablar de reuniones de la facultad y cenas en la casa del anciano. El Sr. Claypool, aunque amable y dulce, era un poco nerd, dándome lecciones sobre las calificaciones y el trabajo escolar. Pensé en lo que Alex había dicho sobre ellos. Me parecieron bastante amables.

—Espera hasta Navidad —dijo el Sr. Vásquez—. Tenemos fiestas de la facultad y luego cenas de Acción de Gracias para todo el personal.

—Pero sabes que no se trata de eso —interrumpió el Sr. Claypool, mirando fijamente al Sr. Vásquez—. Las buenas notas y el estudio duro son siempre más importantes que las fiestas —el Sr. Vásquez aceptó un asentimiento casi inmediatamente.

Se detuvieron al final del pasillo. Me fijé en la entrada del gimnasio, donde estaba mi siguiente clase de educación física, pero no quería irme corriendo. Por suerte para mí, me salvó la campana, e incluso cuando los hombres siguieron hablando, me separé.

—Es para mí. Gracias por la ayuda —dije y corrí hacia las puertas.

EL HOMBRE DE TRAJE NEGRO Y CORBATA ROJA

DESAFORTUNADAMENTE, la educación física era necesaria para todos los estudiantes, pero como yo no tenía ninguna habilidad atlética real, pensé en sentarme en las gradas para pasar el tiempo. Y tal vez los profesores simpatizarían con eso y con el hecho de que el Dr. Edwards era mi abuelo.

Pero cuando llegué, el gimnasio estaba vacío. Eché un vistazo a mi tarjeta de horario para comprobarlo; sí, tenía gimnasio en este momento. Entonces, ¿dónde estaban todos? Di unos pocos pasos en el gimnasio tranquilo y vacío antes de que una mano me tocara el hombro, asustándome. Me di la vuelta para encontrarme con los redondos ojos azules del profesor de gimnasia, que me miró fijamente.

—Llegas tarde —dijo, saludándome para que le entregara mi tarjeta de horario.

Eso no tenía sentido; la campana sonó, lo que me hizo llegar bastante temprano, en todo caso. La profesora de gimnasia miró mi tarjeta de horario y me la devolvió.

—Estaba en la oficina del director —dije, pero la mujer, vestida con una camisa azul y blanca dos tallas más pequeña y unos pantalones cortos azules ajustados, obviamente no se preocupó por las excusas.

—Ve al vestuario con el resto de las chicas —me dijo. Intenté sonreír, incluso cuando ella no lo hizo, y caminé lentamente hacia la puerta del vestuario.

—Oh, y Srta. Belle —me llamó. Cuando me giré, puso sus manos en sus caderas, con un aspecto intimidatorio y aún así muy torpe y más grande que la mayoría de las mujeres—. Que sea la última vez que llegues tarde a mi clase. ¿Entendido?

Obviamente no tenía sentido discutir con ella. Asentí con la cabeza y me apresuré a ir a los vestuarios, sintiendo sus ojos sobre mí hasta que finalmente me escondí dentro.

El vestuario de las chicas era un desorden de armarios y bancos, duchas y baños individuales. El cuarto estaba cubierto de un azulejo gris a cuadros manchado con años de sudor adolescente y penurias adolescentes. Las paredes estaban cubiertas de marcas de lápiz y bolígrafo, al igual que los puestos de baño, por dentro y por fuera. La iluminación interior era pobre; las bombillas estaban sueltas, algunas faltaban, y algunas se habían apagado y aún no habían sido reemplazadas. Solo algunas de ellas funcionaban ahora, e incluso las que parpadeaban. Parecía más un calabozo que una escuela secundaria.

Las otras chicas se estaban vistiendo; algunas ya conocían la rutina y se habían cambiado rápidamente a sus uniformes de gimnasia. Cuando encontré un banco vacío al lado de las taquillas, unas pocas chicas se limitaron a mirarme; nadie me sonrió ni hizo contacto visual, y si lo hicieron, fue seguido por un giro de ojos o una mueca de desagrado.

Pero estaba acostumbrada a las miradas de los demás.

Abrí un casillero vacío y saqué mi uniforme de gimnasia del interior de mi mochila escolar. Algunas chicas miraron en mi dirección mientras me cambiaba, y no necesitaba poder leer la mente para sentir lo que estaban pensando. Me senté allí atándome los zapatos y tirándome del pelo, escuchando sus susurros de risa detrás de sus manos y sintiendo sus miradas. Mi cara se calentó, y las pocas luces de trabajo parpadeaban aún más intensamente. Las tuberías sonaron, y me dije a mí misma que me calmara e ignorara sus juicios, metiendo todo en el armario abierto.

El silbato del entrenador nos asustó a todos, y todos se dispersaron del vestuario hacia la cancha de baloncesto. Cerré el casillero y los seguí hasta que oí pasos en el piso de baldosas a mi derecha. Miré alrededor del vestuario y vi a un hombre de traje oscuro caminando hacia la parte de atrás.

En ese momento, no tuve ninguna duda de lo que vi. Volví a entrar en los vestuarios, la curiosidad me empujó y vi el borde de un traje oscuro que desaparecía detrás de una puerta giratoria.

Me apresuré hacia la puerta metálica, su ventana de cristal reflejaba la luz sobre el agua del otro lado. Solo brevemente miré hacia atrás para asegurarme de que todos los demás habían salido del vestuario; estaba sola. No era difícil imaginar la cara de la profesora de gimnasia, oír su voz y ese silbido que sonaba de nuevo en mi cabeza. Debí haber ido al gimnasio con el resto de ellas, pero no lo hice.

Rápida y silenciosamente, abrí la puerta y entré en el área de la piscina. La piscina estaba a pocos metros de la entrada, oscura y quieta. El agua negra ondulaba como si una brisa hubiera soplado por la habitación. La escasa luz era tenue, y esas pocas bombillas apenas iluminaban la gran habitación gris. Algunas se habían roto, y los cristales rotos estaban esparcidos al lado de la piscina, peligrosamente cerca del agua oscura. Sentí una brisa fría tocar la parte de atrás de mi cuello, casi como una mano, pero eso fue ridículo. Sin embargo, el pensamiento me hizo temblar.

Me acerqué al borde, tratando de ver el fondo de la piscina, pero eso fue sorprendentemente difícil. No había un fondo visible desde donde yo estaba, y me acobardé. Cuando di otro paso, el agua pareció hacerse aún más profunda y oscura. En un intento por aliviar mi incomodidad, saqué la lengua a mi propio reflejo nebuloso, preguntándome cómo alguien podría nadar en esa agua tan turbia. Parecía repugnante.

—Me pregunto cuánto tiempo han pasado sin limpiar este basurero —susurré.

Volví a mirar alrededor, sintiéndome un poco mejor cuando no encontré al hombre del traje negro y la corbata roja. ¿A dónde había ido? Yo era la única aquí, y no había otras puertas además de la que yo había entrado. Me volví para volver al vestuario, y el edificio gimió a mi alrededor, los pisos retumbaban.

Un balde se estrelló contra el suelo y salió rodando hacia la tenue iluminación; casi chirrié de sorpresa. Me alejé lentamente y, en las sombras, vislumbré una figura antinatural y sombría que estaba de pie en medio de la oscuridad, mirándome.

Mi repentino pánico hizo imposible que me moviera.

—¿Hola? —me mordí la lengua, dándome cuenta de lo estúpido que era, ya que había reprendido a víctimas desafortunadas en películas de terror por hacer lo mismo.

¿En serio? ¡Solo corre!

El agua de la piscina se agitó; una masa de burbujas se reunió, emergiendo a la superficie. Finalmente, me di la vuelta para salir, pero la sombra apareció directamente delante de mí. Un grito se escapó de mi boca, la figura se lanzó, y yo tropecé con el agua fría.

Entonces todo se volvió negro.

Mi cuerpo tembló, y un escalofrío subió por mi espalda y hombros, levantando el pelo de mis brazos. Abrí los ojos. Otra corriente vibró a través de mi cuerpo, esta vez en mis manos, y nunca había experimentado una sensación como esta.

Entonces me senté, encontrándome acostada en el suelo frío y húmedo, a centímetros de la piscina oscura. Mi reflejo se burló de mí desde su borde. Me alejé. Estaba demasiado tranquilo aquí; excesivamente tranquilo. Cuando me di cuenta de que no había oído la campana en lo que parecía un tiempo muy largo, me pregunté qué había pasado exactamente.

Un espeluznante sonido resonó a mi alrededor, y aunque no pude ubicar su fuente, tuve la sensación de que era para advertirme de algo.

Me levanté, incapaz de apartar la vista del agua oscura de la piscina, y un extraño temor me consumió. Me alejé a trompicones de la cornisa y luché por respirar; había algo allí.

El mundo a mi alrededor se dobló, y luego se expandió. El suelo de baldosas se agrietó delante de mí. Pedazo a pedazo, las baldosas cayeron en la nada debajo, deteniéndose finalmente a centímetros de mis pies. Giré en la otra dirección e intenté de nuevo dirigirme hacia la puerta, pero el suelo se desmoronó de nuevo a mi alrededor. Alguien –

o algo – no quería que me fuera. Al tragar, miré una vez más al borde de la piscina, donde una cosa desconocida me llamó.

Manos invisibles ondulaban la superficie del agua, burbujas masivas se reunían en el centro. El tiempo pareció ralentizar su formación, y retrocedí hasta que no había ningún otro lugar donde ir. Clavado contra la pared del fondo, vi una figura emerger lentamente de la oscura piscina.

Mechones de pelo rubio cayeron limpiamente de su cabeza. Sus ojos cerrados se abrieron y sus brazos se extendieron mientras se elevaba lentamente del agua. Se quedó suspendido brevemente en el aire, nuestros ojos se encontraron, y una sonrisa curvó sus labios.

Me estremecí. Era el hombre del traje negro.

La figura se alejó lentamente de la piscina y bajó los brazos mientras se ponía de pie a pocos metros delante de mí. Nada en él parecía natural, una muñeca de plástico pastosa.

—¿Tú? —respiré.

Se movió hacia mí, luego se congeló, girando ligeramente como una luz brillante que se extendía entre nosotros y lo engulló. Lo golpeó a través de la habitación y de la pared lejana, que se derrumbó con un rugido atronador.

Me quedé mirando un momento, incapaz de procesar lo que había pasado, hasta que unas manos fantasmales salieron de la pared para agarrarme. Me alejé corriendo, gritando. Las manos fantasmales se marchitaron como la hierba seca y desaparecieron.

A mi alrededor, la habitación empezó a derrumbarse; parte del techo se derrumbó, bloqueando mi camino. El agua se agitó de nuevo, y una vez más, algo se elevó de sus profundidades. Parecía imposible, pero tenía la sensación de que el hombre volvería de allí, y el pensamiento me aterrorizaba.

En pánico, traté de pasar por encima del techo caído, buscando desesperadamente un escape. Con un salpicón, otra figura fantasmal saltó de las oscuras aguas para aterrizar en el suelo manchado delante de mí. Me miró y yo me encogí, demasiado asustada para moverme. Sus radiantes ojos púrpura me atrajeron hacia él, mirando profundamente mi alma.

No tengas miedo. Sus labios nunca se movieron.

La confusión y el miedo corrían a través de mí, pero su mirada me absorbió y no pude moverme. Nuestras miradas permanecían cerradas por una fuerza desconocida, y a través de sus ojos púrpuras giratorios, una corriente nos conectaba, una energía abrumadora que fluía de él a mí y de vuelta. Estaba aquí para protegerme.

Apúrate. Se acerca. No se rendirá. Toma mi mano. Lo miré, perpleja. *Sí,* su voz silbó en mi mente. *Date prisa.* Extendió su mano y sonrió.

Lentamente alcancé su mano extendida y me atrajo cuidadosamente hacia él hasta que nuestros cuerpos se juntaron, nuestras caras se separaron a pocos centímetros. Una abrumadora sensación de seguridad me inundó y sentí que me sonrojaba en sus brazos, absurdamente incapaz de pensar en nada en estas tensas circunstancias, excepto en cuánto deseaba besarle. Intenté hablar pero no pude formar ninguna palabra que entendiera.

—¿Quién eres? —finalmente me las arreglé.

El hombre sonrió, sus ojos brillaban como gemas raras.

—Me conoces… —susurró.

—¿Te conozco?

Las palabras apenas habían salido de mi boca antes de que una figura oscura emergiera detrás de nosotros. El hombre de los ojos violetas me empujó y se volvió hacia el recién llegado, que se movió con una rapidez imposible para agarrar a mi protector por el cuello y levantarlo del suelo. El traje negro bien confeccionado y la corbata roja eran las únicas cosas visibles en la oscuridad.

Mi salvador se aferró a las manos alrededor de su cuello, luchando por escapar.

—¡Alto! —lloré—. Déjalo en paz.

Agarré un trozo de techo caído y se lo arrojé a la figura oscura. Un gruñido escapó de sus labios invisibles, y me acobardé de nuevo. La boca de la figura oscura se abrió y se ensanchó, su agarre se endureció apretando a mi todavía resistente salvador. Sus extensiones, como tentáculos, salieron de la amplia apertura de su boca. Entré en pánico cuando se acercaron a la cara de mi salvador.

—Detente. ¡No! —grité de nuevo, esperando una distracción.

En seguida, mi salvador levantó la palma de su mano abierta hacia la figura oscura, y los asquerosos y ondeantes tentáculos volvieron a meterse lentamente en el agujero. La boca de la figura se encogió hasta formar una línea de aspecto normal en su cara. Volvió la cabeza y de repente soltó al extraño que había venido a salvarme.

Mi salvador cayó al suelo y se arrodilló, agarrando su propia mano. ¿Se había lastimado? No entendí lo que había pasado pero pronto encontré la mirada de la figura oscura sobre mí una vez más. Luego retrocedió lentamente y se desvaneció en la oscuridad.

El nuevo desconocido se levantó y se acercó a mí, donde se arrodilló de nuevo a mi lado; una dulce preocupación consumió su rostro extrañamente pálido y con forma de diamante. Su fuerte mandíbula y sus oscuros y mateados mechones contrastaban aún más con su pálida complexión. Me encontré atraída poderosamente hacia él una vez más. ¿Qué estaba pasando? ¿Quién era él? ¿Por qué me sentía tan conectada a él? Sus grandes y extraños ojos morados me miraban con curiosidad. Sentí que me necesitaba.

Luego sonrió, como si yo hubiera dicho esas preguntas en voz alta. Su ceño preocupado se suavizó, convirtiéndose en una sorprendente inocencia, como una bestia domada por la guía del néctar más rico.

Alargó su mano, algo que sentí que había anhelado hacer. Luego se inclinó hacia adelante, acercándose hasta que casi cayó sobre mí, apretando sus labios contra los míos sin avisar. Sorprendido, no intenté apartarme, y su mano presionó agresivamente la parte posterior de mi cabeza hacia su suave y gentil boca. Me desplomé en el calor de su delicado beso, respirando un profundo sabor a él.

Bajo su hechizo, una imagen de mi abuelo entró en mi mente. Se hundió más profundamente en la oscuridad del estanque, tratando de alcanzarlo pero hundiéndose más rápido por lo desesperado que luchó. Traté de agarrarlo, pero no pude tocar su mano extendida.

Nuestros dedos se acercaron brevemente antes de que se deslizara de mi alcance. Entonces una mano me agarró del brazo y me sacó de la oscuridad en la que estaba perdiendo a mi abuelo. Se hundió hasta que ya no lo vi, hasta que la oscuridad lo consumió.

Mientras el extraño que me sostenía me empujaba hacia atrás, abrí mis ojos y miré fijamente a los suyos, tratando de entrar en su mente. Pero solo encontré una mezcla de imágenes que no podía entender, sintiéndome repentinamente mareada. Las náuseas me abrumaron, una presión creciente se acumuló en mi estómago, y me ahogué. Una inesperada oleada de agua salió de mi boca. El nuevo desconocido observó con paciencia pasiva cómo luchaba contra el impulso de nuevo, pero mi estómago se tambaleó, haciéndome sentir náuseas.

En lugar de vomitar de nuevo, me desplomé en el suelo, tosiendo violentamente hasta que otra ráfaga de agua salió de mi cuerpo y se derramó por el suelo. Entonces me pareció que lo entendía; me había ahogado. Y este hermoso protector con los ojos morados me había traído de vuelta.

EL FINAL ES SIEMPRE EL COMIENZO

CUANDO ME DESPERTÉ, ME RECOSTÉ EN UNA CAMILLA INCÓ-
MODA, CON LOS RESORTES clavados en la parte superior de mi
espalda. Miré a mi alrededor y me di cuenta de que estaba en la oficina
de la enfermera. El Sr. McClellan, el hombre que había conocido brevemente el día que conocí a mi abuelo, se sentó al lado de la cama. El Sr.
Claypool y el Sr. Vásquez estaban cerca. Los tres me miraron, con los
ojos bien abiertos por la preocupación y la inquietud, y solo se
movieron cuando se dieron cuenta de que estaba despierta.

Su presencia me hizo sentir incómoda, pero solo podía pensar en el
extraño que había venido a rescatarme. ¿Cómo había llegado hasta
aquí? ¿Qué había visto realmente? Y si hubiera sido real, ¿dónde estaba
ahora?

Las dudas se agitaron en mí; ¿podría haber sido todo un sueño? No
quería que eso fuera verdad. De hecho, quería volver corriendo a la
piscina y verlo por mí misma, pero en cuanto intenté moverme, el Sr.
McClellan me detuvo con una mano suave en el hombro.

—Quédate quieta —dijo.

Quise discutir pero, aún mareada, me dejé caer de nuevo en la incómoda camilla. Mi estómago se arremolinó como si hubiera comido
pescado podrido.

—¿Qué ha pasado? —pregunté—. ¿Cómo llegué aquí?

—¿No te acuerdas? —el Sr. McClellan preguntó. Apenas pestañeé frente a ninguno de ellos—. Los estudiantes de tu clase de educación física te encontraron desmayada en el vestuario.

Inmediatamente me volví a sentar, recordando los ojos del desconocido mirándome desde ese rostro pálido, la lucha con la sombra amenazadora que había sido el hombre del traje negro todo el tiempo, emergiendo de las profundidades de la piscina antes de que mi salvador se interpusiera entre nosotros.

Me había salvado de algo horrible, eso lo sabía, pero lo que me desconcertó fue cómo supe que era completamente cierto. De alguna manera, me di cuenta, lo sabía porque él lo sabía. Porque mi salvador entendía estas cosas, y eso me desconcertó aún más. Me había sentido atraída por él sin pensar, sin comprender mi necesidad de él, instándome a ir a él como un hambre que no podía satisfacer.

Miré a los tres hombres y me di cuenta de que mi abuelo no había venido. Tenía sentido que él explicara mis acciones a la profesora de Educación Física en este momento, dándole la triste noticia de mi pérdida y usándola como una excusa de cómo actué. Si él quería hablar, yo estaba preparada; no podía evitarlo por más tiempo. Y ahora solo tenía más preguntas para él.

—¿Me he desmayado? —pregunté, aún incapaz de comprender la línea de tiempo que habían presentado—. Eso no es cierto. Estaba en el área de la piscina. Sé que no debería haberlo hecho, pero… —dudé, debatiendo si realmente quería o no decirles lo que había visto. —¿Dónde está mi abuelo? Necesito hablar con él.

El Sr. McClellan bajó lentamente la cabeza.

—Claudia, cariño —susurró el Sr. Claypool, caminando hacia el lado de la camilla. El Sr. McClellan extendió una mano para detenerlo.

—¿Qué? —los miré con desprecio—. ¿Qué? ¡Dime! —no tenían que decir nada para que yo leyera el dolor que había detrás de sus ceños fruncidos, la cautela de decirlo en voz alta que les hacía mirar a cualquier parte menos a mí. No quería creerlo, pero lo sentía. Y cuando me asomé a sus mentes, también lo vi allí.

—Lo siento mucho, Claudia —dijo el Sr. McClellan—. Tu abuelo ha… fallecido.

Mi estómago se tambaleó.

—¿Qué?

—Sufrió un ataque al corazón hace cuatro horas. Los paramédicos trataron de revivirlo, pero ya se había ido. No había nada que pudieran hacer. Lo siento. Lo siento mucho.

Salí corriendo de la camilla y me fui corriendo por la puerta. Oí que corrían detrás de mí cuando salí corriendo al pasillo, encontrándolo bastante vacío. Desconcertada por el silencio, corrí por el gimnasio y entré en el vestuario de chicas, tropezando con el laberinto de casilleros y paredes cubiertas de escritura. Los subdirectores se tambaleaban detrás de mí, llamándome por mi nombre, pero sus voces me hicieron estar más decidida a probarme a mí misma lo que había visto.

Me congelé en la parte trasera del vestuario, temblando y temiendo lo que encontraría en el otro lado. Pero en lugar de la puerta giratoria en la que había entrado la última vez, solo una sólida pared me saludaba ahora. Debo haber tomado un camino equivocado, así que regresé pero encontré casilleros en su lugar y ninguna puerta en el área de la piscina. Solo me detuve cuando los tres hombres estaban de pie justo delante de mí, recuperando el aliento.

—¿Dónde está? —pregunté. Se miraron el uno al otro—. ¡La piscina! ¿Dónde está? Ahí es donde lo vi.

No pude encontrarle sentido a nada más, porque no podía recordar lo que había pasado después de que mi salvador me besara.

Los administradores me miraban como si me hubiera vuelto loco.

—Claudia, ¿de qué estás hablando? —el Sr. McClellan respondió.

—La piscina del vestuario de chicas. Ahí es donde lo vi. Un hombre de traje negro y corbata roja. ¡Tiene que ser él! Él hizo esto. Él es el responsable. Él es… ¡es la Muerte!

Intercambiaron miradas de nuevo, mirándome con recelo como si algo se hubiera arrastrado desde mis orejas.

—¿No me creen? —me quebré—. ¡No estoy loca! ¿Dónde está? Estaba aquí. Lo vi —grité tan fuerte que las luces parpadeaban por encima de la cabeza.

—Claudia, cariño, no hay piscina. Milton nunca ha tenido una piscina —dijo el Sr. McClellan con calma.

—Eso no es cierto. Estás mintiendo. Lo vi aquí. ¡Estaba justo ahí!

Había una puerta y una ventana de cristal. Y justo detrás había una piscina, una gran piscina oscura, y ahí es donde fue. ¡Yo lo vi!

—¿Viste a quién? —preguntó el Sr. McClellan. Las arrugas de su cara se suavizaron. Era alto pero también amable, un hombre de voz suave con ojos azules claros y caídos. Su pelo era completamente blanco, pero sus cejas permanecían oscuras.

—Un hombre de traje negro y corbata roja —respondí, luchando para calmarme de nuevo—. Lo vi entrar en el vestuario. También lo vi antes en el baño de las chicas. Me persigue. Lo sé. ¡Él es el que hizo esto! —el pánico en mi voz era real; no me había dado cuenta hasta que escuché mi propio terror de lo loco que sonaba todo.

En ese momento, recordé la imagen del cráneo encapuchado que había aparecido en el espejo del baño la primera vez que vi al hombre del traje negro. Esa visión me asustó tanto que no pude hablar hasta que la cara de mi salvador reapareció en mi mente.

El Sr. McClellan permaneció en silencio, mirando de nuevo al Sr. Claypool y al Sr. Vásquez como si pidiera su apoyo. Sabía que pensaban que estaba loca. Pero cuanto más lo pensaba y trataba de recordarlo, más sabía que no lo había soñado.

Me moví para irme.

—Mi abuelo sabría qué hacer. ¡Me creería! —grité.

El Sr. McClellan me agarró de los hombros y me giró para mirarle a la cara.

—Claudia, ¿no me has oído? Se ha ido. Neil se ha ido —habló con suavidad, pero solo pude mirar sus profundos ojos azules con incredulidad.

Entonces me arrodillé sin querer; el Sr. McClellan me cogió suavemente en el suelo conmigo en sus brazos.

No podía entenderlo, y cuando lloré, no estaba segura de para quién eran las lágrimas. Pero algo dentro de mí se había liberado, algo que no podía controlar. Sollocé, recordando la hermosa cara de mi salvador, su dulce aroma, y el calor masculino y los brazos protectores que me sostenían en esos pocos momentos. Los anhelaba ahora.

Estábamos conectados de una manera extraña y hermosa que no podía entender. Me encantaba la idea. Cuanto más lo pensaba, más quería conocerlo. Y cuanto más quería entenderlo, más lloraba.

Envolví al Sr. McClellan en mis brazos, llorando, avergonzada de la debilidad que mostraba. No se me había dado la oportunidad de llorar por mis padres. Ahora, no podía parar. Todo lo que había sentido después de oír de sus muertes explotó dentro de mí. Quería creer que era fuerte. Pero la verdad es que me sentía impotente, una víctima de mis propias emociones sin fin.

El Sr. Claypool y el Sr. Vásquez se apiñaron a nuestro alrededor. De alguna manera, supe en ese momento que siempre sería así.

MICHAEL MCCLELLAN

MICHAEL LLEGÓ ANTES A LA OFICINA; la secretaria no estaba en su escritorio cuando entró en la oficina del abogado, pero notó la puerta del Sr. West entreabierta. Escuchó la voz del hombre que venía del interior de la oficina, así que se acercó, llamó a la puerta y entró, cogiendo al Sr. West por sorpresa.

El abogado estaba en una llamada telefónica, y tan pronto como vio a Michael, despidió a la otra parte en la línea e inmediatamente colgó. Michael consideró que era una señal de respeto, sintiendo calidez y seguridad cuando el Sr. West se levantó de su escritorio y lo rodeó para saludarlo. Luego llevó a Michael hacia una de las sillas para clientes y visitantes.

—Ah, Michael McClellan. Me alegro de conocerle por fin en persona —estrechó la mano de Michael con firmeza.

—Lo siento. Espero que no haya sido una llamada importante. Llegué temprano y no vi a su secretaria —dijo Michael educadamente.

—No, no. Pase. Siéntase. Tengo el papeleo listo para usted.

Michael se sentó frente al escritorio del abogado mientras el Sr. West regresaba a su cómoda silla de oficina.

—Es desafortunado que nos tengamos que reunir en circunstancias tan terribles —dijo el Sr. West—, pero es mejor que nos quitemos esto de encima. Neil hubiera querido que fuera así.

Michael estuvo de acuerdo, aunque las palabras del Sr. West sonaron un poco arrogantes y casi ensayadas, como un adulto hablando con un niño pequeño que acababa de caerse de su bicicleta, tranquilizándolo cada vez que lo hacía, era por su propio bien. Recordó que había sido el Sr. West quien había dado la horrible noticia a Claudia sobre la muerte de sus padres y sobre su marcha a vivir con el Dr. Edwards.

—Por cierto, ¿cómo está Claudia? —preguntó el Sr. West, inclinándose hacia adelante.

—Está mejor. Tenía un corte feo en la parte posterior de la cabeza. Debió ser por la caída —dijo Michael suavemente, recordando los eventos de ese día. Solo lo habían notado después de haber regresado a la oficina de la enfermera. La almohada en la que había estado acostada estaba manchada de sangre. No había sido malo, pero era lo suficientemente malo como para preocuparle.

Después de que la noticia de la muerte de Neil se difundiera entre el personal más temprano ese día, la escuela había terminado temprano; había estado tan tranquila. El silencio a veces lo asustaba cuando trabajaba solo, y ese día no había sido diferente. El edificio era especialmente espeluznante después de lo que había sucedido y aún más inquietante ahora que Claudia había insistido en que había visto algo.

¿Pero cómo se suponía que iba a actuar después de la noticia de la muerte de su abuelo? Parecía que ya lo había anticipado. No se había conocido hasta que llamaron a los paramédicos, y nunca antes había tenido necesidad de una radio, pero Neil le había entregado una esa misma mañana.

¿Podría Neil Edwards haber sentido el peligro inminente? El don de su amigo tenía un toque para proporcionar información sobre ciertas cosas que de otra forma no se sabrían. Michael se preguntó si Claudia poseía el mismo poder. Tal vez eso explicaría cómo había sido consciente de la muerte de su abuelo antes de que él se lo dijera, incluso si su mente había creado una realidad alternativa para explicarlo todo.

—No es sorprendente que se haya desmayado cuando escuchó la noticia. No puedo imaginar nada más.

—Tal vez —dijo Michael; un largo suspiro salió de sus labios.

—¿Y el hombre que ella afirma haber visto? —preguntó el Sr. West.

—La enfermera dijo que se golpeó la cabeza bastante fuerte en el piso. Debe haber pensado que vio a alguien —respondió Michael, adelantándose en su silla.

—¿Le crees? —el Sr. West parecía tontamente preocupado.

Michael lo encontró poco convincente.

—No sé qué creer. Solo sé que tengo una niña muy joven que ha perdido a su abuelo, y no estoy seguro de por dónde empezar.

—La mente puede engañarse a sí misma, especialmente después de un episodio dramático —el abogado se rio suavemente—. Pero no soy un experto en los caminos de la mente humana. En lo que puedo ayudarle es en la parte legal de todo este dilema —el Sr. West sacó unos documentos de una carpeta, les dio la vuelta y los puso en el escritorio para que Michael los leyera—. Antes de morir, Neil me pidió que revisara su testamento, dejándole la custodia de su nieta y la tutela de sus bienes para ser distribuidos para su cuidado hasta que cumpla los dieciocho años.

—¿Qué necesita de mí? —Michael preguntó.

—Nada. El papeleo ya está hecho. Todo lo que necesito es una firma que demuestre que lo recibiste —dijo el Sr. West, entregándole a Michael un bolígrafo y señalando las áreas donde se requería la firma de Michael.

Michael firmó algunos puntos y puso sus iniciales en el resto. Cuando terminó, el Sr. West le quitó el bolígrafo de la mano.

—Genial. Haré que mi secretaria le consiga una copia y se la envíe por correo electrónico. Hay una cosa más —dijo mientras recogía los documentos de la mesa y los volvía a colocar en la carpeta.

—¿Qué sería? —Michael preguntó.

—No es nada importante. Solo una anotación adicional.

Michael lo miró con desprecio. No conocía al Sr. West desde hace mucho tiempo; había sido el abogado de Neil durante muchos años, y Michael no tenía motivos para no confiar en él. Pero la arrogancia del Sr. West a veces lo perturbaba.

—En el caso de que se encuentre un pariente cercano, puede haber razones para impugnar el testamento.

—¿Qué? No tiene ningún pariente cercano. Sus padres están muertos. Por lo que sé, Neil era su único pariente vivo.

—Entonces no tiene nada de qué preocuparse. Era solo una nota menor que tenía que ser mencionada —dijo el abogado con una sonrisa mientras devolvía la carpeta a su maletín.

—En cuanto a la propiedad de Neil… —Michael comenzó.

—Está todo en el papeleo que mi secretaria le enviará por correo electrónico. Léalo con atención, y si tiene preguntas, llámeme. Ahora, si no hay nada más, tengo otra cita.

Michael asintió, se puso de pie y tropezó hacia la puerta. Pensó que podía mudarse a la casa de Neil, un espacio mucho mejor que su pequeño apartamento de una habitación, que no era lugar para una adolescente en crecimiento.

Las palabras del abogado resonaron en su mente. No podía entender por qué Neil habría añadido tal nota a su testamento. ¿Ya había tenido sus dudas sobre ser el único pariente vivo que le quedaba a Claudia? Tal vez su amigo simplemente se había olvidado de advertir a Michael de tal posibilidad.

Cuanto más lo pensaba, más dudaba de que su viejo amigo creyera que alguien relacionado con Claudia seguía vivo. Pero estaba en el testamento, así que la duda persistía. Después de todo, Neil había revisado el testamento. ¿Y qué es lo que alguien discutiría en sus actuales condiciones de vida? ¿Con quién viviría Claudia? ¿No sería esa su elección? Ella tenía diecisiete años, y él pensó que era lo suficientemente mayor para tomar este tipo de decisión por sí misma. Forzarla a esperar otro año no haría nada.

Michael miró hacia atrás. Quiso hacer una pregunta así, pero el Sr. West ya estaba en otra llamada, y cuando sus ojos se encontraron de nuevo y Michael abrió la boca para hablar, el Sr. West le hizo un gesto para que saliera.

Con eso, Michael salió.

Fuera de la puerta de la oficina, respiró hondo y se dirigió a través del vestíbulo, fuera del edificio, y hacia el aparcamiento. La única cuestión que quedaba por resolver era la de a quién colocarían como nuevo director de Milton. Había sido nombrado director en funciones, un sueño que esperaba que algún día se hiciera realidad, pero ya había recibido noticias del distrito de que un sustituto más adecuado estaba en camino.

Michael se preguntaba quién había asumido la difícil tarea de reemplazar a tan gran hombre. Quienquiera que fuese no podía ser tan bueno como el Dr. Edwards. Todo el personal y el profesorado esperaban con ansiedad, preocupados por saber quién se encargaría de dirigir una escuela que ya se estaba desmoronando pared por pared, y ahora un miembro del profesorado cada vez. ¿Quién podría cumplir con esa responsabilidad?

1 3

ADIÓS

EL FUNERAL FUE UN FIN DE SEMANA, EN UNA IGLESIA DEL Museum District. Fue enterrado en un brillante y soleado sábado de la última semana de marzo. No pude evitar preguntarme por qué tenía que ser un día tan hermoso para algo así.

Todos estaban allí: profesores, personal de la escuela, amigos, estudiantes y mucha gente que no conocía. Entonces el Sr. McClellan subió al podio. Lo observé desde mi lugar entre el Sr. Vásquez y el Sr. Claypool. Se aclaró la garganta; ya era difícil para él, y ni siquiera había abierto la boca todavía. El papel que sostenía le temblaba en las manos. Miró hacia abajo y luego hacia arriba a la gran iglesia silenciosa y abarrotada de gente y a las muchas caras que le miraban a él y al podio. Entonces me encontró, me miró y sonrió. Esperaba que mi presencia le diera la fuerza para empezar.

—¿Qué puedo decir de Neil que no se haya dicho ya? —Michael comenzó con una voz temblorosa. Se detuvo y respiró profundamente —. Neil era un hombre que amaba la vida. Era un hombre que anteponía las necesidades de los demás a las suyas propias. Era un amigo amable y bueno. Los que le conocían sabían de su amabilidad, su calidez, su generosidad y su gran devoción por ayudar a los menos afortunados. Daba y nunca pedía nada a cambio, a pesar de que estaba herido por dentro y escondía una gran cantidad de su propio dolor. Pero nunca dejó que eso lo cambiara, que le impidiera ser quien era para todos nosotros. Compartimos su felicidad y su bondad. Incluso en su maravillosa alegría cuando su nieta vino a vivir con él. Creo que nunca lo he visto tan feliz como el día que escuchó esa noticia. Siempre le había dado un propósito saber que, ahí fuera, todavía había una parte de él en el mundo. Claudia, —dijo, mirándome una vez más—, fuiste la mejor parte de su vida, aunque solo te conoció durante una pequeña parte de ella. Eras su todo.

Unos cuantos murmullos llenaron la iglesia.

El discurso fue hermoso, emocionalmente abrumador y agotador mientras estaba sentada allí. No pude evitar llorar, me sentí culpable cuando sus palabras resonaron a nuestro alrededor. ¿Por qué había rechazado a mi abuelo? ¿Por qué no le había escuchado cuando intentó hablarme? ¿Por qué tuve que ser tan terca? De nuevo, culpo a mi padre por ese rasgo.

La ceremonia terminó con un viaje al cementerio. Unos cuantos más se unieron a los de la iglesia; los amigos cercanos y la familia se quedaron alrededor del ataúd rodeados de flores y coronas funerarias.

Me senté junto al Sr. McClellan mientras el sacerdote leía de un libro negro y decía unas palabras. Se derramaron lágrimas. Quería que terminara.

El Sr. McClellan me puso una mano en el hombro cuando el ataúd fue bajado al fondo, y entonces me perdí. Agarré al Sr. McClellan y lo sostuve como si fuera lo único que me mantuviera con vida también. Volví a estar sola, abandonada primero por mis padres y ahora por mi abuelo.

El Sr. McClellan me devolvió a la casa de mi abuelo después. El camino a casa fue tranquilo, incluso cuando subimos los escalones del humilde porche de mi abuelo. Incluso cuando nos paramos frente a la puerta abierta y pensé que el Sr. McClellan diría algo, no le di la oportunidad. En vez de eso, subí las escaleras corriendo, en parte esperando que viniera a por mí. No lo hizo. Le vi en la parte inferior de la escalera, cuidando de mí, antes de que cerrara la puerta del dormitorio.

Me desplomé sobre la cama y miré alrededor de los muebles antiguos. Cómo había odiado aquel ambiente cuando llegué a vivir con él. Y ahora, no podía evitar recordar todo lo que había dicho o pensado sobre él y su casa. No quería que nada cambiara. La ira me hizo pararme de nuevo y agarrar los carteles que había colgado en mi pared para arrancarlos. Cogí el joyero de la cómoda y lo metí en el cajón de la mesita de noche. De alguna manera, no me pareció bien, así que lo saqué de nuevo y lo puse en la mesa donde pertenecía.

Me senté de nuevo en la cama y abrí el cajón de la mesa de noche para sacar la foto de mis padres y de mí. Esta fue la última foto que tomamos juntos y la última que tendría conmigo. Recordando ese hecho, además de darme cuenta de que acababa de enterrar a mi abuelo, mi única familia viva, miré la foto de cuando tuve familia y sollocé.

Debí quedarme dormida. Cuando me desperté, los carteles esparcidos por el suelo y la foto de mis padres, que se movía de un lado a otro, hacían parecer que alguien más había estado en mi habitación y la había tirado en mi lugar. Me senté en la cama y miré las paredes.

La casa se sentía misteriosamente silenciosa. Me pregunté entonces si el Sr. McClellan me había dejado en paz y qué pasaría, si acaso, con la casa de mi abuelo ahora. No lo había pensado mucho, pero me preocupaba. ¿Tendría yo algo que decir sobre lo que pasó junto a lo que se había convertido en mi casa? Si mi abuelo me la había dejado, yo quería quedarme. Haría todo lo que pudiera para que eso sucediera.

Cuando finalmente me levanté, caminé hacia la puerta de mi dormitorio y escuché. Oí el pequeño murmullo de una voz de hombre que venía de abajo; el Sr. McClellan debe haberse quedado. Poco a poco, abrí la puerta de mi dormitorio y noté que la puerta de la habitación de mi abuelo estaba entreabierta. Sin mirar dentro, caminé por el pasillo, cerré la puerta de su habitación y bajé las escaleras.

El Sr. McClellan se quedó en la cocina, hablando por teléfono sobre una especie de arreglos para un camión de mudanzas. Me di cuenta de que esto significaba que me mudaba de nuevo, pero no podía recoger y dejar los únicos lazos que me quedaban a cualquier tipo de familia. Ahora no.

Cuando colgó, corrí a la cocina.

—No dejaré que vendas la casa de mi abuelo —le dije. Levantó las cejas, pareciendo sorprendido de verme—. Esto es todo lo que me queda de él. ¡No puedes venderlo! —mi voz temblaba de rabia.

Sacudió la cabeza. Las ollas que colgaban sobre el mostrador de la cocina temblaron por un minuto, luego algunas cayeron de sus ganchos y se desparramaron por la cocina. El Sr. McClellan se acercó a mí y me agarró por los hombros.

—¡Claudia! —gritó—. Escucha —lo miré, las lágrimas furiosas ya corrían por mis mejillas. Me mordí el labio con tanta fuerza que probé la sangre—. Escúchame. No voy a vender la casa de tu abuelo.

Por un minuto, no supe lo que había dicho. Pero cuando me di cuenta, la ira se calmó en mí, y lo estudié a través de mi propia visión borrosa.

—Yo nunca haría eso —añadió—. Neil dejó esta casa para ti. Esta casa es tuya. Es lo que él quería.

—¿Entonces por qué llamaste a un camión de mudanzas? ¿Por qué nos estamos mudando? ¿Por qué nos vamos?

Frunció el ceño con dudas, y me di cuenta de que lo tenía al revés.

—Te estás mudando. A la casa de mi abuelo. Conmigo —salió como casi un susurro.

Asintió con la cabeza.

—Pensé que sería más fácil de esa manera. Esta es tu casa, y es lo correcto. Solo eres menor de edad por un poco más de tiempo. Pensé en empacar algunas cosas, quedarme aquí contigo como guardián, y guardar el resto de mis cosas en un almacén hasta que decida qué hacer a continuación… —un silencio incómodo se mantuvo entre nosotros, luego me soltó los hombros y salió de la cocina hacia el vestíbulo. Tomó las llaves de la mesa junto a la puerta, se volvió hacia mí y añadió—, los de la mudanza deberían estar en mi apartamento en unos minutos.

—¿Puedo quedarme aquí mientras estás fuera? Prefiero no ir a ninguna parte.

Abrió la boca, hizo una pausa, y aparentemente se contuvo de cualquier objeción. Vi en él la necesidad de complacer, de ser aceptado por mí por cualquier medio necesario. El Sr. McClellan asintió con la cabeza y abrió la puerta.

—No estaré fuera mucho tiempo. Mantén la puerta cerrada con

llave —creo que intentó ser firme, pero solo me recordó a un conejo gentil—. Tengo mi teléfono conmigo. Si me necesitas, por favor llama —luego salió y me dejó en paz.

Casi me arrepiento de haberme quedado atrás cuando me tomé un momento para mirar la vieja y vacía casa de mi abuelo. En ese momento, se sentía demasiado grande. Así que subí las escaleras y entré en mi habitación, cayendo en la cama una vez más. Solo quería que esto terminara. Quería pensar en otra cosa, pero el dolor dentro de mí no lo permitía. La culpa, si no hay nada más, me estaba comiendo viva.

La culpa venía de mí, sabiendo que debería haberlo escuchado la primera vez. Surgió de no tener suficiente tiempo con él y de pasar la mayor parte del tiempo enfadada y sola en mi habitación. Ahora la única persona que me entendía se había ido para siempre.

Estaba exhausta, pero cuando cerré los ojos y traté de pensar en otra cosa, las lágrimas no se detuvieron. Pero incluso cuando finalmente me dormí, soñé con mi abuelo.

Estaba allí en su oficina, sonriendo un momento, y luego cayendo al suelo, agarrando su corazón. Mientras su cuerpo yacía en el suelo, un cristal salió rodando de entre sus dedos flácidos y salió al suelo. Descansó allí hasta que una pálida y huesuda mano se agachó y arrancó el cristal del suelo. El hombre del traje negro y la corbata roja se enderezó sobre mi abuelo y agarró su premio.

—¡Abuelo! —la palabra se deslizó por mis labios, y el hombre del traje negro se puso a mi lado para enfrentarme.

Me señaló con un dedo delgado, como la primera vez que nos conocimos.

—Tú. Te he estado buscando —dijo—. Tú eres la respuesta. Ven a mí.

Se abalanzó sobre mí a través del suelo, y yo grité.

Luego me levanté en la cama y me di cuenta del horrible sueño que era. No pude encontrarle sentido, y de todas formas no quería hacerlo. Voces apagadas se elevaron desde afuera, y fui a la ventana para mirar el patio delantero. Hombres en overol levantaron cajas de un gran camión y las llevaron hacia la casa, desapareciendo debajo de mí cuando entraron por la puerta principal.

El Sr. McClellan se paró al lado del camión, diciéndoles a los hombres dónde poner sus cosas. Por supuesto, no miró a mi ventana para verme mirándolos. Todavía estaba tan cansada que me volví a subir a mi cama y me puse a un lado para mirar la foto de mis padres y de mí.

Las cosas iban a cambiar de nuevo. Nada había sido normal para mí, incluso cuando mis padres estaban vivos. Pero al menos tenía algo en común con mi padre, y aún así siempre me sentí segura. Ahora, no tenía ni idea de cómo era mi futuro, a pesar de que realmente confiaba en el Sr. McClellan. Mi abuelo había confiado en él lo suficiente como para dejarme a su cuidado, y no dudaba que McClellan fuera un hombre de buen corazón.

Debimos decir solo dos palabras los dos primeros días que estuvo allí. Pasé la mayor parte del tiempo en mi habitación. Me di cuenta de que no quería molestarme, y a veces dejaba mi cena en la mesa del pasillo fuera de mi puerta. Solo después del cuarto día decidí bajar y unirme a él. Estaba llenando el lavavajillas cuando se giró para verme de pie junto a la mesa de la cocina.

—Claudia —me ofreció una sonrisa nerviosa—. ¿Tienes hambre? ¿Puedo… puedo traerte algo? —los platos en sus manos se juntaron antes de que recordara lo que había estado haciendo.

—No, estoy bien —murmuré.

Puso los platos en el lavavajillas y lo cerró, dejando algunos platos sin tocar en el fregadero. Luego se acercó a la mesa mientras yo me sentaba.

—Puedo traerte algo. Lo siento. Olvidé qué hora era —se puso una mano en la cabeza durante un minuto, y luego me miró—. Espero que esto esté bien —me quedé mirándolo a él y a sus ojos tristes—. Me refiero a que yo esté aquí. Es lo que tu abuelo quería. No sé en qué estaba pensando cuando me eligió a mí —una sonrisa se extendió por sus labios, luego me miró y la sonrisa se desvaneció—. No es que no quiera estar aquí, entiendes —añadió—. ¿Pero yo? Bueno, no sé lo que estoy haciendo —se agarró al respaldo de la silla que tenía delante—. Y no quiero que sientas que te estoy forzando a esto. Si no es lo que quieres, estoy seguro de que se puede arreglar otra cosa —respiró profundamente, con los ojos caídos, y miró a la mesa—. Si no es lo que quieres —lentamente, se hundió en la silla.

—Si mi abuelo quería que tú fueras mi guardián, Sr. McClellan —le dije suavemente—, entonces yo también lo quiero.

Asintió con una débil sonrisa y dijo:

—De acuerdo. Está bien —después de unos segundos, empujó la silla hacia atrás de la mesa y se puso de pie—. Hice enchiladas —añadió, sonando bastante orgulloso de ello.

Eso me hizo sonreír.

—¿Cocinas?

—Sí —sonrió, pero miró hacia otro lado avergonzado—. Tu abuelo nunca se quejó. Era uno de mis mayores fans —se rio, y me di cuenta en ese momento de cuánto debe haber extrañado a mi abuelo también. Luego parpadeó, pareció recordar con quién estaba hablando, y volvió al lavabo—. ¿Quieres un poco? —preguntó sin darse vuelta.

—Claro.

Se movió rápidamente, pareciendo que realmente sabía cómo moverse por la cocina de mi abuelo. Cuando dejó el plato delante de mí, había lágrimas en sus ojos, y no se encontró con mi mirada.

—Son realmente buenos. Pero no lo digo solo porque... —se alejó, sonrió un poco y fue a limpiar la estufa.

Tropezó un poco al chocar con las esquinas del mostrador, golpeándose la cabeza con la parte superior del gabinete cuando alcanzó el claro debajo del fregadero. Mirándolo, me di cuenta de que no lo conocía en absoluto. No conocía a ninguna de las personas de mi nueva vida, pero ahora, descubrí que era algo que quería hacer. Había estado demasiado ensimismada en mi propia tragedia, no le había dado a nadie una oportunidad.

—¿Eran buenos amigos? —ambos sabíamos que yo ya sabía que eran cercanos, pero estaba empezando la conversación.

—Sí —dijo, volviéndose hacia mí desde la estufa—. Éramos muy buenos amigos —dijo, finalmente mirándome. Luego frunció el ceño.

—Lo siento —dije—. No quise hacer esto doloroso.

Sus ojos llorosos se abrieron de par en par con la culpa.

—Oh, no —dijo—. No lo sientas —luego volvió a la mesa y se sentó de nuevo.

Dejé el tenedor, mis labios temblaban.

—Quería hablar conmigo —le dije—, y debí haberle escuchado la primera vez. Lo traté tan mal cuando nos conocimos. Lo siento —susurré, tratando de tragarme mi pena. Pero las lágrimas llegaron de todas formas.

—No podías saberlo —dijo el Sr. McClellan.

—Ojalá hubiéramos tenido más tiempo. Quería decirme algo, y estaba muy emocionado por ello. Debí haberle escuchado. Debí… —no pude contener las lágrimas por más tiempo.

El Sr. McClellan acercó su silla a la mía y se inclinó hacia mí.

—¿Cómo pudiste saberlo? No puedes culparte a ti misma.

—No puedo evitar sentir que era realmente importante. Ahora es demasiado tarde.

—Claudia, no puedes sentirte así. Él no hubiera querido que te sintieras así —el Sr. McClellan movió su silla hasta casi tocar la mía, y luego me quitó el pelo de la cara.

Dejé caer mi frente contra su pecho y dejé escapar un largo suspiro. Pero no fue suficiente; las lágrimas volvieron, y lloré, agarrando fuertemente al Sr. McClellan. Cuando finalmente me calmé, susurré:

—Era todo lo que tenía, y ahora se ha ido.

El Sr. McClellan me abrazó completamente para un abrazo corto y fuerte, luego me apartó de él y me colocó el pelo detrás de la oreja.

—Me tienes a mí —dijo—. Le prometí a tu abuelo que te protegería sin importar nada, y tengo la intención de cumplirlo —asentí, aspiré y me limpié los ojos—. Ahora —dijo, aclarando su garganta—, basta de ese tipo de conversaciones, ¿de acuerdo? —tragó de forma audible, me soltó y sonrió mientras parpadeaba furiosamente sus propias lágrimas —. No tenemos que hablar más de ello. No si no quieres.

—Michael —susurré, sin estar seguro de lo que su promesa a mi abuelo implicaba realmente. Sus palabras sonaron con incertidumbre —. ¿Protegerme de qué?

Me parpadeó, como si la pregunta lo asustara, y se sentó en su silla. Le llevó un momento reunir sus pensamientos, y tuve la sensación de que nunca le había dicho a nadie más lo que iba a compartir conmigo.

—Tu abuelo trató de enfrentar ciertos temores suyos, pero no pudo combatirlos. Ya sabes, perdió a su madre cuando era muy joven —sacudí la cabeza. Mi abuelo había escondido muy bien ese tipo de dolor.

—Después, Neil se encontró vagando por las calles solo, sin saber quién era o qué había pasado. Poco a poco —dijo, sacando un cristal de su bolsillo—, finalmente volvió a él. Este cristal era lo único que tenía en su posesión, y le ayudó a recordar lo que había pasado.

—¿Qué?

Sostuvo su palma abierta hacia mí como invitación, y yo recogí el cristal con cautela. Parecía un trozo de cristal normal, pero cuando lo toqué, la sensación fue electrizante. Sentí como si la cosa se estuviera extrayendo de mí, conectándose y uniéndose a mí de alguna manera extraña. Dejé caer el cristal en su palma de nuevo y tiré de mi mano hacia atrás.

Michael no respondió a mi sorpresa.

—Una criatura secuestró a su madre —respondió frunciendo el ceño. Parecía no saber exactamente qué, solo que ahora me repetía las cosas que mi abuelo le había dicho—. Cuando todos sus recuerdos regresaron, trató de volver por ella.

—¿Dónde estaba ella?

—La cosa que se llevó a su madre pudo viajar a través de ciertas puertas a nuestro mundo y volver —echó un vistazo al cristal—. Esta piedra también sirve como puerta de entrada a otro mundo —después de dar la vuelta al cristal en su mano, lo devolvió a su bolsillo.

Toda la historia había tomado un aire más bien de ciencia ficción, pero yo quería creerla. Sentí que Michael confiaba en mi abuelo lo suficiente como para creerlo también.

—No hace falta decir —continuó—, que tu abuelo nunca perdió la esperanza de que un día encontraría la llave adecuada para abrir esta puerta de nuevo. Pero eso no le impidió tener una vida. Se casó. Tuvo hijos —trató de sonreír, pero solo parecía doloroso ahora—. Quería contarte todo esto… antes. Pero por supuesto…

Tenía que escuchar más ahora. Esta historia me hizo sentir más conectado a mi abuelo de lo que me había sentido en esos pocos días que pasamos juntos – la soledad que debe haber sentido, aislado en este mundo sin su madre.

—Tu abuelo siempre pensó que no podía tener hijos. Eso lo alivió, porque tenía miedo de traer a alguien con el mismo don a este mundo —me incliné hacia él, con los ojos bien abiertos—. Cuando tu abuela quedó inesperadamente embarazada de tu padre, el viejo temor de Neil volvió. Pero antes de que tu padre naciera, vi cómo ese miedo cedía ante la aceptación de que sería padre. Fue realmente lo más feliz que lo había visto. Le trajo una nueva esperanza de que tal vez las cosas serían diferentes —se detuvo para dar un pesado suspiro.

—¿Qué pasó? —yo lo incité. Tal vez averiguaría por qué mi abuelo y mi padre no se habían hablado en años…

—Martha, tu abuela, murió al dar a luz. Tu abuelo nunca fue el mismo después de eso —miré hacia la mesa, donde Michael había puesto las dos manos, y le cogí la mano para darle un rápido y suave apretón. Me miró y sonrió—. Después de eso, tu abuelo se volvió mucho más temeroso y distante. Una fuerte paranoia se apoderó de él de una manera que nunca había visto. Pensó que lo estaban observando, que lo seguían. Esa cosa maligna lo acechaba.

Pestañeé. Quise decir, "No estaba paranoico", pero no lo hice.

—Sentía que solo tenía una opción cuando se trataba de su hijo. Realmente pensó que era lo correcto cuando dio a tu padre en adopción. Neil dijo que era para proteger a tu padre del mal que temía que viniera por él.

—¿Qué? —dije un poco más duro de lo que quería decir—. Eso no tiene ningún sentido. No puede ser la razón del porqué.

—Lo siento, querida. Eso es todo lo que tu abuelo dijo. Amaba a ese chico con todo su corazón, y yo tampoco entendí cómo pudo tomar una decisión tan drástica. Intenté convencerlo de que no lo hiciera, pero estaba decidido a que era la única forma de proteger a su hijo.

Algo tuvo que haber asustado mucho a mi abuelo. Él y yo éramos iguales; ¿podría haber visto algo como lo que yo tenía el día que murió? Aunque definitivamente no era lo que esperaba, la ruptura entre él y mi padre tenía un poco más de sentido ahora, también. Pero mi abuelo debió saber algo más y no se lo dijo a Michael.

—Lo siento si te he asustado —añadió Michael—. Es que sentí…

bueno, que esto es algo que tu abuelo te habría dicho él mismo. Ahora que se ha ido… sentí que merecías saber la verdad sobre él.

—Gracias —asentí con la cabeza—. Gracias por decírmelo —esta no pudo haber sido una historia fácil de contar para él.

—Ojalá pudiera contarte más sobre él, pero eso es todo lo que me dijo sobre su pasado. Era una persona muy solitaria. Extrañaba a su familia. Cuando llegaste a su vida, trajiste esa misma magia contigo. Era su antiguo yo otra vez, aunque solo fuera por un tiempo. Le diste esperanza…

14

LUTO EN MILTON HIGH

EN EL BRILLANTE LUNES POR LA MAÑANA, EL TODOTERRENO NEGRO DE MICHAEL se detuvo en el espacio vacío del aparcamiento de los profesores. Apagó el motor y yo me quedé sentada mirando al frente. Ninguno de los dos habló durante un rato, pero luego se volvió hacia mí solo un poco.

Había perdido una semana de clases después del funeral de mi abuelo y ahora me preguntaba si estaba lista para enfrentar los incontables susurros y las miradas compasivas de tantos extraños.

—No tienes que hacer esto ahora —dijo Michael muy suavemente. Lo miré; estaba realmente preocupado por mí. Y ahora mismo, sabía que haría y diría cualquier cosa si me ayudaba en algo.

—Lo sé, pero las cosas no van a cambiar —le devolví la sonrisa—. Tengo que aceptar eso.

—Claudia…

—Estoy bien, ¿ok? —le devolví la mirada, obligando a que esa sonrisa se quedara en mis labios.

Él asintió con el ceño fruncido, y luego dijo,

—Pero si por alguna razón te sientes…

—Michael —puse una mano en su hombro para que se detuviera. Me miró la mano y sonrió.

—Muy bien —susurró y respiró hondo—. Sigo ayudando con las tareas principales, así que si alguna vez me necesitas, lo más probable es que esté en la oficina principal. La Srta. Witherson es nuestra nueva profesora de inglés. Te he trasladado a su clase. Espero que esté bien. Los otros profesores de inglés tienen demasiados estudiantes…

—Está bien —dije otra vez—. Puedo ocuparme de mis clases. Por favor, deja de preocuparte.

—Lo siento. Todo esto es tan nuevo para mí también —echó un vistazo al parabrisas de la entrada de Milton en el edificio de piedra. Los autobuses escolares se pusieron en marcha en el aparcamiento, saliendo de uno en uno en una larga línea amarilla para empezar a recoger a los estudiantes—. No quiero fallarte —dijo, volviéndose hacia mí otra vez.

—No lo harás —aprecié toda la atención que me dio, la preocupación en gran abundancia, pero también era demasiado. No podía culpar al hombre de buen corazón que solo tenía las mejores intenciones, así que traté de tranquilizarlo.

—Tendré una radio conmigo, por si acaso —dijo, con aspecto cansado y abrumado. Se movió con inquietud, sosteniendo sus manos temblorosas, en un momento dado olvidó apagar el coche y coger las llaves. Los nervios le habían afectado, pero no sabía si era por asumir el cargo de director o por cuidarme a mí, o por ambas cosas. Michael se había ganado el derecho de asistir como sustituto hasta que el nuevo director apareciera en los días siguientes. Había hecho un gran trabajo hasta ahora, pero yo seguía siendo un poco sensible a todo lo relacionado con mi abuelo; no sabía si podría entrar en su oficina sin quebrarme. No quería averiguarlo.

Salimos del coche y atravesamos el aparcamiento de grava para entrar en el edificio. Michael me sujetó la puerta y, cuando entramos en el vestíbulo, el lugar parecía un edificio totalmente distinto, más oscuro y frío, como si le hubieran succionado la vida. Me gustaba pensar que la ausencia de mi abuelo tenía algo que ver con eso.

Al final del pasillo estaba la oficina principal a la izquierda y la biblioteca a la derecha. A través de las ventanas de las puertas de la biblioteca, sentí la abundancia de literatura llamándome a pesar de la oscuridad y las puertas cerradas.

Michael abrió la oficina y se volvió hacia mí antes de abrir la puerta.

—Sé que llegamos muy temprano. Es que tengo mucho trabajo que hacer.

Frunció el ceño y trató de sonreír, pero solo le dio un poco de náuseas.

—Lo sé —le dije—. No te preocupes por mí.

—Es mi trabajo ahora —dijo—. Preocuparme. Sé que no quieres esperar aquí —dijo, asintiendo con la cabeza hacia la oficina principal y donde mi abuelo solía pasar sus días. Luego metió la mano en su bolsillo y sacó un par de llaves—. La Sra. Witherson no vendrá hasta dentro de unos minutos —dijo, entregándome el llavero—, pero estoy seguro de que no le importará que te sientes en el aula y la esperes. Es una llave maestra —tomé las llaves y asentí con la cabeza—. Salón 205. ¿Necesitas ayuda para encontrarla?

—No —dije. Aparentemente, no oculté mi irritación tan bien como esperaba.

Michael se frotó la nuca y dijo:

—Lo siento. Lo sé. Estarás bien. Solo estaré aquí.

Asentí y me alejé antes de que abriera la puerta y accidentalmente miré dentro de la oficina principal. Frente a la biblioteca estaba la oscura escalera de la esquina que lleva al segundo piso. Mientras subía, el sol empezaba a salir ahora, llenando los pasillos vacíos con nueva vida. Bajé por el misterioso pasillo vacío hacia la 205, y vi la puerta abierta de par en par y la luz dentro.

Aparentemente, ya estaba aquí.

Por un minuto, pensé en volver abajo y decirle a Michael que ella había llegado a la escuela antes que nosotros, pero no quise molestarme enseguida; necesitaba un tiempo a solas. Si la Sra. Witherson me dejaba quedarme, podría usar el tiempo extra de esta mañana para recuperar todo el trabajo que me había perdido antes y después del funeral de mi abuelo.

Cuando me detuve frente a la puerta abierta, la encontré escribiendo una asignación en la pizarra. Se detuvo, me miró, y una ráfaga instantánea de aversión salió de su mente y fue a parar a la mía.

Era una mujer delgada, de pelo castaño, probablemente de unos treinta años, vestida con una blusa de color rosa pastel y pantalones negros. Nunca se había casado y todavía estaba un poco amargada por ello, después de haber visto a todos sus otros amigos casarse mientras ella seguía siendo dama de honor.

Dios, odiaba poder ver todo eso dentro de su cabeza solo de un vistazo, pero aparentemente era una de esas personas que eran tan fáciles de leer. Era más bien un desafío no mirar lo que había allí.

Dejó de escribir y dirigió su atención hacia mí, su mente casi gritaba que quería causar la mejor primera impresión conmigo por la única razón de salir adelante en la facultad.

—¿Srta. Witherson? —llamé de todos modos, entrando en la clase.

—Sí —forzó una sonrisa, echó la cabeza hacia atrás y habló con una voz musicalmente melodiosa—. Debes ser Claudia Belle. Michael me ha hablado mucho de ti.

Supe al instante que estaba mintiendo. Las vibraciones de la voz de una persona y la variación de su tono siempre me revelaron lo que realmente significaban. Pero, sobre todo, sus pensamientos más íntimos eran tan claros como el día.

Niña rica malcriada.

¿Por qué me odiaba? Era así de simple para ella; yo era una niña privilegiada y había heredado todo de mis padres cuando murieron. Y luego de mi abuelo. El hecho de que solo había ganado tal fortuna perdiendo a las únicas personas que amaba nunca se le había pasado por la cabeza.

—Michael dijo que estaría bien que esperara aquí hasta que empezaran las clases —le dije—. Sinceramente, no creía que hubiera nadie aquí todavía. Creo que él tampoco.

Sus ojos se abrieron mucho y se volvieron increíblemente redondos, y luego se rio suavemente, una risa muy falsa y sin hijos, tan falsa como la sonrisa que me mostró.

—Por supuesto, habrá alguien aquí. Me tomo mi trabajo muy en serio. Asegúrate de decírselo.

—Claro. Pero ya que estás aquí, no quiero molestarte —de verdad, no quería tener que escucharla pensar en todas las razones por las que me odiaba—. ¿Estaría bien si paso algo de tiempo haciendo mi tarea? —le pregunté.

—¡Por supuesto! —respondió inmediatamente con una sonrisa cegadora.

—¿En la biblioteca?

Sus pensamientos me bombardearon como si los hubiera disparado con una pistola. *¿Qué pasa con mi clase? ¿No está a la altura de tus expectativas, niña rica? ¿Por qué todos están tan preocupados por ti? Al menos no tengo que seguir mirando esa carita perfecta.*

—Oh —dijo dulcemente, pero sus fosas nasales se abrieron—. Claro.

Asentí con la cabeza y me giré para irme, sintiendo el pelo de mis brazos levantarse bajo su ataque mental.

—Srta. Belle —llamó. Me detuve a medio camino de la puerta y me di vuelta lentamente. Ella dio un paso alrededor de su escritorio para acercarse a mí—. Siento mucho lo de tus padres y tu abuelo. El Dr. Edwards fue el hombre más amable y generoso que he conocido. No puedo imaginar por lo que estás pasando. Si alguna vez necesitas un amigo o alguien con quien hablar, me gustaría que consideraras venir a mí. Recuérdalo, ¿de acuerdo?

Por un minuto, pensé que podría haberme equivocado con ella. Pero entonces cualquier muro que ella puso alrededor de sus pensamientos para hacer una oferta tan convincente y genuina estalló como un demonio. *Tu abuelo no era más que un viejo loco. Ya era hora de que te libraras.*

Corrí furioso a través de la puerta y al pasillo, donde las luces parpadeaban en respuesta. Furiosa, me imaginé su gran estantería de metal y me pasé la mano al aire libre delante de mí. Desde el interior del aula de la Sra. Witherson vino un fuerte estruendo, un grito, y luego murmuró maldiciones. Yo sonreí. Tal vez necesitaba un estante mejor; así no tendría tantos libros que recoger cuando se cayera.

Mi disfrute no duró mucho tiempo, sin embargo, cuando me di cuenta de que nunca antes había destruido las cosas de alguien a propósito de esa manera. ¿Por qué ahora? Mientras bajaba las escaleras y subía la entrada de la biblioteca, la culpa se hacía aún más fuerte. Claro, era solo una estúpida estantería, pero la había mandado al suelo por rabia. Demonios, no podía controlarme la mayor parte del tiempo, pero había ejecutado mi intención con esa estantería perfectamente. No pude evitar pensar que tenía más que ver con lo enojada que estaba con ella que con cualquier otra cosa.

Papá estaría muy contento.

No, no lo estaría; me regañaría ahora mismo, como las innumerables veces que me había reprendido por perder el control.

Claudia, tú eres mejor que eso, me habría dicho. *¿En qué estabas pensando?*

En algo muy bueno. Había pasado tanto tiempo sola, que ahora alucinaba con mi padre repartiendo castigos en medio del pasillo de la escuela.

Él me movió un dedo.

Claudia, tú eres mejor que eso.

Después de usar la llave maestra de Michael para abrir la biblioteca, encendí las luces, cogí una silla y me enterré en un libro de texto.

Casi me quedé dormida unas cuantas veces, aburrida por los deberes escolares hasta que no pude mantener los ojos abiertos. Mi mente vagaba por otro reino solo para evitar que pensara en lo que había hecho. ¿Pero a quién estaba engañando? Esto nunca sería algo que pudiera bloquear y olvidar.

Volver a esta escuela fue más difícil de lo que esperaba, y me encontré pensando en la primera vez que vi al hombre del traje negro en el baño. Nunca sabría si era real, pero ese día había sido lo suficientemente real como para asustarme en serio. ¿Y si era la misma criatura que se había llevado a mi abuelo?

Como para evitar que reviviera los horrores de ese día y la oscura y abandonada piscina que no existía en realidad, el fuerte y confiado rostro del guapo salvador apareció en mi mente. Traté de ignorarlo; probablemente él tampoco existía. Pero el recuerdo de él mirándome con tanto alivio y la sensación de sus brazos envueltos a mi alrededor siguió apareciendo en mi cabeza como si alguien tratara de enviarme un mensaje. ¿Pero qué tan ridículo era eso? ¿Realmente quería creer en él tanto?

Aún así, no podía olvidar lo que había sentido cuando apareció a mi lado, algo más profundo e intrigante que me hizo sentir más conectada a él que a cualquier otra persona. Tal vez me estaba volviendo loca, pero la sensación de haberlo conocido de alguna parte era tan real como el libro en mis manos.

Cerré el libro y renuncié al informe que tenía que presentar en dos días. Una de las ventajas de tener un asistente del director como tutor es que nunca pude saltarme los deberes.

Cuando miré a través de las ventanas de la biblioteca, la puerta de la oficina principal estaba abierta de par en par. Hombres que nunca había visto antes llevaban cajas y muebles. Uno de ellos dejó una caja en el pasillo, su contenido casi se desborda desde la parte superior abierta, y se volvió para ayudar a otro transportista con un escritorio de aspecto pesado. Su pie golpeó contra la caja cuando pasaron, y un cuadro cayó desde lo alto de la pila hasta el suelo. El marco de cristal se rompió, pero los que lo movieron no se detuvieron con el engorroso escritorio que había entre ellos.

No pude evitarlo; me quedé de pie y salí de la biblioteca, mirando la caja como si algo pudiera saltar de ella. Cuando me acerqué lo suficiente, me agaché y cogí el marco roto, abrumada por la ira y la tristeza.

Entonces mi mente se llenó de imágenes a la vez, cada una de ellas luchando por ser vista; no tenía ningún control. Vi a mi abuelo dejar caer su cristal, el mismo que Michael me había mostrado. El hombre del traje negro se agachó para arrancar el cristal del suelo. Entonces sonrió, sus ojos brillaron con un oro brillante antes de que se llenaran de oscuridad.

He llegado tan lejos… y ahora te he encontrado. Mi fuente.

La luz de sus ojos creció, y luego se aclaró para revelar un mundo que se desmoronaba, los cielos en llamas, y por todas partes, la tierra se derrumbó bajo su gente tratando de huir. El hombre del traje negro también estaba allí, pero se veía diferente, normal.

El mundo destruido se derrumbó, reemplazado por un tanque de cristal. El hombre del traje negro estaba encerrado dentro, luchando por escapar. Un grupo de hombres en batas de laboratorio lo examinaron desde todos los ángulos, estudiando sus luchas mientras se sumergía en un líquido espeso. Otra mezcla negra, parecida al alquitrán, se vertió en el tanque, entró en sus pulmones mientras luchaba por su último aliento, y luego el hombre del traje negro dejó de moverse.

Entonces sus ojos se abrieron de golpe y me sonrió, no a él sino a una oscuridad que se acumuló en sus ojos y lo consumió.

Pestañeé y jadeé, el latido de mi corazón latía en mi cabeza. Luego dejé caer el marco en la pila de la caja y me dirigí a la oficina principal.

Esas imágenes no eran del hombre del traje negro; lo sabía en mis huesos. Esta fue una advertencia de mi abuelo, para que me la mostrara cuando tocara el marco de la foto, sobre el hombre y la oscuridad.

El Sr. Claypool y el Sr. Vásquez desaparecieron en la oficina de mi abuelo en la parte de atrás de la oficina principal. Me quedé allí y miré esa puerta abierta, preguntándome qué había intentado decirme mi abuelo. ¿O era otra premonición, algo así como la horrible figura en sombra que había visto a su lado en su cocina? Mi padre me dijo una vez que el don de ver los eventos futuros también era mío, al igual que yo veía cosas que ya habían sucedido, si decidía usar ese don. La dificultad ahora era distinguirlos.

Cuando la Sra. Wallace me vio, frunció el ceño y se inclinó hacia adelante en su silla.

—Claudia. ¿Está todo bien?

—Estaba tratando de advertirme —murmuré.

—¿Perdón?

Pestañeé, dándome cuenta de que la miraba fijamente y que lo había dicho en voz alta.

—Estoy bien —susurré. Ella sonrió educadamente, pero debió pensar que yo estaba loca.

Otra empresa de mudanzas salió de la oficina de mi abuelo, llevando una carretilla apilada con varias cajas. Mis ojos bailaron hacia la puerta abierta y la Sra. Wallace preguntó:

—¿En qué puedo ayudarte?

—¿Qué está pasando? —avancé, y cuando se movió como si estuviera a punto de ponerse de pie, me detuve.

—Están sacando algunas cosas de la oficina para el nuevo director —dijo, con su voz apenas por encima de un susurro.

Cuando me giré lentamente para mirarla, sus ojos no encontraron nada más que angustia y genuina preocupación.

—¿Nuevo director? Ysabía que esto iba a pasar, que alguien tenía que ocupar el lugar de mi abuelo en la escuela, pero aún así me sentía aturdida, como si ni siquiera estuviera aquí. Las imágenes seguían destellando en mi cabeza. Tenía que ver más, encontrar las respuestas que mi abuelo había tratado de darme antes de que él... me fuera arrebatado.

Pude ver al Sr. Claypool y al Sr. Vásquez desde donde yo estaba, de espaldas a mí.

—Sí —respondió la Sra. Wallace y asintió lenta y gentilmente.

Los administradores adecuados vaciaron los estantes y empacaron los libros de mi abuelo en una caja, luego reunieron las últimas fotos de su escritorio y las pegaron en otra caja junto a la puerta.

Una imagen de un gran espacio lleno de tanques de vidrio invadió mis pensamientos, al igual que el recipiente de vidrio que sostenía al hombre de negro en esa primera imagen no deseada. ¿De dónde venían estas visiones? Sentí que otra presencia se fortalecía, una fuerza me invadió y me conecté con ella, lo quisiera o no. Pero no tenía ni idea de lo que era o de dónde venía.

—¿Adónde se llevan las cosas de mi abuelo?

Me di cuenta de que encontraría una respuesta allí, entre las cosas que lo habían rodeado durante tantos años.

Mi cara se quemó como una inexplicable rabia y urgencia reunida dentro de mí, como si me hubieran prendido fuego. Quería averiguarlo antes de perder la conexión. Mi abuelo hubiera querido eso de mí, al menos. Si estos mensajes venían de él, tenía que haber una respuesta en sus cosas.

Los bolígrafos y lápices del escritorio de la Sra. Wallace temblaban donde estaban, y luego el escritorio mismo temblaba. Unos cuantos bolígrafos rodaron por sí solos y golpearon el suelo antes de que pudiera detenerlo.

La Sra. Wallace se agarró al escritorio, incapaz de impedir que bailara.

—No nos vamos a deshacer de nada. Todo se va a la casa de tu abuelo —dijo.

Su escritorio se acomodó mientras me alejaba hacia la oficina de mi abuelo, y respiré profundamente. ¿Qué quería mostrarme?

Tan pronto como entré, el Sr. Claypool y el Sr. Vásquez se volvieron y sonrieron en señal de saludo hasta que se dieron cuenta de que algo me estaba molestando. Fui directamente a las cajas y recogí otra fotografía mía enmarcada. Mi abuelo había enmarcado una vieja foto mía una semana antes del accidente.

Reconocí la foto, pero no tenía ni idea de cómo la había conseguido. Aún así, el hecho de que se tomara el tiempo de enmarcarla y ponerla en su oficina me hizo doler el corazón.

Sobre nosotros, las luces parpadeaban repetidamente, y oí el escritorio de la Sra. Wallace sonando de nuevo. La pobre mujer aparentemente hacía un buen trabajo manteniéndolo firme; nadie más en la oficina parecía notarlo.

—¿Claudia? —el Sr. Claypool llamó, mirando lentamente a las luces.

—Algo está viniendo… —susurré. Las palabras sonaban muy lejos, y me tomó un segundo darme cuenta de que no tenía idea de por qué lo había dicho.

—¿Algo? —preguntó el Sr. Claypool. Me volví para mirarlos, sintiendo que mis ojos se abrían de par en par—. Claudia, querida, ¿estás bien?

Entonces lo sentí, como un cuchillo al rojo vivo clavado en mi cabeza, y las palabras volvieron a salir de mí.

—Algo está aquí.

Algunas de las luces parpadeaban; otras dos parpadeaban. El Sr. Vásquez señaló, pero el Sr. Claypool no pareció darse cuenta. El viejo escritorio de mi abuelo casi saltaba, como un eco del golpe de la Sra. Wallace afuera; ella estaba ahora sentada encima de él, luciendo un poco ridícula.

—¡Sr. Claypool! —chirrió.

Pero el Sr. Claypool solo me miró fijamente, y me encontré abriéndome a la cosa que intentaba alcanzarme.

¿Hola?

Eres tú otra vez, dijo una voz masculina. *¿Dónde estás?*

¿Cómo puedo oírte?

No lo sé. Esto no debería ser... La voz se distorsionó, y luego desapareció por completo. ¿Quién era él?

—¿Claudia? —el Sr. Claypool me agarró del hombro—. Claudia, ¡Despierta! —miró las luces sobre nosotros, y luego los escritorios temblorosos. ¿Lo sabía? ¿Siempre había sabido que estas cosas pasaban por mi culpa y que yo no podía controlarlas?

Me sacudió un poco, y parpadeé para verle mirándome fijamente a los ojos. Su boca se abrió, pero no salió nada, y sentí que se le escapaba en oleadas que no sabía qué hacer.

—¿Qué viste? —preguntó finalmente—. ¿Qué hay aquí?

Le fruncí el ceño, estaba demasiado confundida para responder. Entonces me soltó, y cuando volví a respirar profundamente, las luces parpadearon y los escritorios se quedaron quietos. Di un paso atrás, levantando distraídamente una foto enmarcada de mi abuelo de la caja más cercana.

—Le echo de menos —dije, aunque sabía que no era realmente una respuesta.

El Sr. Claypool asintió con la cabeza, con una mirada temblorosa y confusa. Luego bajó la voz.

—¿Qué pasó Claudia?

—Yo... no lo sé —miré la foto de mi abuelo, y luego la voz me golpeó de nuevo con fuerza.

¿Hola? Llegó con un eco, y luego un par de ojos me iluminaron desde la cara de un joven alto y musculoso con mechones rubios dorados. Estaba de pie a una distancia considerable, vestido con vaqueros desteñidos, una camisa de seda estampada de azul pastel con las mangas arremangadas y un chaleco gris. Inclinó la cabeza, examinándome con esos ojos, y se sintió tan... cerca.

—¿Hola? —no pude evitar preguntarlo; ahora éramos los únicos en un pasillo vacío. Frunció el ceño confundido, y cuando se acercó a mí, una poderosa oleada de energía vibró entre nuestros cuerpos. Sentí que corría a través de él, también, la corriente electrizante que corría a través de mí. Entonces me di cuenta de que venía de él, y jadeé. La energía nos rodeó a ambos, atrayéndonos el uno al otro como a imanes; cuanto más se acercaba, más poderosa se hacía, y sus ojos brillaban con un oro brillante.

—¿Quién eres? —preguntó, y luego se mordió el labio inferior mientras la fuerza que nos empujaba juntos zumbaba a través y alrededor de él. Sus ojos se llenaron de agonía y luchó contra el poder que nos acercaba. Pero la siguiente oleada entre nosotros lo debilitó aún más, y sus hombros se desplomaron en la derrota; parecía que cuanto más intentaba luchar contra ella, más no podía evitar rendirse.

Entonces dejó de luchar, y la energía lo empujó hacia adelante hasta que se paró justo frente a mí. Di un paso atrás y me encontré clavado contra los casilleros, mirándolo fijamente. Su colonia, cítricos, menta y hierbas me envolvieron.

Esto era real. La energía de nosotros juntos tan cerca era sobrecogedora, latiendo a través de nuestras formas, el latido de mi corazón golpeando en mis oídos. Sus ojos se iluminaron, los destellos de oro bailaban en el centro de sus pupilas.

—¿Eres real? —jadeaba de placer—. Siento como si te conociera de toda la vida —se acercó, ahora a pocos centímetros de mis labios. El calor de su aliento contra mi mejilla me provocó escalofríos en la columna vertebral.

Pestañeé y alcancé a tocar su mejilla. Él exhaló en mi caricia, casi como si tuviera dolor. Sentí lo mismo aquí con él que la noche en que se llevaron a mi abuelo; este hombre me protegería a cualquier precio, aunque no comprendiera el peligro.

—¿Quién *eres?* —preguntó, pero no pude darle una respuesta. Ni siquiera lo sabía.

Sin avisar, sentí un tirón en mi corazón, contra él, algo que nos separaba e intentaba separarnos. No pude detenerlo. La pared detrás de mí se derrumbó, y me tropecé con ella, casi como si me hubieran arrastrado al otro lado. Me alcanzó y se las arregló para agarrar mi brazo, pero el tirón fue demasiado grande. Mi brazo se separó de su alcance y corrió detrás de mí a través de la pared destrozada. Cualquier fuerza que me agarrara me alejó de él y no me soltó, llevándome cada vez más lejos en una nada que no entendía.

—Vendré por ti —le oí gritar—. Te encontraré. Te lo prometo.

. . .

—¿Claudia? —el sonido de la voz de Michael me hizo parpadear. Entonces me di cuenta de que otro hombre estaba detrás de él, también mirándome con algo más que una pequeña preocupación.

No podía creerlo. El hombre de mi visión estaba aquí, ahora, en la vieja oficina de mi abuelo, mirándome con esos ojos verdes bajo el pelo marrón dorado. Las manchas de oro explotaron alrededor de sus pupilas, incluso aquí. Tragué; aunque la corriente electrizante entre nosotros no era tan fuerte como lo había sido en mi visión, definitivamente todavía la sentía ahora. Era real. Sentí que me sonrojé cuando su boca se curvó en una pequeña y confusa sonrisa.

¿Hola? Pensé en intentar hablar con él de esta manera; ya lo habíamos hecho antes.

No creí que fueras real, me respondió, y mi corazón se agitó al darme cuenta de que realmente podíamos comunicarnos de esta manera, parados justo enfrente del otro. ¿Por qué sigo soñando contigo?

No lo sé. Esa era la única forma que conocía para responder. Pensé que era la única. Un cálido rubor me subió por las mejillas, y lo vi mirándome.

Luego miró su reloj de pulsera, que en realidad no era un reloj, me di cuenta, cuando vi su frustración por el hecho de que no funcionaba como él quería.

Estás... feliz, pensó. Puedo sentirlo.

Yo sonreí. ¿Eres como yo?

No. Levantó la vista para fijar su mirada en la mía otra vez, sus ojos revelando lo que el resto de él trató de ocultar. Vi destellos de dolor allí, e imágenes de personas, otras como yo, siendo capturadas, torturadas, experimentadas, entregadas a personas con bata blanca. Instantáneamente, recordé lo que mi abuelo había dicho sobre los científicos vendiéndonos al mejor postor.

No eres como los demás... añadió. No entiendo por qué me siento tan...

Reaccioné a su repentina intensidad y lo alejé mentalmente, necesitando un poco más de espacio. Aparentemente, no le desanimó, solo alimentó su curiosidad y su deseo de más.

—Claudia —preguntó Michael de nuevo, interrumpiendo el momento—. ¿Está todo bien? ¿Necesitas algo, cariño?

Le miré fijamente, y entonces otro hombre entró en la oficina para unirse a Michael, el joven rubio de ojos verdes, y a mí.

—¿Y quién es esta encantadora joven? —preguntó el desconocido. Llevaba un traje azul oscuro a rayas y una corbata gris a rayas. Parecía hispano, su piel de un tono más oscuro y con reflejos rubios en su pelo castaño oscuro. Sus pensamientos y emociones eran un lienzo en blanco, nada más que unas cuantas arrugas en su frente para mostrar que sentía curiosidad por mí.

—Dr. Müller —dijo Michael—, esta es la nieta del difunto Dr. Edward. Claudia Belle.

Me puse nerviosa, tratando de darle al recién llegado la suficiente atención para no ser grosera, mientras aún estaba consumida por la chispa de atracción entre el hombre de ojos verdes y yo. Las luces parpadeaban de nuevo sobre nosotros.

—¿Cómo está usted, Srta. Belle?

Una distorsión de sonido vino de él, haciendo eco, zumbando y haciendo difícil escuchar cualquier otra cosa. Se hizo más fuerte, como si alguien cambiara las emisoras de una pequeña radio. Le pillé mirando su reloj y moviéndolo en su muñeca cuando Michael no miraba.

Su tarea es relacionarse con el Sr. Michael McClellan y el personal. Como nuevo director de Milton, ayudarás a John en este aspecto del trabajo. Averigua si saben algo.

Sí, Dr. Nicholson.

John hará el resto, como siempre lo hace…

No vi rostros, solo escuché las voces de este recuerdo, un pequeño flash del perfil del Dr. Müller cuando interactuaba con alguien que no podía ver. Y eso fue todo lo que pude sacarle.

Entonces miré de nuevo y vi al chico de ojos verdes que seguía mirándome. Fruncí el ceño. *Vete de aquí.*

—Siento mucho su pérdida —dijo el Dr. Müller.

No, el chico que aparentemente se fue con John no me dejó rechazarlo. *Quiero hablar contigo. Tú me haces… Me siento mucho más fuerte.*

Pestañeé con incredulidad. De todos modos, se adelantó y me pregunté si se iba a acercar tanto como lo había hecho en mi visión.

Pero se detuvo, el centro de sus ojos seguía bailando con ese tono dorado.

—Hola —empezó—. Quiero decir… hola. Quiero decir… Soy John —parpadeó y frunció el ceño, claramente confundido e incapaz de decir en voz alta lo que quería.

Lo sé, pensé. *John Slater.* No estaba segura de si me había oído; parecía desconectado y avergonzado.

—Ah, disculpe a mi sobrino, Srta. Belle. No se siente al cien por cien hoy. Creo que se está contagiando de algo…

John miró al Dr. Müller y frunció el ceño.

—Estoy bien —lo dijo un poco más fuerte de lo necesario. Luego me miró, y su intensidad inquebrantable me hizo sentir incómodo.

Quiero hablar contigo, me dijo. *No te haré daño. Solo quiero… explicar.*

Lo empujé de nuevo, no con fuerza pero lo suficiente como para que se moviera, al menos, eso habría hecho que cualquier otro se alejara. John no lo hizo. Los adultos continuaron la conversación a nuestro alrededor, y nadie pareció notar nuestra propia conversación secreta.

Lo único en lo que podía pensar era que tanto mi padre como mi abuelo me habían advertido sobre la gente que intentaría usarme, gente como este Dr. Müller, tal vez.

No, repetía John, casi como si supiera que yo solo quería salir de la oficina lo más rápido posible. No iba a salir de mi camino.

Una fila de luces parpadeó de nuevo en el techo, y luego se rompió. Los vidrios llovieron sobre nuestras cabezas, y yo hice mi jugada, pasando a John y saliendo de la oficina. Creí oírle venir detrás de mí, así que corrí a la escalera más cercana y me apresuré a subir al segundo piso. A mitad del pasillo vacío, me detuve y di la vuelta, solo para descubrir que estaba sola.

15

LA LECCIÓN

UNOS MINUTOS DESPUÉS, MICHAEL, EL SR. VASQUEZ, EL SR. CLAYPOOL y yo nos sentamos en la oficina de Michael en el segundo piso al final de la escuela. Era casi un pequeño rincón, aunque mucho más grande que las oficinas de los Sres. Claypool y Vásquez. Desde donde me senté en una repisa junto a la pequeña ventana de vidrio, podía ver toda la biblioteca debajo de nosotros.

Michael se sentó detrás de su escritorio, su chaqueta de traje colgaba sobre el respaldo de su silla de escritorio. Esta vez, supe sin duda que los tres sabían la verdad sobre mi abuelo, sobre mí. Habían pasado años juntos antes de que yo llegara a Texas y al instituto Milton. ¿Cómo no podían saberlo?

—¿Qué pasó? —preguntó Michael. Quería fingir que no tenía ni idea de lo que estaba hablando, pero ya no podía—. Milton tiene sus defectos y necesita muchas mejoras —continuó—, pero sabemos que esas luces no se rompieron solas.

—Lo siento —susurré, incapaz de mirarlo.

—¿Qué ha pasado? ¿Algo te ha molestado? Sé que todavía estás de luto, Claudia, y eso es perfectamente normal. Quiero ayudar en todo lo que pueda.

—No lo sé —no estaba segura de qué decirles, o incluso si debía decir algo. Más que nada, las últimas semanas fueron suficientes para asustarme en silencio, especialmente ahora con nuestro nuevo director y su extraño sobrino, si es que eran quienes decían ser.

—Dijiste que habías visto algo —me dijo el Sr. Claypool. Michael lo miró y levantó las cejas—. Ese algo se acercaba.

—¿Tuviste una visión? —Michael preguntó, lo que me sorprendió, aunque esperaba algo así—. Tu abuelo tenía visiones, pero la mayoría de las veces eran cosas aleatorias. Desconectadas. No le resulta fácil entenderlo. Un sentimiento o una sola imagen, más difícil de interpretar. ¿Es eso lo que viste?

Asentí con la cabeza, pensando que era la mejor opción. No quería revelar la verdad sobre John, o las cosas que había sentido que nos conectaban y nos acercaban. No quería asustar a Michael o a los otros administradores, especialmente porque no tenía ni idea de lo que estaba pasando.

—Siento lo de las luces. Ayudaré a pagarlas.

—No hay necesidad de eso, Claudia. Solo quiero que ejerzas un poco más de control sobre tus… habilidades. Nos estamos quedando sin bombillas —Michael apenas se las arregló para contener su sonrisa.

—Sin mencionar las excusas —añadió el Sr. Vásquez, que era más de lo que le había oído decir en semanas.

—¿Crees que la visión provocó tu poder? —preguntó Michael.

Me encogí de hombros, aunque por supuesto sabía exactamente lo que había hecho que las luces se rompieran.

—No estoy segura —murmuré en su lugar.

Michael respiró y se inclinó hacia atrás en su silla, frunciendo el ceño ante su ordenado escritorio.

—Bueno, al igual que tu abuelo. Tienes que tener cuidado. Aprende a controlarlo —finalmente me miró.

—¿Dijeron algo al respecto? —pregunté, refiriéndome a John y al Dr. Müller.

—Hasta donde saben —respondió el Sr. Claypool, sin perder el ritmo—, no era más que las bombillas que fallan y por las que Milton es tan popular.

—Siento haber causado tantos problemas… —dije.

—No lo sientas. Pero sobre las visiones —dijo Michael—. ¿Debería preocuparme por ti, Claudia? Tal vez deberías irte a casa. Tómate el día para descansar —el Sr. Claypool y el Sr. Vásquez asintieron con la cabeza.

—Estoy bien. Solo… me sentí un poco abrumada. Por favor, no me envíes a casa. Estaré bien.

—¿Estás segura? —se inclinó hacia adelante sobre su escritorio, tratando de sonreír bajo la genuina preocupación de sus ojos. El Sr. Claypool y el Sr. Vásquez lo copiaron casi exactamente, y de repente sentí que tenía tres nuevas figuras paternas, todas listas para hacer lo necesario para asegurarme de que tenía lo que necesitaba—. Puedo llevarte a casa —ofreció Michael.

—Estoy bien —de alguna manera, me las arreglé para devolverles la sonrisa a todos ellos.

—Muy bien, entonces —dijo. Me levanté para irme y, al abrir la puerta, Michael añadió—: Intenta no explotar más bombillas, por favor.

Él sonrió, y yo no pude ocultar mi propia sonrisa ligeramente avergonzada.

16

ALMUERZO GRUPAL

QUERÍA DESAPARECER, QUE ME DEJARAN EN PAZ. Los estudiantes e incluso algunos profesores habían llenado mi casillero casi por completo con cartas de condolencias que se habían deslizado por el pequeño respiradero. Traté de no dejar que me molestara; la gente solo trataba de ser amable. Pero era solo un recordatorio constante de lo que había perdido.

Mis clases matinales pasaron tan increíblemente lentas, y me encontré completamente incapaz de concentrarme en nada de lo que decían mis profesores. En cambio, seguí viendo los ojos verdes de John, lo escuché diciéndome que quería hablar conmigo, que yo lo hacía más fuerte. No podía negar lo que sentía a su alrededor, pero no tenía idea de quién era, y la verdad obviamente no era lo que el Dr. Müller había dicho.

Durante el almuerzo, entré en la cafetería y miré las caras sin nombre de otros estudiantes que me miraban con preocupación Algunos de ellos trataron de ocultar su molestia, pero escuché sus pensamientos; asumieron que solo estaba tratando de ordeñar su lástima por todo lo que valía.

No vi a nadie que reconociera y considerara la posibilidad de huir a la biblioteca. Pero me moría de hambre, así que de mala gana me metí en la fila del almuerzo y esperé. Entonces vi a Tina al final de la cafetería, sentada con los demás en sus lugares habituales. Una vez que recibí mi almuerzo, me dirigí a su mesa con mi bandeja y me senté sin decir una palabra. Ni siquiera intentaron mencionar a mi abuelo, aunque también dejaron notas en mi casillero. Honestamente, me alegré de que no lo mencionaran; solo quería que las cosas volvieran a la normalidad, o a lo más normal posible, ahora.

—Escuché que la alfombra de la nueva oficina del director se rompió casi a la mitad y tienen que conseguirle una nueva —dijo Alex—. Se lo merecía por haberse metido así después de lo de tu abuelo.

La miré en blanco durante un minuto, y luego sonreí. Al menos lo intentaba. Entonces se me escapó una risita, y el resto del grupo pareció darse cuenta de que era seguro relajarse a mi alrededor.

—Apesta lo que pasó —murmuró Alex, golpeando el chicle en su boca—. Lo siento.

—Gracias —susurré. Ella sonrió.

Pero, ¿qué se puede decir? Yo mismo no estaba seguro de lo que la gente pensaba que era mejor decir a los que habían perdido a sus seres queridos. Aún así, estaba agradecida por sus intentos de conectar conmigo, especialmente después de que no tuviéramos la mejor presentación.

—¿Estás bien? —preguntó Tina. Rubén y Sean también me miraron. Yo asentí.

—Fue difícil al principio. Gracias, chicos, por las tarjetas y las notas y eso… Realmente lo aprecio —intenté con todas mis fuerzas no ponerme a llorar delante de ellos.

—Bueno, estamos aquí para ti. Si tienes ganas de hablar de ello —Rubén se ofreció.

—Gracias —atrapé a Sean mirándome fijamente. Él sonrió, y yo bajé la mirada, seguro que ahora también me estaba sonrojando.

Nos pusimos al día con los chismes de la escuela y hablamos del encuentro de Alex con Thomas el guardia de seguridad y la fiesta de la casa que se celebraría el fin de semana siguiente. Por alguna razón, hablar de una fiesta me hizo pensar en mi guapo salvador de la piscina y en la hermosa cara que todavía me mantenía despierto por la noche. ¿Qué le había pasado?

Alex se levantó y salió al pasillo hacia las máquinas de Coca-Cola. Cuando desapareció, mi mente se sumergió en ese agujero de nuevo, y no podía dejar de pensar en lo extraño de mi vida en estos días, más extraño de lo normal. Nada tenía sentido – ese día en la piscina; el hombre del traje negro y la corbata roja; y ahora John y su tío, el nuevo director.

Quería decirle a Michael lo que había visto. John debía saber que yo querría hacerlo, y me preguntaba si por eso había intentado impedir que me fuera. Si todo lo que había visto en su mente era cierto, ¿realmente lo enviaron aquí para vigilarme? Pero entonces, ¿por qué sentí que me protegería con su vida?

Volví a pensar en mi salvador y en el mal que acecha en la piscina y que, por supuesto, no existía. Mi salvador me asustó e intrigó al mismo tiempo, y no tenía ninguna explicación para ello. Y no pude evitar preguntarme qué conexión existía entre él y la oscura sombra en la piscina que había tratado de ahuyentarlo. Lo peor de todo fue que tenía la sensación de que los conocía a ambos de alguna manera y no podía recordarlos.

—Estás tan callada. ¿Seguro que estás bien? —la voz de Tina me sacó de mis pensamientos más profundos. Le eché un vistazo. Siempre había sido difícil para mí fingir que era normal, y el haber perdido a mis padres y a mi abuelo en el mismo mes lo hizo aún peor.

—Estoy bien —dije—. Solo que tengo muchas cosas en la cabeza, supongo.

Sonrió y puso su mano en mi hombro.

—No te preocupes. Todo va a estar bien —deseaba creerle.

Rubén y Sean me miraron al mismo tiempo y sonrieron juntos. Fue más que un poco espeluznante.

—Sí, todo va a estar bien —dijo Rubén. Sean asintió.

—Él ha estado buscando —dijo Tina.

Tal vez me perdí parte de su conversación mientras me fui a mi propio mundo.

—¿Él quién? —sonrieron, pero no contestaron—. ¿Qué está buscando?

—Te está buscando a ti, tonta. Te ha encontrado. Alabado sea. Te ha encontrado.

—Sí, alábalo —repitieron Rubén y Sean.

—*¿Qué?* —susurré.

Tina me extendió la mano y me puso una ventosa en la mejilla.

—Cuando el tiempo viene, se revelará a ti. Ese tiempo se acerca rápidamente.

Pestañeé, frunciendo el ceño, y luego tuve la extraña sensación de que mis tres amigos de la mesa sabían algo de lo que acababa de pasar. Si no hubieran actuado tan raro, probablemente no habría dicho nada. Pero di el salto.

—Dime —susurré—. Por favor. ¿Quién es él?

Tina simplemente sonrió.

—Se regocija por tu anhelo por él —ella se inclinó más cerca y susurró—. Pero él dijo que tuvieras paciencia. Ten paciencia, *mi Pet*.

Mi cabeza empezó a dar vueltas, junto con toda la cafetería. Cerré los ojos, mi cabeza palpitaba, y luego todo se detuvo. Las voces y la ruidosa charla en la cafetería volvieron a mí antes de que abriera los ojos y parpadeara. Tina y los demás estaban hablando de la fiesta del fin de semana siguiente.

—¿Qué dijiste? —le pregunté a Tina.

—¿Cuándo? —preguntó ella, tomando un bocado de su almuerzo.

La agarré de los hombros y la puse de cara a mí.

—¡Dime! ¡Tengo que saber quién es!

Ten paciencia, mi Pet…

Era *su* voz, rodando por mi cabeza.

Sean y Rubén me miraron fijamente, como dos muñecos sin vida, y solté a Tina. Entonces los tres parecieron volver a la conversación como si nada hubiera pasado.

Alex volvió y se sentó a mi lado.

—Oye, ¿quieres uno? —preguntó y puso la soda en la mesa. Miré fijamente la lata de Coca-Cola y cerré la boca cuando la sentí abierta—. Siento haber sido tan mala la primera vez que nos vimos —añadió—. Llamándote Pocahontas y todo eso. Pero el pelo, ya sabes. Y, bueno, lo siento. Tengo problemas, pero no todos los tienen, ¿verdad? —se rio, abriendo su propia Coca-Cola para tomar un largo trago—. ¿Estás bien?

La miré, como si acabara de notar que había vuelto.

—Sí.

—Entonces, ¿estamos bien?

Asentí con la cabeza.

—Sí, estamos bien. Pero lo de Pocahontas… fue ingenioso.

Ella se rio.

—Bueno, como que te queda bien. Ahora, si solo podemos encontrar un chico lo suficientemente lindo para encajar en la imagen de John Smith…

—Genial —dije.

Ella sonrió.

—¿Vas a ir a la fiesta este fin de semana?

Le devolví la mirada, sintiendo que mi respuesta tenía que ser sí. Todavía no podía pensar con claridad. Detrás de los ojos azul oscuro cubiertos con sombra de ojos oscuros y rímel, Alex me sonrió. Enroscó el collar del pentagrama alrededor de su largo y pálido dedo, tirando de él. Un diminuto cristal brillaba desde debajo del encaje que envolvía su delgada muñeca. Nerviosamente lo volvió a meter, dejando caer su mano bajo la mesa antes de que pudiera preguntarle. Se parecía casi al que Michael me había mostrado.

—Me gusta tu encanto —me las arreglé para decir, pero ella no me escuchó o decidió ignorarme.

—Entonces, ¿vas a ir?

—Sí —dije con un guiño—. Creo que sí.

—Genial. Tienes que dejar que te maquille. Lápiz labial rojo con sombra de ojos morados oscuros sería mejor para el color de tus ojos y tu tez.

Le fruncí el ceño.

—Relájate. Prometo que lo mantendré natural. Es un trabajo duro mirar como lo hago yo, pero es mío, y no puedes tenerlo —ella se rio de nuevo.

No pude evitar sonreír un poco, y Alex cayó en la conversación de grupo con los demás sobre la fiesta. Los escuché hacer planes para la noche, y aparentemente, iba a ir ahora, quisiera o no. Sorprendentemente, Alex se ofreció a recogerme. Ella era la única otra persona mayor con un coche en nuestro grupo.

No tenía muchos amigos; sus padres estaban divorciados. Vivía con una madre alcohólica. Su padre llamaba cada dos semanas y rara vez la visitaba. Alex era más fácil de leer que los demás, porque no le importaba y llevaba sus sentimientos al exterior con su estilo personal.

Me sentía como una idiota examinando y mirando a los demás, tratando de ver lo que había visto en Alex, tratando de leerlos también. Pero por alguna razón, no pude. Cuando todos me miraron a la vez y me miraron fijamente, aparté los ojos y traté de parecer concentrada en otra cosa. Lo único que pude captar cuando los busqué fue un montón de ruido inútil.

Entonces una extraña sensación me golpeó como una ola de energía desequilibrada desquiciada, tratando de conectarse a un receptor. Tina, Rubén y Sean me miraron otra vez, casi como si hubieran sentido lo mismo. Pero eso era absurdo, ¿no? Entonces todos miraron a mi lado hacia algo en el extremo de la cafetería.

Miré a Alex, pero estaba ocupada mirando algo en su teléfono. Parecía completamente inconsciente, al menos en lo que respecta a la extraña explosión de energía que yo había sentido y lo extraño que los demás estaban actuando en la mesa. Entonces me volví para ver qué había llamado la atención de los demás.

John Müller entró en el otro extremo de la cafetería. Inmediatamente, agaché la cabeza para esconderme detrás de mis amigos. Nadie pareció notar mi reacción, sin importar lo ridícula que me sentía.

—Miren quién acaba de entrar —dijo Alex. Qué bien. Ahora ella también se había dado cuenta—. ¿Quién es el nuevo? —me miró y me vio agachada sobre la mesa—. ¿Lo conoces?

Pestañeé hacia ella, sintiéndome muy culpable.

—No.

—Sí *lo* conoces. Oh, dilo, Pocahontas. Por favor.

—Es el sobrino del nuevo director —dije rápidamente.

Una gran extensión se hizo sobre sus labios rojos y llenos.

—Aw, ¿en serio? Vaya, es sexy. Como un dios cincelado —se mordió el labio y lo miró fijamente con los ojos abiertos.

¿Dios cincelado? Solo Alex sacaría un término tan ridículo.

—Claudia, eres una perra. ¿Por qué no lo mencionaste antes?

—No creí que fuera importante… —murmuré, mirándola desde mi ridícula posición en la que había intentado enterrar mi cara en mis brazos sobre la mesa.

—¿Hablas en serio? —ella arrugó su nariz—. Entonces, ¿por qué te escondes?

—¿Esconderme? —bromeé, levantándome un poco—. No me estoy escondiendo.

Ella inclinó la cabeza.

—¿Te gusta? —su sonrisa se amplió.

—No… ¿qué? No —me sentí como una idiota. Por supuesto que no me gustaba.. John era una mala, mala noticia para alguien como yo. Era al revés. En todo caso, no me dejaba en paz.

—Claro que *sí* —Alex echó la cabeza hacia atrás y se rio.

—No es tan especial —dijo Tina—. Parece un problema, si me preguntas.

—Creo que deberías hacerte un chequeo de los ojos —le dijo Alex —. Es guapísimo.

Me puse nerviosa y puse los ojos en blanco, y Alex volvió a reírse. Los demás no dijeron nada más, pero miraron a Alex, como si su comportamiento solo les molestara.

Miré hacia otro lado, esperando que John no me encontrara. Me sentí tan estúpida por evitarlo, pero lo que había visto en su mente era un poco aterrador. No creí que se suponía que debía haber visto ninguna de las imágenes en su cabeza, o por el hecho de quién era y que su extraño reloj le había fallado de alguna manera. Y parecía tan confundido por mí como yo por él. Nunca supe que estaba aquí para hacerme daño, solo que quería hablar, como había dicho. De cualquier manera, no tenía intención de darle esa oportunidad, a pesar de que ninguno de los dos podía negar que algo nos atraía el uno al otro. Hasta que descubrí por qué, si alguna vez podía, quería alejarme de él. Pero cuando volví a mirar a través de la cafetería y lo vi, mis mejillas se quemaron.

—Te estás sonrojando —dijo Alex con una voz burlona y cantarina.

—Claro que no.

¿Realmente quería creer que no había entrado en la cafetería para encontrarme? Por supuesto, lo había hecho; mi nombre seguía apareciendo en su mente mientras escudriñaba las mesas llenas de otros estudiantes. Entonces se volvió hacia mí, y sus ojos parpadearon sobre nuestra mesa. Mierda. Volví a bajar para esconderme detrás de mis amigos, presionando mi frente en mis brazos y esperando que no me hubiera visto. Me había sentido. Por supuesto que sí; es un cazador. Eso fue lo que vi en su mente, pero no tenía idea de lo que significaba. Si pudiera controlar mi poder, habría sido capaz de evitarlo. En cambio, aparentemente lo estaba convocando. Ese fue un pensamiento extraño.

—Parece que está buscando a alguien —Alex se burló y me entrecerró los ojos. El calor se me subió a la cara otra vez.

—Te ves muy bien en ese tono de rojo, Claudia.

—Ja, ja, qué graciosa —dije.

John caminó hasta el frente de la cafetería y se paró

donde los subdirectores normalmente lo hacían. Definitivamente parecía que estaba en una misión, aún escudriñando la abarrotada y ruidosa sala. Sentí su frustración; me sentía claramente, pero no podía entender por qué no podía verme. Obviamente no había pensado que yo trataría de esconderme de él.

El pánico de las emociones que yo sabía que había captado lo ponía ansioso. Cualquier emoción parecía hacerle eso, como si fuera caliente y fría en su piel. No me atrevía a sentarme a mirarlo de nuevo, pero aún así podía imaginarlo perfectamente. Esos ojos nunca dejaron mi mente, la forma en que brillaban y se iluminaban con ese mágico oro en el centro. ¿Qué les hizo hacer eso? Tenía que saber cómo eran sus propios ojos.

—Puede ser tu John Smith —dijo Alex.

—¿Qué? —yo jadeé y ella se rio.

—Pocahontas, y él es John Smith.

Vale, ahora estaba empezando a arrepentirme de haberla felicitado por el ingenio de ese apodo.

—Bueno, tú eres latina, y él es una especie de melocotón y crema americano. John Smith y Pocahontas —ella no lo dejaba pasar.

—Ella era nativa americana —corregí.

—¿Cuál es la diferencia? —la miré desde mis brazos sobre la mesa y abrí los ojos con incredulidad—. Él es blanco, y tú eres una chica latina bien bronceada —vale, estaba empezando a sonar ligeramente racista en este punto, pero Alex estaba disfrutando mucho de todo esto.

—Él no está bien para ella —dijo Tina—. Es demasiado arrogante. Además, Claudia está incómoda.

Sí, tenía que estar de acuerdo con Tina en la parte arrogante.

—¿Incómoda? —Alex preguntó—. Ella no está incómoda. ¿No ves que está enamorada?

¿Yo *qué?* Le arrugué la nariz. ¿En serio?

—Ella no lo sabe todavía —Alex sonrió y me dio un codazo en el costado—. Ustedes se verían muy bien juntos... Entonces, ¿cómo se llama?

Le parpadeé, frustrado por su continua sonrisa, como si estuviéramos en una broma que nadie más estaba recibiendo.

—Chris, John Müller.

—¡Ah! ¡John! —dijo ella con un suspiro—. Johnny el soñador. No me importaría pasar unos minutos con él... —los otros giraron sus cabezas hacia ella en desaprobación.

—Eres repugnante —dijo Tina.

—Discúlpame por ser sexualmente activa. Supongo que sabemos quién es la virgen aquí —dijo Alex, levantando las cejas con un pequeño movimiento sarcástico de su cabeza. Sacó su polvera y se volvió a aplicar su lápiz labial rojo, se empolvó la cara con más maquillaje blanco, y luego guardó la polvera en su bolso negro—. Solo estoy diciendo lo obvio, ¿verdad, Claudia?

No dije nada, mirando los ojos de los demás haciéndole agujeros a Alex.

—Oh, vamos. Estoy bromeando —me dijo—. Ustedes necesitan relajarse. Están tan tensos.

La Sra. Whitman se acercó a John desde donde los profesores vigilaban la cafetería, quizás preguntándose si se había perdido. Parecía ser muy popular; casi todas las demás chicas de aquí también tenían sus ojos puestos en él. Parecía que pertenecía a una escuela secundaria de Beverly Hills en lugar de la nuestra.

—¿Qué está haciendo? —Alex regañó, con respecto a la Sra. Whitman. La profesora estaba coqueteando con John ahora, y yo tuve que mirar hacia otro lado. Sentí la impaciencia de John irradiando de él, coloreada por la irritación. Quería alejarse de ella y encontrarme, pero la mujer no dejaba de hablar.

—Es demasiado joven para ti… —Alex dijo. Le di un codazo en el brazo—. ¿Qué? Él es… Lo juro, no tiene ninguna vergüenza. Te diré algo, esa mujer se va a meter en muchos problemas legales si sigue así en el instituto.

Todo el tema era ahora más humillante de lo que podía manejar, pero aún así no quería levantarme y dejar que John me viera.

Finalmente, se liberó de la Sra. Whitman y volvió a caminar por la cafetería hacia nuestra mesa.

—Te reto a que hables con él, Pocahontas —se burló Alex. Sabía que si no lo hacía, ella lo haría por mí.

—¿Por qué querría ella hablar con él? —Sean preguntó, mirándome.

—Oh, ¿estás celoso? —Alex respondió con una sonrisa.

—¿De qué estás hablando? —se vio incómodo al instante.

—Como si no pudiéramos ver la forma en que miras a Claudia. ¿Tienes miedo de que un hombre de verdad la atrape primero?

Me sonrojé. Sean bajó sus gafas, sus ojos se encontraron con los míos, y abrió la boca para hablar. Pero no tuvo oportunidad.

—¿Alguna vez te callas? —Tina rugió, levantándose de su asiento.

—Oh, ¿él también necesita que lo defiendas? —Alex se rio.

Finalmente, me levanté de la mesa.

—Tengo que irme —tenía que salir de esta ridícula conversación antes de que las cosas se pusieran realmente feas, y no quería ser el centro de atención de esa manera. Mientras me dirigía a la cafetería, me di cuenta de que no veía a John en absoluto.

—¡Hey! Pocahontas, lo siento —Alex me llamó—. Por favor no te vayas. Solo estoy bromeando.

Lo único en lo que podía pensar era que John parecía haber desaparecido. Cuando llegué a las puertas de la cafetería en el pasillo, me di la vuelta y encontré a Alex sentada sola en la mesa. Sus ojos se abrieron de par en par y pasó a mi lado, entonces supe que estaba de pie *detrás* de mí.

—Claudia Belle... —la voz de John me dio escalofríos en la columna vertebral.

En lugar de voltearme a mirarlo, salí corriendo al pasillo.

—Claudia, detente. Tengo que hablar contigo —sonaba como un comando poderoso, aterrador.

¿Qué iba a hacer, correr detrás de mí?

Corrí al pasillo y me metí en las escaleras. Cuando volví a mirar, no podía creer que me pisara los talones. Salté los escalones, y en el momento en que llegué al segundo piso, una mano me rodeó el brazo, me tiró hacia atrás y me hizo girar. Mi espalda golpeó los casilleros, y John se inclinó cerca. Desafié su mirada, su aliento cálido rozando mi cara mientras me absorbía con esos ojos. Luego se inclinó más cerca, su aliento era pesado, ignorando todo lo demás excepto a mí.

Temblé y exhalé lentamente, la curiosa energía entre nosotros explotando con una fuerza que no entendía. Hizo que esos tonos dorados en el centro de sus ojos se expandieran tanto, que sus ojos casi brillaron.

Parecía completamente incapaz de apartarse. Podía sentir su impotencia, poseída por mi presencia, y nada que pudiera hacer o decir lo detendría. Ni siquiera el miedo que yo sabía que él sentía se elevaba en mí en esta cercanía. Sus labios se alejaron un poco de los míos, y repitió tan lentamente,

—Necesito hablar contigo... —con su siguiente aliento, sus ojos habían perdido completamente su color verde, consumidos por el oro que se había quemado en ellos.

Tenía la sensación de que algo irreversible estaba a punto de suceder.

—Detente —supliqué, tratando de sacar mi brazo de su aplastante agarre—. Déjame ir.

De alguna manera, se soltó y me miró para verme mirándole con los ojos abiertos. El oro se encogió de nuevo, devolviendo sus lirios a ese verde antinatural. Entonces la fuerza que lo atraía hacia mí surgió entre nuestros seres, como si no le permitiera alejarse. Frunció un poco el ceño, y supe que se había dado cuenta de su error. El arrepentimiento de John surgió sobre mí; no había querido asustarme en absoluto.

—Lo siento… —murmuró, y luego apretó sus labios contra los míos.

Respiró hondo, sus labios cálidos y acogedores. Yo parpadeé, completamente sorprendida, y luego reaccioné. En un segundo, saqué cada centímetro de fuerza de mi mente para empujar con fuerza contra la suya. John voló hacia atrás, se golpeó contra la fila de armarios al otro lado del pasillo, y luego cayó al suelo.

Jadeé, sin haber esperado que nada de esto sucediera. Con la esperanza de no haberlo lastimado, di unos pasos hacia adelante para ver si estaba bien, a pesar de que mi instinto me decía que huyera. Entonces me arrodillé a su lado y lentamente me estiré para tocar su hombro. John se movió un poco con un gemido, sorprendiéndome tanto que me caí de rodillas y me alejé de él en el suelo. Los gemidos de John se detuvieron y se dio la vuelta para mirarme.

—Eso fue solo defensa propia —dije, no exactamente una disculpa, pero no sentí que le debía una. Levantó la cabeza y ese oro danzante volvió a brillar en sus ojos. La corriente entre pulsada y apretada, nos acercaba. John se acercó a mí, y yo no pude evitarlo, yo hice lo mismo.

Cuando nuestros dedos se tocaron, el pasillo desapareció a nuestro alrededor, reemplazado por imágenes que nunca había visto antes. John hizo guardia mientras una enorme y amenazante sombra se deslizaba sobre ambos. Sus ojos brillaban de nuevo en el oro ahora, y yo estaba de pie detrás de él, mis brazos envueltos alrededor de su cintura, dándole fuerza. De la sombra que estaba delante de nosotros, enormes y enroscados tentáculos de oscuridad se extendieron para atacar. John los agarró a ambos con una velocidad y fuerza que no pude ver pero que definitivamente sentí a través de su cuerpo. Partió estos violentos tentáculos por la mitad, pero solo volvieron a crecer para atacarnos…

Aparté mi mano de la suya, cortando la conexión con esa extraña visión, y John me parpadeó.

—Lo siento… —dije, y luego me paré y tropecé por el pasillo mientras la campana de la clase sonaba sobre mi cabeza.

17

ENTRE AMIGOS

Me dirigí hacia mi casillero en los pasillos de la multitud, mi corazón todavía palpitaba de emoción y un poco de miedo después de lo que acababa de pasar.

No me di cuenta de Alex hasta que me alcanzó y se puso a mi lado.

—Hola —susurró.

—Hola —hubo un breve silencio entre nosotras mientras nos movíamos entre los estudiantes que pululaban entre las clases. Había dejado las cosas un poco tensas en la mesa del almuerzo antes de tratar de huir de John; Tina se había enfadado con Alex, el resto de nuestro grupo acababa de dejar a Alex sola en la cafetería.

—¿Hablaste con Tina otra vez después del almuerzo?

—No —Alex acaba de tirar de la correa de su mochila—. ¿Y tú?

—Todavía no —no estaba segura de querer hacerlo, pero sentí que era algo que debía hacer—. Entonces, ¿qué vas a hacer?

—¿Sobre qué? —ella se rio—. ¿Crees que importa? En serio podría importarme menos lo que digan o que no me hablen. ¡Que se jodan!

—Entonces, ¿no vas a ir a la fiesta?

Me miró y sonrió.

—¿Estás bromeando? Por supuesto que voy a ir. ¿Quién más te va a llevar?

Le devolví la sonrisa.

—Ya puedo ver la mirada en la cara de Tina.

—Yo también.

Salí del tráfico de estudiantes y me detuve en mi casillero para el libro de texto de mi próxima clase. Un chico se acercó a abrir el casillero junto al mío, y yo solo le eché un vistazo. Era la primera vez que veía al chico rubio en Milton, y ahora que lo había visto, no podía dejar de mirar sus hermosos ojos azules.

Pareció notar que lo miraba, y me sonrió. Una cámara colgaba de una correa sobre su hombro, y él la agarró rápidamente.

—Fotografía —dijo, mirando a su cámara antes de sacar una pequeña bolsa negra de su casillero y meterle el lente de la cámara—. Estoy tomando fotografías —parpadeó, lanzó su mirada por todas partes, y luego me miró tímidamente de nuevo con una sonrisa de vergüenza.

Intenté volver a sonreír pero sentí que me sonrojaba de nuevo y me escondí detrás de la puerta abierta de mi casillero. Sus pensamientos se arremolinaban a mi alrededor; era increíblemente tímido pero realmente quería hablar conmigo.

Dios, era lindo. Me mordí el labio mientras él volvía a sonreír.

—Soy Jimmy —dijo.

Me ardían las mejillas.

—Oh. Soy…

—Claudia —respondió por mí. Miré y tuve que volver a mirar hacia abajo, avergonzada de que me tomaran tan desprevenida. Por supuesto que sabía quién era yo. Era la nieta del director. ¿Quién no me conocía?

—Hola, Jimmy —dijo Alex, interponiéndose entre nosotros—. ¿Nos disculpas? Gracias… —Jimmy y yo intentamos volver a vernos por encima del hombro de Alex. Ella cerró de golpe mi casillero y me agarró del brazo, alejándome del tipo más lindo que había visto en un tiempo.

—Nos vemos —dijo Jimmy lentamente mientras lo dejábamos atrás.

—¿Vas a decirme qué pasó con Johnny, o qué? —preguntó Alex. Estaba deseando detalles -lo sentí- y al mismo tiempo ignorando el hecho de que probablemente había arruinado mis posibilidades de conocer a un chico muy interesante.

No sabía qué decirle… o incluso si debía hacerlo.

—Lo vi correr detrás de ti —añadió—. Parecía que ya se conocían.

—¿Viste eso? —le pregunté. Me salieron mariposas en el estómago.

—Sí, y como la mitad de la cafetería. La mayoría de las chicas no pueden quitarle los ojos de encima —puse los ojos en blanco y suspiré—. ¿Y qué? —Alex sonrió y se acercó más—. ¿Te besó?

Me sonrojé casi inmediatamente. Me dio una bofetada en un lado de mi brazo y me acobardé.

—¡No puede ser! Claudia, ¿qué te dije? ¡Él está totalmente loco por ti!

No tenía ni idea de lo que había pasado realmente, pero no iba a corregirla. Lo que no podía dejar de preguntarme era la espeluznante visión que había tenido cuando John y yo lo tocamos, luchando contra las sombras y aparentemente protegiéndome. Eso solo lo hizo más confuso.

—Así que, vamos —suplicó Alex—. ¿Qué dijo? ¿Te invitó al baile de graduación? Nunca he tenido una amiga a la que pudiera nominar para reina del baile, así que… ¿sí?

—¿Qué? —dije estúpidamente, caminando por el pasillo hacia el salón de la Sra. Witherson. Entonces vi a Tina, Sean y Ruben al otro lado del pasillo.

Tina me hizo señas para que me acercara a ellos, y los chicos se unieron. Sacudí la cabeza y señalé a mi siguiente clase, y nos pasaron sin parar. Sus sonrisas de invitación se convirtieron en ceños fruncidos de desaprobación cuando me vieron caminar con Alex en su lugar.

—Podrías haberte ido —dijo Alex, todavía apurándose para quedarse a mi lado.

—¿En serio? —le pregunté—. No quería hacerlo. Son realmente… extraños.

Alex se rio.

—Sí. Especialmente Tina. Nunca me volverán a hablar, y no me podría importar menos. Lo entiendo si tampoco quieres seguir estando conmigo, ya que siguen siendo tus amigos.

—Tú también eres mi amiga —dije al llegar a la escalera del

segundo piso y me detuve cerca de la ventana que daba a la biblioteca.

—Vale, nunca me has contado lo que te dijo el encantador Johnny —me recordó Alex. Seguí dando la vuelta a la esquina hacia mi siguiente clase, y nos detuvimos justo en la puerta—. ¿Y bien? —me dio un codazo en el costado.

No quería decirle la verdad. ¿Qué podría decir realmente que no hiciera de esto una mentira?

—No sé lo que quiere —dije—. Es extraño…

—Te besó, ¿verdad? —aparentemente, eso era lo único que le interesaba. Asentí con la cabeza. Alex sonrió y bailó como si le hubiera pasado a ella—. Te va a invitar a salir. Espera, ¿lo hizo? —pestañeé y sacudí la cabeza—. ¿Fue el primer beso? —me encogí de hombros, sí, y Alex guiñó el ojo—. Vas a salir con él cuando lo haga, ¿verdad?

—¿Hacer qué?

Ella puso los ojos en blanco.

—¿En serio? Cuando te pida salir. Vas a decir que sí, ¿verdad?

—En realidad no pensé en ello —dije. Alex solo inclinó la cabeza como si quisiera decir que sabía que estaba mintiendo—. Sé lo que vas a decir —añadí—. Pero lo digo en serio. No espero que haga nada, y no voy a darle demasiada importancia a esto…

—¿*Demasiada*? Te persiguió para besarte. Ese chico está enamorado.

Me encogí de hombros.

—Tal vez. No lo sé.

Alex levantó las cejas y se rio, y me sentí ridícula por no haber encontrado una mejor excusa para que me persiguiera literalmente por los pasillos.

Sobre nosotras, la campana sonó de nuevo, y vi a la Sra. Witherson mirándome.

—Oye, puedo empezar a recogerte para ir al colegio, si quieres —me ofreció Alex—. Tenlo por seguro.

Yo sonreí. Eso no era lo más importante en mi mente, pero no quería decir que no.

—Claro, ¿por qué no? Deberías irte. Vas a llegar tarde a clase.

—¿Clase? —Alex se burló—. Tengo cosas más importantes que hacer. Nos vemos —ella me saludó, alejándose en la otra dirección antes de que yo entrara en mi siguiente clase.

LA CHICA GÓTICA

LA ÚLTIMA CAMPANA SONÓ ANTES DE QUE ELLA ESTUVIERA AL FINAL DEL pasillo, que ahora estaban desiertos excepto por Alex. Escuchó pasos de a pie que se acercaban y adivinó que eran las cuadrillas; siempre hacían sus viajes a esta hora del día. Thomas tenía un nuevo recluta llamado Sam, que parecía no saber lo que hacía.

Pero entonces, pensó lo mismo de Thomas. ¿Cuántas veces había sido ahora que la habían atrapado? La última vez, Thomas la había enviado a la oficina del Sr. Claypool, que la había denunciado por saltarse. Ahora tenía que tener cuidado; dos o más faltas traerían a sus padres a una reunión con el director, y no podía permitirse que eso sucediera. La anciana con la que vivía había sido más que generosa cubriéndola las dos últimas veces que el Sr. Claypool había amenazado con llamar a sus padres.

Alex recordó que sentado frente a su escritorio, su rostro era una masa de líneas y arrugas y decepción. Llevaba una camisa blanca y una corbata negra. Algo acerca de un hombre con corbata le hizo retorcerse, especialmente un hombre guapo como el Sr. Claypool, que tenía una debilidad por sus estudiantes. Siempre quería darle una oportunidad, sin importar cuántas veces la hubiera visto en su oficina. Ese día, sin embargo, parecía que se había arrepentido lentamente.

Sus ojos azules encontraron los de ella. Ella le había devuelto su mejor sonrisa; a menudo se había salido con la suya en casi todo usando esa sonrisa. Ed Harris, como ella había llegado a apodar al Sr. Claypool, era un blandengue.

—Por mucho que disfrute de estas pequeñas reuniones nuestras, tengo que decir que esto se está convirtiendo en un mal hábito. ¿Qué es, la tercera vez esta semana? —preguntó el Sr. Claypool, sentado en su silla con una nueva pila de papeletas de detención. Alex se acobardó, mordiéndose el labio.

—No, no puede contar la otra vez —dijo—, porque no me estaba escapando. Llegué tarde, y el Sr. Thomas siempre me tiene manía. Intenté explicarle que iba al baño porque... —se inclinó un poco más cerca—. Bueno... tenía asuntos de chicas. Ya sabes...

El Sr. Claypool trató de aclararse la Garganta y parpadeó ante los papeles.

—Sí, lo sé. Ya lo has mencionado. Pero eso no te excusa para cualquier otra ausencia.

Alex bajó la cabeza.

—Supongo que no. Pero Sr. Claypool, lo estoy intentando de verdad. Es difícil concentrarse con todo lo que ha pasado —ella levantó la vista y le puso su mejor cara de disculpa. Era buena en eso. ¿O era solo que este hombre era un tonto por eso?

—Oh, ¿quieres que hable con tu madre? Podemos sentarnos todos y discutirlo —se movió para coger el teléfono.

—¿Puedo hablar con usted? Todo lo que realmente necesito es alguien con quien hablar. Y usted es un buen oyente, Sr. Claypool —ella sonrió mientras él apartaba su mano del teléfono. Le encantaba la vieja rutina de la damisela en apuros.

—Bueno, supongo que eso no haría daño. Pero debes prometer que no volverás a escaparte. Sé que tener que lidiar con el divorcio de tus padres es duro, pero eres fuerte, Alex, y con el tiempo, podrás superarlo. Sé que lo harás. Y quiero asegurarme de que te gradúes y tengas éxito.

Había mencionado el divorcio de sus padres un par de veces; había pensado que ya estaría gastado, pero seguía funcionando. Los hombres eran tan fáciles de manipular, especialmente los subdirectores. La parte fácil era fingir todo el divorcio y parecer una chica que no sabía cuál era su lugar en el mundo. Pero Alex nunca había sido esa chica.

Ahora, ella dobló la esquina en el pasillo, y cuando no había moros en la costa, corrió a los casilleros cerca de la escalera. Al principio, había olvidado la combinación; esas cosas eran tan molestas. Pero finalmente se las arregló para abrir la cerradura y el casillero, y luego se metió en la parte de atrás. Lo único que necesitaba era la pequeña bolsa negra que retiró antes de cerrar el casillero y volver a cerrarlo.

Al final del pasillo, volvió a oír pasos.

Malditos Thomas y Sam.

Estaban regresando; ella estaba segura de ello. Si ella era atrapada esta vez, iba de vuelta a la oficina del Sr. Claypool. O peor, a la del Dr. Müller.

Alex se alejó corriendo hacia el oscuro hueco de la escalera. Creyó que estaba a salvo hasta que oyó los pasos que se apresuraban detrás de ella, incluso subiendo las escaleras.

—Mierda —subiendo los escalones, casi perdió el equilibrio, pero logró llegar al segundo piso antes de que sus perseguidores la alcanzaran. Corrió por el pasillo, solo para darse cuenta de su error demasiado tarde, el baño estaba en la otra dirección.

Pero ahora Thomas estaba en lo alto de las escaleras. Alex siguió hacia el área del balcón que lleva a las clases de ROTC y a las canchas de tenis. Nadie estaba afuera, al menos, no cerca del balcón. Ella miró en ese momento en su teléfono.

Los estudiantes de ROTC estaban de vuelta en clase ahora también, y las canchas de tenis estaban vacías. Alex podía definitivamente escapar por el otro lado del edificio. Justo antes de llegar a la entrada lateral de la escuela, Thomas dobló la esquina, así que ella volvió y se agachó en la esquina más cercana justo a tiempo.

Excepto por ahora, el aprendiz del Sr. Thomas se dirigía hacia ella. Si la encontraban, le darían más problemas de los que necesitaba. Luego intentarían llamar a sus padres, y eso no iría bien con la anciana que dejaba que Alex viviera con ella.

El brazalete en su muñeca brillaba en azul claro.

—Lo sé. Lo sé —murmuró.

Los pasos de Sam se acercaron, y estaba segura de que el Sr. Thomas aparecería en la otra entrada y la vería en cualquier momento.

Entonces sonó la última campana del día escolar. Los estudiantes salieron de las clases al pasillo. Si el Sr. Thomas quería llegar a ella, tenía que abrirse camino entre las hordas. Alex se unió a la ola de estudiantes, caminando detrás de un enorme deportista y sus compañeros; el tipo debía medir más de 1,80 m. Le sorprendió que aún no tuviera vello facial.

El Sr. Thomas finalmente llegó corriendo desde el otro extremo. La multitud se tragó a Alex y la alejó de sus perseguidores. El nuevo aprendiz escaneó las cabezas de los chicos, pero hasta donde Alex sabía, ni él ni el Sr. Thomas sabían exactamente a quién habían estado persiguiendo en primer lugar.

Alex bajó las escaleras cerca de la cafetería; desde allí, fue un tiro directo a través de la línea de autobuses amarillos hacia el estacionamiento, donde su golpeado mustang esperaba. Respiró hondo y susurró:

—No volvamos a hacer eso nunca más.

Antes de volver a casa, se detuvo en el supermercado para comprar pan, leche, pavo y queso. Por supuesto, no tenía ninguna intención de pagar nada de eso, en cambio, metió los artículos en su mochila. Esta pequeña tienda en particular no tenía cámaras, y nadie le prestó atención. Pero siempre compraba algo pequeño, incluso un paquete de chicles, para que no sospecharan.

Alex no podía pagar sus compras aunque quisiera; necesitaba los últimos treinta dólares para la gasolina. Salió de nuevo por la puerta principal sin que nadie la detuviera, pero el dueño de la tienda tenía los ojos puestos en ella. Con una ola, se apresuró a volver a su coche.

Su casa estaba al final de una calle sin salida; era una casa modesta, más vieja pero en condiciones decentes. Cuando vino a vivir aquí, el patio no era más que un montón de chatarra, lleno de cosas que la anciana llevaba décadas acumulando. Alex había hecho todo lo posible para hacer el lugar más hogareño. Más allá de eso, tenía que ganarse el sustento.

Cuando Alex abrió la puerta, encontró a June plantada en el sofá con una taza de té del desayuno inglés. La anciana casi siempre estaba allí, mirando sus telenovelas y programas de entrevistas.

—Oh, querida. ¿Cuándo has entrado? —June preguntó cuando Alex se detuvo justo fuera de la sala de estar.

Alex se sentó a su lado y puso una mano sobre la suya.

—¿Tienes hambre? —preguntó—. He traído unos sándwiches —la anciana sonrió con ojos tristes, con una mirada completamente perdida. Parecía olvidar quién era Alex más a menudo ahora. Y algunas veces, Alex la encontraba mirando las cosas, tratando de recordar cómo usarlas o quiénes eran las personas en las fotos que desordenaban sus mesas de café y su manto.

—Por eso te quiero tanto, Jesse —June puso una mano fría y arrugada en la mejilla de Alex—. Siempre has sido tan cariñosa.

Jesse murió hace tiempo; una sola foto de una mujer sentada en el manto desordenado a un paso de ellas. La anciana no había dejado de referirse a Alex como Jesse. La foto era tan vieja como el resto de la casa, y Jesse era probablemente la hija de June. No tenía otra familia, ni nadie más que se preocupara, ni amigos que la visitaran ni parientes que la cuidaran.

Una vieja amiga soltera había muerto un año antes, y si no fuera por Alex, June habría terminado en un hogar, donde los viejos siempre eran abandonados por los suyos. Con la poca seguridad social que había, la mujer apenas había logrado llegar a fin de mes. Alex hizo todo lo posible para que los cheques duraran para ambas, robando cuando podía y faltando a la escuela para vigilar a June tanto como fuera posible. Se cuidaban mutuamente. La mayoría de las veces, ella se saltaba las clases para llegar a su trabajo de medio tiempo en Hot Topic por el dinero extra, que era también donde conseguía la mayor parte de su maquillaje.

—Te haré algo de comer. ¿Quieres más té?

La anciana sonrió cálidamente pero no dijo nada. Alex entró en la cocina, sacó un plato y un cuchillo, y vació su mochila en el mostrador.

—Un joven vino a la casa hoy —dijo June en la televisión de la sala de estar.

—¿Sí? —Alex respondió, ocupándose de los sándwiches. ¿Había

tenido la anciana uno de sus sueños otra vez? A veces, se confundía con lo que veía en la televisión. O tal vez un vendedor había pasado por aquí. ¿La gente todavía va de puerta en puerta en estos días?

—Preguntó por Maya, pero le dije que se había equivocado de casa. Solo mi Jesse vive aquí conmigo.

Alex se congeló, dejando caer el cuchillo en el mostrador. Metió la cabeza en la esquina de la sala de estar.

—Luego me hizo un poco de té. Charlamos un poco sobre la historia romana, y él siguió su camino. Era tan educado, Jesse. Un hombre tan extraño, sin embargo. Esos ojos…

Lentamente, Alex salió de la cocina, incapaz de detener sus temblorosas manos. La anciana no la miró, con los ojos clavados en la TV, como si nunca hubiera dicho una palabra.

—¿Qué quería? —Alex preguntó. Sus labios temblaban ahora, también.

—Solo habló mucho sobre el pasado. Cosas realmente… extrañas. No lo recuerdo —la mujer sonaba como si estuviera hablando en sueños.

—¿Cómo era él? —en el momento en que lo preguntó, Alex se arrepintió de la pregunta. Pero ella tenía que saberlo.

—Oh —June se encogió de hombros, y sus ojos se desviaron.

Alex se arrodilló frente a la mujer y puso ambas manos sobre las rodillas de June, bloqueando la televisión.

—Es importante —dijo ella—. ¿Qué aspecto tenía?

Finalmente, los ojos azules y vidriosos de June se posaron en ella.

—¿Qué, querida? ¿A quién te refieres?

Alex se levantó; ella sabía que era inútil. La mente de June no era lo que solía ser cuando se conocieron. Volvió a la cocina, mordiéndose el labio. No sabía qué hacer. Lo más inteligente sería irse ahora mismo, pero no podía dejar a la anciana sola. ¿Quién se ocuparía de ella?

—Nadie —susurró; sus manos aún temblaban cuando volvió a coger el cuchillo, y tuvo que dejarlo por un momento. Quería llorar, pero hacía mucho tiempo que no se permitía hacerlo. Alex había aprendido a ser fuerte.

¿Podría realmente haberla encontrado? Todo apuntaba al hecho de que sí, lo había hecho. Vertió agua en una taza y añadió una bolsita de té.

—Un hombre muy extraño —repitió June desde la sala de estar—. Muy joven. Muy guapo. Te habría gustado, Jesse —esa era la forma en que la mujer funcionaba, como encender un interruptor de la luz, un momento recordando lo que había hecho hace veinte años, y al minuto siguiente olvidando su propio nombre.

Alex se giró con la taza en la mano.

—Tenía los ojos más extraños. Un color inusual, ¿sabes? Casi... púrpura —June se rio—. Oh, eso no puede estar bien, querida. ¿Ojos morados? Debo haberme imaginado esa parte. Pero estaba vestido como tú, todo de negro. Un... parche rojo en su hombro. Te habría gustado, Jesse, querida.

Alex no se había dado cuenta de que se le había caído la taza de té hasta que la oyó romperse a sus pies. June no reaccionó en absoluto, aparentemente de vuelta en su propio mundo donde casi nada podía alcanzarla. Cuando Alex se asomó de nuevo a la sala de estar, June se quedó otra vez pasmada por las imágenes de la televisión, como si fueran personas reales.

Corriendo a la despensa, Alex cogió la escoba y el recogedor y rápidamente limpió el desastre. Luego tomó otra taza del armario y otra bolsita de té con agua caliente. Casi se la derramó encima al volver a la sala de estar, y June murmuró algo más que no podía entender. Esto pasaba todo el tiempo, también, la anciana a menudo hablando con alguien que no estaba realmente allí.

Alex puso la taza en la mesa junto al sofá, y June miró la taza de té. Luego sonrió, tomó la taza y sopló sobre ella antes de probarla con unos pequeños sorbos.

Él la había encontrado -Alex estaba seguro de ello- y ella no sabía cómo. Pero lo había hecho, y ahora probablemente estaba al acecho, esperando su oportunidad para agarrarla. Y sus recuerdos volvieron con toda su fuerza.

· · ·

—¿Sabías que Rómulo fundó Roma? —le había preguntado—. Se dice que él y su hermano gemelo fueron criados por lobos. En su afán de poder, asaltó, secuestró y violó a las mujeres del pueblo.

—Al igual que tú me secuestraste a mí —había murmurado Alex.

Le había agarrado la barbilla; sus siguientes palabras se habían congelado en sus labios, luego la había soltado y acariciado su mejilla.

—¿Cómo puedo secuestrar a mi propia esposa? Te amo —se había burlado de ella entonces, y Alex se había odiado a sí misma por pensar que esos labios habían sido tan atractivos.

—¿Esposa? —se había reído en su cara—. Nunca me dieron la opción. Y tu pasión por hacer el amor no es más que follar. No hay amor involucrado.

Él la había acercado, sus labios estaban separados por unos centímetros y sus cuerpos estaban muy juntos.

—Maya, vamos a tener que hacer algo con esa sucia boca tuya. Y aún así, es la suciedad que sale de esa boca lo que siempre me ha hecho desearte tanto —su mueca la hizo temblar—. Admítelo. Te gusta cuando te *follo*.

Su cuerpo siempre la había traicionado con él, y se había derretido en sus brazos, besándolo primero. Su odio hacia sí misma había crecido aún más por haber caído en su trampa tan fácilmente.

Incluso ahora, en la casa de June, ella lo sintió, sintió su presencia, lo olió en su propia piel y cabello. Era todo lo que podía hacer para seguir respirando.

Maya su voz la llamó a su mente, *Te necesito…*

—¡Dime que me quieres! —le ordenó mientras la forzaba a acostarse en su cama. Ella había estado bajo su hechizo así como así. Ahora, ella lo quería de nuevo.

No. Alex sacudió la cabeza. No lo hizo. No esta vez. Pero lo sentía tan cerca ahora en la casa de June.

Se sostuvo la muñeca, agarrando el brazalete; ahora brillaba de color rojo, y la voz volvió. June no la miró ni una vez, perdida en su té y en "The Bachelor" en la televisión. Ella no entendía que pronto, Alex podría no estar más por aquí. No si el hombre regresara. Ella no quería, pero Alex se vería obligada a irse.

Cuando volvió a la cocina, tomó su bolso y se preparó para irse ella misma. Se detuvo en la sala de estar una vez más y miró a June allí, sin cambios, sin darse cuenta. La anciana estaría bien, pensó Alex. En este momento, tenía que hacer algo que había estado postergando durante demasiado tiempo. Antes de que volviera a perder esta oportunidad, era hora de ver a su hijo.

19

EL EXTRAÑO SONIDO

UNAS POCAS HORAS DESPUÉS DE LA ESCUELA, EL SR. RANDAL PETERSON se sentó en su escritorio, revisando el resto de los temas de su plan de clases. Cuando terminó, limpió su escritorio y recogió los lápices y bolígrafos sueltos en una taza. Solo entonces se dio cuenta de las marcas irregulares que había en el extremo de su escritorio. Por un minuto, no estaba seguro de qué podría haberlas puesto ahí. Luego recordó las uñas de Tina agarrándose a la madera. No se había dado cuenta de que sus uñas estaban tan afiladas como para dejar un rasguño como ese, pero aparentemente, lo estaban.

Esa chica era el diablo, pensó. Había algo antinatural en ella. Pero entonces toda esta escuela parecía antinatural. ¿Cuántas veces había dicho eso a lo largo de los años? El Dr. Edwards nunca le había creído, pero tampoco había sido alguien en quien pudiera confiar. El último principio había tenido un toque de algo antinatural en sí mismo. Y ahora, esa nieta suya… Parecía una chica normal a los ojos inexpertos, pero Randal sabía que no era así. Casi podía sentir los problemas antes de que llegaran, ese mal tan peculiar. Y desde que el Dr. Edwards le hizo quitar su cruz de la pared de su aula, Randal había empezado a no sentirse seguro ni siquiera allí.

Acarició los bordes metálicos de la cruz que colgaban de su cuello, su único consuelo. Era necesario rezar; estos niños ya no tenían ningún respeto por los adultos. Oración y castigo. Eso era lo que esta escuela requería. Hoy en día, nadie puede golpear a un niño sin tener a las autoridades en su puerta y enviarlo a prisión. ¿No vieron que la disciplina era la única oportunidad de salvar a estos niños y mantenerlos fuera de problemas? Si Randal estuviera al mando, las cosas cambiarían por aquí.

Haciendo una pausa en su rutina del final del día, miró a la puerta de su aula. El último estudiante se había ido de la escuela hace mucho tiempo. También debería estar saliendo, pero siempre quería estar seguro de que todo estaba listo para el siguiente día de clase. En lo que respecta a Randal, era el único profesor funcional que quedaba. El nuevo director se encargaría de eso. Aunque Randal aún no lo había descubierto, pronto vería cómo el Dr. Müller encajaría en todo esto. Tal vez Müller era el cambio que esta escuela necesitaba. El sobrino del hombre parecía un poco raro, siempre acechando en los pasillos.

Un extraño sonido se dirigió hacia él desde el pasillo. ¿Era… un rasguño? Randal se levantó, dejando su plan de clases, y trató de entender los sonidos. Pensó que había oído algún chirrido de zapatos, o quizás era el ruidoso carro del conserje haciendo sus rondas.

Se acercó a la puerta de su aula y asomó la cabeza por el pasillo. Ahí estaba otra vez. Randal miró de arriba a abajo en ambos sentidos, pero no vio absolutamente nada. Entonces el ruido cesó por completo, seguido de un espeluznante silencio en el aire.

Definitivamente era hora de volver a casa. Cogió su plan de clases del escritorio y metió la mano en el cajón para coger las llaves de entre el desorden. Pero cuando se dio la vuelta, sus manos temblaban tanto que dejó caer las llaves. Rápidamente, Randal se arrodilló para recuperarlas, y los papeles sueltos de su plan de clases se derramaron de la carpeta en sus manos y se esparcieron por el suelo.

Murmurando en frustración, los recogió de nuevo. Entonces escuchó el ruido de nuevo, solo que ahora estaba mucho más cerca. Cuando Randal levantó lentamente la vista, la vio tan claramente como el último papel doblado bajo su zapatilla.

¿Tina? Sus uñas hacían un ruido de rasguños. Ella le sonrió, pero no fue en saludo.

20

EL INVITADO

LLEGAMOS A CASA UN POCO MÁS TARDE DE LO NORMAL; MICHAEL HABÍA querido parar para hacer las compras. Incluso cuando ahora vaciaba lentamente la bolsa en la cocina, podía ver que había algo en su mente, pero no quería entrometerme en sus pensamientos. Claramente distraído, dobló las bolsas y las puso en la despensa, moviéndose casi como un zombi.

—Así que, Michael —empecé, vaciando la última bolsa de plástico —, compraste un montón de cosas. ¿Por casualidad estás haciendo tu famosa cazuela de pollo? ¿Quizás enchiladas? —puse las últimas cosas en la nevera, y Michael se giró lentamente para mirarme.

—Invité a alguien a cenar —anunció Michael sin mirarme.

—¿A quién? —le pregunté.

Me sorprendió no haberlo notado antes, pero ahora no tenía que decir nada; en cuanto le pregunté, lo leí en su mente.

—¿El Dr. Müller?

—Sí, invité al Dr. Müller y a su sobrino John a cenar —lo dijo con una sonrisa, pero cuando lo miré con incredulidad, se acobardó. También podría haber sido demasiado pronto para que yo sacara las palabras de sus pensamientos antes de que tuviera la oportunidad de hablar.

Esas eran las últimas personas que esperaba que invitara a cenar.

—¿Lo hiciste? —pregunté.

Michael intentó sonreír y fracasó estrepitosamente.

—Pensé que te alegrarías por eso.

¿Alegrarme? ¿Hablaba en serio? Pero no sabía nada más sobre el Dr. Müller o John; yo sabía eso. No tenía ni idea de lo que había pasado en esa oficina cuando los conocí, ni de nada más después de eso. John me agarró del brazo en el pasillo, el beso... dudaba que a Michael le gustara eso, y no iba a decírselo ahora.

—¿Por qué crees que me alegraría? —en lugar de esperar una respuesta, salí de la cocina.

Michael me siguió, aún no estaba seguro de lo que me estaba molestando. Esa parte irradiaba de él. No quería hablar de ello. No quería que me preguntara. ¿Qué podría decirle?

—Pensé que la cena nos conocería mejor a todos —dijo—. Podría ser agradable. Para que podamos conocer a nuestro nuevo director. Ayuda a romper el hielo, Claudia. Y el Dr. Müller puede ofrecernos ayuda para conseguir finalmente todas esas reparaciones que tanto necesitamos en Milton —me quedé ahí en el pasillo, sin poder decir nada.

—¿Me equivoqué? —preguntó finalmente.

—No —respondí—. Por supuesto que no. Es solo que... —¿qué podía decirle? Nada en este momento tiene sentido, ni siquiera para mí.

Michael me estudió, y luego respiró profundamente.

—Creo que sé lo que es.

Lo miré.

—¿Lo sabes?

—Sí, el Dr. Müller está tomando el lugar de tu abuelo en esa escuela, y... bueno, la posición de tu abuelo allí representaba muchas cosas. Todavía estás de luto por él. Y aquí hay un nuevo director que se muda tan poco tiempo después. Me imagino que eso solo hace más difícil aceptar que se ha ido.

Pestañeé.

—Sí. Tienes razón. Supongo que sí.

—Cariño, si no quieres que lo invite, no lo haré. No quiero que seas infeliz. ¿De acuerdo?

—No, está bien. Entiendo cómo ayudará a la escuela, también.

Aún así, frunció el ceño, pareciendo aún más incierto.

—¿Estás segura?

Asentí con la cabeza.

—Sí, estoy segura.

—Muy bien, entonces. ¿Por qué no subes y te preparas? ¿Quién sabe? Tal vez puedas conocer a John Müller también. Parece un buen chico.

Para cuando dijo esto, ya había llegado al final de las escaleras que conducen a mi habitación.

—Se acerca el baile de graduación —añadió Michael—. Me pregunto si tiene una cita.

Se dio la vuelta un poco, sonriendo antes de volver a la cocina. ¿Acaba de sugerirme que vaya al baile de graduación con John Müller?

—Estoy segura de que ya la tiene —me aseguré de sonar tan desinteresada como fuera posible. Michael me miró, le mostré una rápida sonrisa, y luego subí las escaleras.

El sorprendente tirón que sentí en mi habitación me tomó completamente por sorpresa. Entonces oí el timbre de la puerta y supe que era él. Estaba aquí. El Dr. Müller no me molestaba tanto como su sobrino de mentira John. Sabía lo que ambos eran… bueno, al menos sabía que John no era quien decía ser. Pero aún no tenía idea de quién o qué era el Dr. Müller o qué papel jugaba en todo esto

No estaba segura de qué esperar de esta cena, que Michael parecía decidido a tener solo para romper el hielo con el nuevo director. El pobre hombre no tenía idea de que ninguno de sus invitados era ni remotamente quien decía ser No quería ser yo quien se lo dijera, pero me preguntaba si alguien más lo haría.

Ahora, todo lo que quería era esconderme en mi habitación y no salir nunca. El timbre sonó de nuevo.

—Michael, hay alguien en la puerta —grité. Normalmente, al

menos habría respondido a eso, así que fue extraño que no lo hiciera. Abrí la puerta de mi habitación para asomar la cabeza al pasillo. Cuando miré abajo, vi el contorno del Dr. Müller a través de la ventana de vidrio de la puerta principal.

El dormitorio de Michael estaba justo al otro lado del pasillo, así que fui allí al lado y llamé suavemente.

—Michael, alguien está en la puerta —no había forma de que yo fuera a ser la primera en saludar a "nuestros invitados". En realidad, eran de Michael, no míos. No quería ver a John en absoluto.

—¿Lo puedes atender, por favor? —Michael llamó, impidiéndome llamar una segunda vez. Frunciendo el ceño, retrocedí lentamente y me dirigí a la parte superior de las escaleras, mirando hacia abajo—. Solo hasta que termine —añadió.

Me burlé con irritación.

—Me lo debes, Michael —susurré y bajé lentamente las escaleras. Michael salió de su habitación justo entonces, ajustándose la corbata cuando me giré para mirarle.

—¿Qué te parece? —preguntó Michael, señalando la corbata.

—Quítate la corbata —le sugerí con una sonrisa—. No vas a tener una cita con él.

Sonrió, y sus ojos se dirigieron hacia la puerta cuando el timbre volvió a sonar. Luego se quitó la corbata y se dirigió a su dormitorio. Resoplé y bajé lentamente las escaleras.

Básicamente me arrastré hasta la puerta, donde vi la cara del Dr. Müller a través del cristal. Me saludó y me prometí que me esforzaría por comportarme lo mejor posible. No vi a John de inmediato, y por un momento, pensé que tal vez no había venido. Entonces sentí el tirón que siempre viene con su presencia, y lo vi justo a la izquierda del Dr. Müller.

Abrí la puerta y me quedé allí de pie, mirándolos a ambos.

John no me miró, haciendo todo lo posible por mantenerse bajo control. Podía sentir que se resistía a lo que fuera que yo también sentía que irradiaba de él. El sudor se formó en su frente mientras se concentraba en las puntas de sus zapatos de vestir.

—Hola, Srta. Belle. ¿Cómo está? —el Dr. Müller me preguntó educadamente. Eché un vistazo a la bolsa marrón que tenía en la mano, que parecía una botella de vino. Pero me concentré más en las extrañas distorsiones que escuché en su mente, que eran muy difíciles de distinguir de sus pensamientos reales. Podía distinguir los pensamientos de John fácilmente, pero no los del Dr. Müller. Así que traté de no escuchar nada que sonara como una radio.

Aún así, sabía que algo era diferente. Había escuchado algo así antes de venir de los dos, pero esta vez, John parecía diferente y mucho más en control.

—Siento llegar un poco tarde —añadió el Dr. Müller.

Forcé una sonrisa por pura cortesía.

—Y traje un poco de vino tinto. Espero que sea apropiado para la cena.

No lo sabía. No bebo.

—Ella no bebe, Joseph —dijo John—. ¿Cómo podría ella saber sobre el vino y la comida? —finalmente me miró a través de la puerta, y nunca antes lo había visto tan confiado o en control de sí mismo. Más que eso, parecía intrépido y absorto en sí mismo.

—Por supuesto que no —el Dr. Müller sonrió y se rio entre dientes, avergonzado—. Me refería a Michael y a mí, John.

—Mi tío y yo apreciamos mucho su invitación a cenar —me dijo John.

Forcé otra sonrisa y tuve que bajar la mirada. Hubo ese tirón de nuevo, pero no pudo haber sido de John. Ese tirón siempre lo había desenredado antes. ¿Venía de mí esta vez? No pude evitar preguntarme de dónde había salido su repentina confianza, y entonces me encontré estudiando su ropa.

Llevaba una chaqueta deportiva oscura, pantalones negros y zapatos negros bien lustrados. Una camisa de seda azul salía de debajo de su chaqueta. Honestamente, se parecía a uno de esos modelos de revistas de moda para adolescentes. Sus penetrantes ojos verdes eran todo menos normales, incluso sin el oro bailando en el centro ahora. Todavía no parecían como si pertenecieran a un rostro humano.

Odiaba admitirlo, pero se veía bastante guapo. Y ahora su fuerte presencia era realmente intimidante. Maldije a Alex por poner observaciones tan locas en mi cabeza. Ahora sabía que no sería capaz de mirarlo sin sonrojarme o sentirme mal de los nervios.

—¿Podemos entrar? —preguntó John.

Me hice a un lado, mi cara se calentó por el hecho de que él tenía que preguntar.

—Michael debería bajar pronto —dije. Mi labio tembló mientras todos estábamos incómodamente juntos en la entrada.

—Una casa tan grande solo para ti y Michael —meditó el Dr. Müller, mirando a su alrededor.

—Era la casa de mi abuelo, el Dr. Müller —respondí, evitando sus ojos.

—Por favor, Srta. Belle. Llámame Joseph.

—Lo hace sentir viejo —John me lo dijo con una sonrisa.

—Viejo no es todo, sobrino. Puedo relacionarme mejor con la gente por el nombre de pila. El título me hace sentir limitado. No quiero que pienses que soy insignificante —se rio, pero no había forma de que me creyera su juego, aunque Joseph- como se llamaba a sí mismo- no supiera que yo ya conocía su secreto.

John se dio cuenta de que no me entretenía en absoluto; oí en su mente lo suficientemente claro. Parecía estar de acuerdo en que ninguna cantidad de bromas amigables de Joseph me iba a persuadir de que me acercara a ellos. Miré brevemente a John y pensé que era extraño que se viera tan preocupado por ello.

—Entonces, ¿cómo estás? —el Dr. Müller me preguntó—. A la luz de las circunstancias, por supuesto —movió la botella de vino tinto en su mano, sin estar seguro de dónde ponerla, pero honestamente parecía más enfocado en mí que en cualquier otra cosa.

—Bien —susurré, incapaz de ofrecer mucho. Me mordí el labio hasta el punto de que me dolió.

—Eso es genial. Me alegra oírlo —el hombre sonrió, y yo traté de devolverle la sonrisa pero fracasé miserablemente. El silencio se hizo más profundo y recé para que Michael se diera prisa.

—Las cosas mejorarán —añadió el Dr. Müller—. Lo prometo. Puede que ahora no parezca así, pero lo será —sus ojos estaban abiertos, cálidos y tranquilos mientras intentaba ofrecer palabras amables.

—He oído que te gusta pintar —dijo el Dr. Müller—. ¿Qué más te gusta hacer?

¿Realmente esperaba que yo respondiera eso?

—Joseph… —John le echó una mirada irritada al hombre.

—Lo siento. Supongo que hablo demasiado.

Michael finalmente bajó, y yo estaba increíblemente agradecida al verlo. Esperaba no tener que responder más a sus preguntas o preguntarme por qué John estaba tan callado esta noche. Al menos, su mente estaba en silencio. Aún así, no podía ignorar el tirón ocasional que sentí, el dibujo, las energías entre nosotros agitando aún más la necesidad y la conexión.

—Dr. Müller, lamento haberlo hecho esperar —dijo Michael educadamente mientras bajaba las escaleras hacia nosotros—. John.

—Tonterías, Michael. Teníamos la mejor compañía —dijo Joseph. Traté de sonreír.

—Ah, bien. ¿Vamos? —Michael nos dirigió al comedor.

—Traje una botella —dijo Joseph, levantando el papel—. Espero que no sea demasiado mala para la ocasión

—Absolutamente no —respondió Michael—. Gracias. No era necesario.

—Era lo menos que podía hacer —Joseph se quitó la chaqueta. He oído que Claudia es una gran pintora…

¿Por qué siguió preguntando sobre esto?

—Uno de las mejores —presumía Michael—. Me impresionó ver sus bocetos. Más aún cuando tuve el honor de ver algunos de sus cuadros.

Mi cara se sonrojó de nuevo.

—Michael —dije, rechinando los dientes—. Estoy segura de que no están interesados.

—Eres demasiado modesta, querida —dijo.

—Quiero ver… —la voz de John estaba en silencio, y cuando volví la vista atrás, lo encontré mirando a Michael—. Me gustaría verlos. Quiero decir, ¿si está bien? —me miró entonces, con los ojos abiertos de inocencia, y casi parecía real.

—Mi sobrino siempre ha estado interesado en tomar el arte como una asignatura optativa —dijo el Dr. Müller—. Pero mi hermano preferiría que se concentrara en sus estudios principales. El hombre es un cirujano general. Quiere que John siga la misma línea de carrera.

—Vaya, ya veo —dijo Michael.

—Claro —susurré. Joseph me miró de forma inquietante, obligándome a apartar la mirada.

—Claudia, ¿por qué no le muestras a John tu trabajo? —Michael preguntó.

Entrecerré los ojos ante él; no teníamos ninguna señal que pudiera darle para decirle: *No, por favor no me hagas hacer eso.* Esperaba que solo una mirada vacilante pudiera transmitir el mensaje, pero no hubo suerte.

—La cena está casi lista —continuó—. Ustedes vayan arriba. Deja que Claudia te muestre su obra de arte, John. Me dirás si no es la mejor.

—Sí, señor —dijo John, y ya se dirigió a la escalera. Cuando me giré para mirarlo, me lanzó una inteligente sonrisa. Resoplé y me moví con la rapidez de una tortuga mientras subía rápidamente las escaleras delante de mí.

Joseph le dio a Michael la botella de vino. Michael entró en el comedor, admirando la botella y su etiqueta.

—Pórtense bien, niños —dijo Joseph después de nosotros. Cuando volví a mirar, sonrió y guiñó un ojo, y se unió a Michael para corregirle la pronunciación del nombre de la etiqueta.

—Entendido, Joseph —dijo John bajando las escaleras, claramente molesto.

¿Por qué estaban aquí esta noche?

Michael me pilló mirándole y me echó por las escaleras. En serio, ¿no le preocupaba en absoluto dejarme a solas con John o cualquier otro chico? John estaba mirándome otra vez, ahora en el segundo piso, pasando su mano por la barandilla.

—¿Vienes, Srta. Belle? Tenemos mucho que discutir… —me hizo un gesto con un solo dedo y luego me guiñó un ojo. En el momento en que pisé el rellano del segundo piso, John desapareció en mi dormitorio. Lo encontré en el fondo de la habitación, mirando el cuaderno de bocetos que siempre había tenido conmigo antes de perder a mis padres.

—Cierra la puerta —dijo sin darse la vuelta para mirarme.

Arrugué mi nariz en su espalda. ¿Cómo se atreve a darme órdenes así? Esta era mi casa. Sentí el tirón de nuevo, y busqué cualquier cosa que pudiera haberlo causado o bloqueado, como un circuito que no hacía la conexión completa.

—¿Perdón? —respondí con suficiente actitud para los dos—. A Michael no le gustará que se cierre la puerta.

—No te preocupes por Michael. Joseph se ocupará de él. Estará bien. Ahora haz lo que te digo. Cierra la puerta y ven aquí.

Fruncí el ceño. ¿Por qué estaba aquí?

Quería desafiarlo, pero temía lo que él y Joseph podrían hacerle a Michael si lo hiciera. Así que obedecí.

Cuando cerré la puerta, me di vuelta lentamente y di unos pasos más hacia mi habitación.

—No va a lastimar a Michael, ¿verdad? —pregunté—. Michael es completamente inocente. No te ha hecho nada.

John siguió hojeando mis obras de arte.

—Estos son muy buenos. ¿Hiciste todo esto?

Ahora también revolvía los dibujos dispersos en mi escritorio.

—Sí —le dije.

—Michael, tu tutor… ¿Sabe lo que puedes hacer? —parecía que finalmente iba a tener esta conversación, pero yo dudé. Reemplazando el dibujo que había levantado de mi escritorio, John se dio vuelta para mirarme.

—Eso no es asunto tuyo —le dije.

Entrecerró los ojos hacia mí, una delgada sonrisa se extendió por sus hermosos labios.

—Te hice una pregunta. ¿Sabe Michael lo que puedes hacer? Es muy sencillo.

—¿Importa?

Cuando sonrió, parecía estar a punto de reírse.

—Bueno, supongo que no.

—Entonces, ¿qué quieres? —me quebré.

—No lo sé —John parpadeó, como si estuviera tan sorprendido por esas palabras como yo. Ahora parecía que ninguno de los dos sabía lo que estaba pasando—. No sé por qué estoy aquí, o por qué es que necesito estar aquí contigo. ¿Cómo me has hechizado? No puedo entender esta fuerza, que me lleva a buscarte. Pero necesitaba verte de nuevo —miró alrededor de mi habitación de nuevo, y luego pasó las páginas de mis dibujos. Pasando al caballete, pasó un dedo por la pintura seca de la última cosa que había creado allí—. Pintas tan bien… con tanta belleza.

Crucé mis brazos molestos.

—¿Cómo lo sabes?

John me mostró otra sonrisa inocente, y luego aparentemente tuvo que retomar el estudio de mi arte.

Abajo, el tío imaginario de John y Michael tuvo una nauseabunda charla mientras Michael terminaba de poner la mesa para la cena. Sentía que podía oírlo todo, aunque me esforzaba por captar cualquier cosa que indicara que Michael tenía problemas.

—No te preocupes —dijo John, volviéndose hacia mí—. Joseph no va a hacerle daño. Te lo prometo. No planeo lastimar a ninguno de los dos. Solo quería volver a verte.

Qué amable de su parte. Quería decírselo con todo el sarcasmo que tenía, pero en vez de eso solo pregunté,

—¿Por qué?

—Primero, eres increíblemente intrigante —dijo John casi inmedia-tamente, y luego se mordió el labio. Aparentemente, no quiso decirlo en voz alta—. Como dije, no lo sé. Algo más allá de mi propia comprensión me ha traído aquí. Tal vez por pura suerte o coinciden-cia, pude verte durante esta cena concertada. Tal vez era una mala idea.

Quería preguntarle qué quería decir con eso, pero no paraba de hablar.

—Estos son muy, muy buenos —dijo—. Son muy buenos. Siempre me ha interesado el arte, pero no tengo el talento.

Todo lo que podía hacer era mirarlo, sin *sentirlo* como lo sentía en la oficina del director o en el pasillo de la escuela. Quería saber por qué.

Ahí estaba ese tirón otra vez. John dejó el dibujo y se rio.

—Sigues tirando de mí… —se rio—. Buscándome. Quieres saber por qué no puedes leerme, ¿verdad?

Es cierto que eso me sorprendió.

John se volvió hacia mí otra vez y levantó su muñeca para golpear su uña en la esfera del reloj allí.

—Esto ayuda a mantener lo que hay aquí en privado —dijo, y

luego se golpeó la sien. Aparentemente, también había reemplazado el reloj roto.

—¿Me tienes miedo? —le pregunté. Fue lo único que se me ocurrió decir, porque siempre había estado un poco… fuera de sí.

Sonrió y se acercó a mí.

—Solo tengo miedo de lastimarte si pierdo el control, Srta. Belle.

¿Hacerme daño?

—Aumentas mis habilidades de una manera que no entiendo… Tal vez, herirte es la frase equivocada para lo que quería decir.

Sus ojos brillaban con ese verde encantador, un verde antinatural, pero sin el oro en ellos. ¿Había sido yo la responsable de poner ese remolino de oro allí en primer lugar?

John se detuvo para ajustar la esfera de su reloj, y al segundo siguiente, lo sentí. Estaba nervioso y confiado al mismo tiempo, ¿era eso posible? Sus pensamientos corrieron hacia mí; no quería asustarme, y se esforzaba mucho por contenerse. Esa conexión entre nosotros había reaparecido, débil y no tan fuerte como antes, a pesar de todo.

—Quiero ser honesto contigo —dijo, dando los últimos pasos hacia mí para alcanzarme y tocarme la mejilla. En el momento en que lo hizo, el oro se extendió de nuevo desde el centro de sus pupilas, volviendo a la vida exactamente como yo lo recordaba.

Me alejé y sentí su dolor como respuesta. También sentí que la misma corriente seguía tirando de él hacia mí. Cuando retrocedí hasta mi cama, me senté en el colchón.

En el silencio, las voces apagadas de Michael y Joseph se filtraron por el suelo.

—Entonces, ¿quién es él? —pregunté.

John frunció el ceño, luego se acercó a la mesita de noche y tomó la foto de mi abuelo. La examinó brevemente con ojos agudos, y otra sonrisa iluminó su ya hermoso rostro. Entonces sus ojos brillaron, y sentí la corriente de la emoción, una sensibilidad que se fortalecía, creciendo más fuerte entre nosotros. Lo aparté, sintiendo claramente la nueva herida que dejó en el orgullo y la esperanza de John. Pude sentir su reacción. Pude verlo. Era tan extraño saber que él sentía lo mismo que yo.

Se dio vuelta.

—¿Te refieres a Joseph? Es un amigo.

—¿Un amigo? —lo miré con desprecio. Mentiroso. En el momento en que lo pensé, John parpadeó, aparentemente habiendo escuchado mi pensamiento tan claramente como si lo hubiera dicho en voz alta. Entonces me paré, caminé hacia él y le quité el cuadro de la mano. John no pareció sorprendido en absoluto, sino que simplemente sonrió.

—Lo menos que puedes hacer es ser honesto conmigo —dije—. Sé lo que eres.

—Me parece justo.

No esperaba que fuera tan simple.

—Joseph es un tutor —añadió John. No, no tenía ni idea de lo que eso significaba—. Y sabes que soy un cazador.

Caminé hacia el otro lado del escritorio al lado de mi cama y dejé el cuadro.

—¿Un guardián?

—Es una especie de mi guardaespaldas. No es que necesite uno, por supuesto.

—Suenas muy seguro de ti mismo —murmuré, y él siguió sonriendo. Estaba empezando a odiarlo, sobre todo porque le quedaba muy bien. Me mordí el labio—. Haces que suene como si fueses el mejor o algo así —dije, volviendo a mi asiento en la cama.

—Lo soy.

Así que, era guapo y arrogante, pensé.

—Joseph está ahí para asegurarse de que tengo las herramientas necesarias para hacer mi trabajo sin interrupciones…

—¿Como una secretaria personal? —ofrecí.

John se rio.

—No lo diría así, pero sí. Algo así.

—¿Por qué se hace pasar por tu tío¿Por qué están los dos realmente aquí en Milton? —entrecerré los ojos hacia él, queriendo recordarle que podía leer sus pensamientos. Pero ambos sabíamos que él estaba ofreciendo esta información ahora, y si quería, podía mover fácilmente la manecilla de su reloj otra vez y bloquearme—. ¿Estás aquí por mí? —añadí.

Los ojos de John se suavizaron. Luego exhaló, dio un paso al frente y se arrodilló frente a mí. No sabía si retroceder o quedarme allí. Mi primer pensamiento fue empujarlo de vuelta con mi mente, pero capté su deseo de tranquilizarme, de convencerme de que no tenía ninguna razón para tener miedo.

—No, no estoy aquí por ti —dijo—. Tú… bueno, solo fuiste… un descubrimiento inesperado —su frente se arrugó, y pasó una mano por la parte posterior de su cuello. Era difícil no sentir tantas emociones mezcladas corriendo a través de él. Cuando me miró de nuevo, la conexión entre nosotros se fortaleció, y sentí que sus emociones cambiaron a miedo, simpatía, preocupación—. Se supone que ni siquiera debería estar aquí contigo —añadió—. Se supone que debo decirle a Joseph cosas como esta —parecía que le dolía que hubiera estado escondiendo algo tan grande a su amigo, o guardián, o lo que sea que Joseph fuera para él—. Y no puedo estar seguro de por qué no he… No puedo hacerlo… —entonces se paró y se sentó a mi lado en la cama.

Mi corazón latía con fuerza en la parte de atrás de mi cabeza, y tenía la sensación de que el latido de John ahora era más o menos el mismo.

—¿No le has hablado de mí? —le pregunté.

—No —se inclinó más cerca. Había algo hermoso en sus ojos, bailando de nuevo con ese precioso oro. John extendió la mano para tocarme la mejilla de nuevo, enviando una corriente eléctrica a través de ambos. Él sonrió, y ahora yo también.

—Nunca he conocido a nadie como tú, Claudia. Al principio sentí curiosidad. Ahora, no puedo empezar a entender mi necesidad de estar cerca de ti. Cerca de ti. Este sentimiento —señaló entre nosotros —. Esta conexión… siento el circuito. No se puede romper. No puedo apartarme. No quiero hacerlo, incluso cuando sé que se está haciendo más fuerte. ¿No lo sientes?

Asentí lentamente, y luego miré su reloj. Sonaban como susurros que surgían de la cara del reloj mientras las manos giraban a la izquierda y luego a la derecha.

—Solía temerlo. Ahora sé que no tengo nada que temer —John me tomó la mejilla y se inclinó aún más. Yo no me alejé. ¿Qué estaba haciendo? John era el enemigo…

Antes de que me besara, me escabullí de él para pararme y caminar hacia el centro de mi habitación. ¿Qué estaba pasando? Sí, sentí todo lo que John acababa de describir. Sabía que algo poderoso existía entre nosotros, pero me negué a admitir que era importante. No quería confiar en él.

—¿Qué estás haciendo? —le pregunté. Realmente, sin embargo, me preguntaba a mí misma.

—Lo siento —dijo—. No pude resistirme… No puedo. Cada vez que estoy cerca de ti, algo me acerca más. ¿No lo sientes?

Por supuesto que sí, pero no podía decírselo. John me miró desde la cama, la necesidad en sus ojos crecía bajo el oro danzante, aunque se había atenuado un poco.

—Perdóname por haberte asustado en el pasillo hoy temprano —dijo.

—No me asustaste —me sentí estúpida por pensar que podría convencerlo de eso. Sonrió, y me mordí el labio otra vez.

—No quise ser tan feroz —continuó—, pero me sorprendiste cuando corriste. Desencadenó mis instintos de cazador, y lo único que pude hacer fue correr detrás de ti. Tu energía abrió esta otra… fuerza dentro de mí.

Mi energía. No le creí.

—Me jalas, como me jalas ahora. Tiras, y tiras tan fuerte. No es fácil resistir o luchar contra este deseo de ir a ti. El reloj hace que sea más fácil no perderme en tu energía.

Así que ese tirón había venido de mí, hasta donde John sabía.

—Nunca antes había perdido el control de esa manera. Tú eras todo lo que quería. Tenía que estar cerca de ti, para protegerte. Lo supe tan ferozmente entonces como sé ahora que eres muy especial… para mí.

Giré la cabeza ligeramente hacia otro lado, y ahí estaba ese tirón otra vez.

La risa de John llenó la habitación.

—Tus acciones reflejan la negación, pero tus emociones revelan la verdad de lo que realmente sientes. Tu energía me dice exactamente lo que quieres.

Volví a azotar mi cabeza hacia él y me quedé mirando.

—No sabes nada de mí.

—Tienes razón. No lo sé —se levantó de la cama y se acercó a mí otra vez—. Quiero…

Una chispa se encendió dentro de mí, iluminando mi corazón y llenándome de algo que no podía nombrar. Me sentí vivo. Incluso entonces, me mordí el labio y me lo envolví, porque todavía me aterrorizaba. Un destello de esa sombra que se cernía sobre nosotros en mi visión entró en mi mente, esos tentáculos extendiéndose hacia nosotros. Miré y miré a los ojos ardientes de John.

—Si no estás aquí por mí —dije—, entonces ¿por qué viniste a Milton? —los pelos de mis brazos se erizaron, ahora, el tirón entre nosotros y la chispa en aumento corriendo por mis venas. Sus ojos volvieron a brillar con ese oro, pero parecía tener el control de sí mismo—. ¿Cazas cosas para esta gente en las batas de laboratorio? —dije.

—Siento que quieres alejarme —dijo, sonriendo todavía—. Pero no puedes. Al igual que yo no puedo resistirme a que me empujes.

Luego se volvió para caminar lentamente frente a mí, luchando consigo mismo para ser honesto, pero sabía que no podía tener secretos para mí. La lucha que sentí en él fue intrigante e increíblemente satisfactoria.

—No puedo creer que vaya a revelarte esto —susurró, y luego dejó de caminar y se enfrentó a mí—. Nunca se lo he dicho a nadie más —entonces John volvió a sentarse en el borde de mi cama y acarició el colchón a su lado.

—Ven y siéntate a mi lado. Por favor…

Cuando lo hice, otra onda de conexión nos sacudió a los dos.

—Trabajo para una corporación secreta conocida como la Compañía —continuó John—. Esta organización está dividida en varias partes que operan diferentes divisiones. Militar, espacial, científica, y lo más importante, farmacéutica. Pero lo que hago tiene lugar dentro de una academia.

—¿La academia? —dije, mirándolo fijamente. Claramente le costó mucho revelar algo tan secreto e importante como esto a mí.

—Es una escuela donde los reclutas como yo son entrenados.

—Espera. ¿Hay otros como tú?

—No... exactamente como yo —sonrió—. Soy el único... así. Me llaman una anomalía.

Arrugué mi nariz.

Al menos, así me llamaba el Dr. Nicholson, pensó John. Cuando me di cuenta, reconocí el nombre al instante. Yo también lo había oído en la mente de Joseph.

—¿Quién es el Dr. Nicholson? —le pregunté. John me miró rápidamente con un ceño fruncido de sorpresa y curiosidad. Luego pareció recordar que hablaba con alguien que podía hacer el tipo de cosas que yo hacía.

—¿Él es real? —John asintió—. Entonces, ¿quién es él?

—¿Cómo sabes de él? —preguntó.

—Escuché el nombre en tu tío, quiero decir en los pensamientos de Joseph.

—¿Oyes los pensamientos de Joseph?

—Sí...

Como en un reflejo, John miró su reloj y yo seguí su mirada.

—Creo que había algo malo en su reloj cuando lo escuché —añadí—. Estaba haciendo un montón de sonidos extraños ese día. ¿Quién es él?

John dudó, y yo esperé.

—Es algo así como mi jefe —dijo finalmente—. Es el que me envió aquí.

—¿Debería tenerle miedo? —le pregunté. Cuando escuché el nombre de Joseph por primera vez, el hombre que parecía muy difícil de asustar se preocupó por lo que diría el Dr. Nicholson. Ahora, John habló de este misterioso doctor como si el hombre fuera alguien a quien temer.

El silencio de John cuando pregunté me preocupó aún más.

Luego extendió la mano para tomar mi mano con fuerza en la suya. Mi propia y creciente ansiedad se desvaneció al tocarle.

—No. No tienes que tener miedo —me dijo—. No tienes nada de qué preocuparte. Está buscando una criatura con una fuerza fuerte. Me enviaron a buscarla y llevarla al Dr. Nicholson. Y eso será el final de todo.

—Entonces, ¿qué pasa contigo y con Joseph?

Se quedó callado un momento y dejó de mirarme a la cara.

—¿Vas a irte? —le pregunté.

—¿Después de que todo haya terminado? Sí.

¿Por qué me molestó eso de repente? Si encontraban lo que sea que estaban buscando, entonces él y Joseph se irían, y yo no tendría que lidiar con ninguno de ellos nunca más. No estaba segura de que me gustara eso. No después de todo esto. Siempre supe que había algo entre John y yo, y nunca quise admitirlo hasta que se enfrentó al hecho de que se iría cuando terminara lo que le habían enviado a hacer.

—Sé que es mucho para asimilar —continuó—. Tengo habilidades que otros no tienen. Me muevo más rápido. Soy más fuerte. Nací con estas habilidades, y por eso me envió. La academia es todo lo que conozco.

—¿Creciste allí?

—He estado allí toda mi vida.

Fruncí el ceño.

—¿Y tus padres? ¿Familia?

—No tengo ninguna —sonaba bastante orgulloso cuando lo dijo, pero sentí que se dio cuenta de mi propia tristeza, lo que pareció hacer que reconsiderara sus palabras.

—¿Cómo es? —pregunté, tratando de imaginar un lugar tan vacío. Honestamente, no fue muy difícil. Yo tampoco tenía familia—. La academia, quiero decir.

—Es una base militar —dijo—. Entrenamos, hacemos ejercicio, comemos en grupo, dormimos en un cuartel, nos levantamos todos los días al amanecer. Repetimos.

—¿Tienes escuela?

—Por supuesto. Excepto que mis estudios son un poco diferentes a los que podrías aprender en Milton. Alquimia, química, biología y formación médica, y una variedad de idiomas. Una de las primeras cosas que aprendemos es el uso adecuado, el montaje y desmontaje de armas de fuego. Luego tenemos prácticas de tiro y ejecutamos simulaciones…

—¿Qué? —esto estaba empezando a sonar más como una academia del futuro, ahora.

—Juegos de entrenamiento —dijo—. Simulacros de computadora y de vida en los que cazo mis objetivos. A veces voy con un equipo, a veces estoy solo.

Lo miré fijamente durante un minuto.

—¿Puedes salir?

John me frunció el ceño.

—¿Salir?

—Ya sabes, divertirse. ¿Tiempo para ti mismo?

Parpadeó.

—Sí, por supuesto. Tenemos tiempo libre. Termino en la práctica de tiro de todos modos, o paso el tiempo leyendo los libros de medicina que aún no he terminado. A veces estudio idiomas por mi cuenta.

Sonreí.

—Eso no es divertido.

Se rio, y luego me estudió con una mirada suave, como si me estuviera absorbiendo. Ese calor que irradiaba de él me hizo sonrojar. ¿Por qué tuve que ser tan sensible?

—Es por mí —dijo.

Su explicación no hizo más fácil imaginar lo que debió ser su vida, sin familia, creciendo en una academia y siendo entrenado por oficiales militares en uniforme, sin saber mucho del mundo exterior. Esa luz dorada bailó en sus ojos otra vez.

—¿Y tú cazas a otros como yo? —pregunté, mi voz apenas se elevaba por encima de un susurro.

—Cazo extraterrestres. Lo que la compañía llama producto ET. Nunca me he encontrado con nadie… como tú antes.

—Tuve una visión de la chica que tomaste cautiva. Ella podía leer mentes como yo.

Las cejas de John se alzaron por encima de sus amplios ojos.

—¿Viste todo eso? —asentí lentamente. Bajó la cabeza y juntó las manos en su regazo.

—Se llaman Mindsifters. O Mindbenders —admitió—. Y ella fue una de las pocas que escaparon de la Compañía hace treinta años.

—¿Escapó? —pregunté. Ahora el lugar empezaba a sonar como una prisión.

Asintió con la cabeza.

—Eran productos creados por La Compañía. Hubo un incendio y se perdió mucho equipo e investigación. Así como bastantes productos de la compañía —aparentemente, todavía me veía completamente perdida, porque añadió—, la Compañía se dedica a crear nuevas formas de vida para ayudar a la raza humana a desarrollar posibles curas para enfermedades como el cáncer o el VIH. Han creado con éxito soluciones adecuadas para miembros perdidos, reemplazos de cuerpo y transplantes de órganos. El Dr. Nicholson es uno de los mejores científicos de investigación en ese departamento.

—Así que definitivamente es importante —dije.

—Sí, lo es. La Compañía ha logrado muchos logros exitosos gracias a él. Y continúan progresando… —su mirada recorrió mi habitación durante un minuto antes de volver a mirarme—. La chica que viste. Era la única que quedaba de su especie. Y ahora estás tú. Pero tú no te pareces a nada de lo que he visto nunca. Eres… diferente. Extraordinaria… —se inclinó hacia mí otra vez—. No puedo creer que te esté diciendo todo esto. Pero no te pareces en nada a ella.

—Suena como si me pareciera mucho a ella —le respondí—. Ella puede leer la mente. ¿Y yo también?

—No, ella fue creada en un laboratorio, como el resto de los de su clase. Fui entrenado para llevarlos a los hombres en las costas del laboratorio, como tú dices. Eso es lo que hago. Ahora ya lo sabes.

Me miró fijamente a los ojos, la danza de las manchas doradas se expandía por el verde de sus ojos. Me preguntaba si realmente sentía la diferencia cuando ese oro brillaba. John se inclinó aún más hacia mí y me tocó la mejilla.

—No puedo negar lo que siento cuando te miro a los ojos o cuando estoy cerca de ti —me dijo—. Me das fuerza y me haces débil al mismo tiempo, y aún así, solo quiero estar cerca de ti —se rio—. Sé cómo debe sonar eso. Pero es lo que siento. No entiendo qué es esto o qué me está pasando, pero sé que no quiero que se detenga…

Tomó un respiro, y luego sus ojos volvieron a brillar cuando exhaló.

—¿Tienes miedo? —me preguntó, como si acabara de encontrar esa sensación creciente dentro de mí y le dolió—. Si te asusto, no diré nada más. Por difícil que sea alejarme de ti, lo haré, si eso es lo que deseas… —sus cejas se juntaron, y sentí la esperanza de que le dijera que se quedara—. ¿Es eso lo que quieres? —preguntó.

—No —lo dije rápidamente y sin pensarlo, lo que definitivamente me sorprendió—. Creo que solo tengo miedo porque siento lo mismo —admití—. No lo entiendo. Nunca he conocido a nadie como tú antes. Me siento segura contigo. Acabo de conocerte, pero me haces sentir… protegida. Es extraño.

—No, no lo es —respondió.

—Me alegro de que hayas sido sincero…

Entonces sus labios estaban sobre los míos, y mi corazón palpitaba en mi cabeza de nuevo. Tuve que decirme a mí misma que respirara, incluso cuando sentí el calor de su suave boca contra la mía. Entonces vi una imagen de nosotros en su mente; me abrazaba con fuerza, jurando protegerme. Ahora, parecía que el cazador se había convertido en el defensor.

—¡Cena! —la voz de Joseph nos sorprendió a ambos. Me alejé y me levanté de la cama para mirar a la puerta justo cuando se abría. Joseph asomó la cabeza a mi habitación, y John se puso de pie de un salto, frotándose la nuca. Parecía una persona completamente diferente cuando se sonrojó por la vergüenza.

—¿Qué están haciendo ustedes dos? —Joseph preguntó con una amplia sonrisa.

—Claudia me estaba mostrando sus obras de arte.

Joseph entró en el dormitorio y nos rodeó hacia mi mesa de arte para hojear las piezas dispersas – algunas fotos de la escuela, fruteros, y los retratos que había hecho de los subdirectores, el Sr. Claypool y el Sr. Vásquez.

—Vaya. Estoy impresionado, Srta. Belle —Joseph actuó como si todo estuviera bien y fuera normal, pero no podía dejar de pensar que ya sabía lo que John intentaba ocultarle.

John me miró e intentó sonreír, pero estaba demasiado nervioso y avergonzado por la interrupción de Joseph. Me pregunté por qué.

—Uh… ¿dijiste que la cena estaba lista? —John preguntó.

Joseph se dio la vuelta y cruzó la habitación de nuevo para ponerse justo delante de John. Luego puso una mano en el hombro de su falso sobrino.

—Sí.

John apartó la mano y pasó junto a él, y luego me hizo un gesto para que entrara primero en el pasillo. Se quedaron en mi habitación un rato más, y miré hacia atrás para ver a John indicándole a Joseph que se quedara atrás. Joseph frunció el ceño, claramente molesto por algo. Entonces John se me unió en el pasillo.

—¿Está todo bien? —le pregunté.

—No es nada —respondió con una sonrisa—. Solo se comporta a lo Joseph.

No tenía ni idea de lo que significaba, pero dudaba de que John lo explicara más que eso con Joseph de pie justo al otro lado de mi puerta. Luego me tomó la mano y volvió a tener toda mi atención.

—Voy a preguntarte algo —dijo—. Quiero que lo consideres primero antes de descartarlo o responder.

Traté de saber qué pensaba, pero ya había girado la manecilla de su reloj para bloquearme.

—¿Preguntarme qué? —le dije.

John solo sonrió y se dirigió hacia la parte superior de las escaleras.

—Ya lo verás.

Seguí con Joseph, que se puso delante de mí mientras caminábamos. Luego se detuvo, y casi me choco con él.

—Por favor —dijo—. Después de usted, Srta. Belle.

Me dirigí a las escaleras primero.

John se volvió para fruncirle el ceño, y luego me cogió la mano. Me sorprendió, pero dejé que me llevara por las escaleras, y no tenía ni idea de por qué o cómo seguía sintiéndome tan tranquila y en paz con eso.

Cuando entramos en el comedor, John y Joseph alcanzaron la misma silla. Entonces Joseph pareció darse cuenta de las intenciones de su falso sobrino, y cuando John tiró de la silla hacia atrás, me hizo un gesto para que me sentara en ella. Yo quería sentarme en el otro extremo de la mesa, pero no podía decirle, 'No, gracias'. Así que tomé el asiento de mala gana, sintiendo la mirada de Joseph sobre mí desde donde había elegido una silla diferente al otro lado de la mesa. No podía leer su mente o sentir ningún tipo de emoción proveniente de él. Eso no hizo que su aguda observación de mí fuera menos notoria.

Entonces Michael se unió a nosotros en la mesa que ya había puesto. El hombre había hecho una cazuela de pollo con pan con mantequilla, judías verdes, maíz, puré de patatas y salsa, pero había comprado el pastel de manzana de postre.

Joseph hizo su parte abriendo la botella de vino tinto y sirviendo un vaso para Michael primero y luego para él mismo. John agarró la jarra de limonada y llenó mi vaso, y luego el suyo.

La cena estuvo tranquila, excepto porque Joseph y Michael hablaron casi sin parar sobre la escuela. No presté atención a nada de eso, pensando en lo que John me había revelado y la verdad de quién era. Si confiaba en mí lo suficiente como para contarme todo eso, tal vez podría confiarle mis propios secretos, aunque no creía que tuviera tanto que revelar como él.

Michael y Joseph parecían demasiado ocupados en su discusión como para siquiera mirar en nuestra dirección. Michael sacó a relucir las reparaciones que Milton necesitaba, pidiéndole a Joseph su opinión sobre cómo acercarse al distrito para obtener fondos. Hablaron, y yo fui a la deriva hasta que sentí que la mano de John tocaba la mía. Una oleada de energía subió por mi brazo; lo primero que pensé fue que había bajado la manecilla de su reloj lo suficiente como para que yo sintiera un poco más de él. Sentí que se conectaba conmigo, pero sus pensamientos específicos seguían siendo borrosos. ¿Cómo lo hizo?

—Puedo sentirte —le susurré—, pero no puedo oírte. ¿Cómo funciona ese reloj, exactamente?

John miró al otro lado de la mesa. Todavía estábamos siendo esencialmente ignorados.

Levantó un poco la manga de su chaqueta, exponiendo su muñeca y el reloj bajo la mesa. La esfera era móvil, la cabeza parecía que se había soltado, y la cara transparente revelaba todos los mecanismos internos que hacían que no pareciera nada más que un reloj normal. Era hermoso, con plata en el exterior de la esfera y oro en el interior. Cada pieza parecía vieja, pero ahora sabía que no se parecía en nada a lo que pretendía ser.

—Las manecillas tienen diferentes frecuencias —susurró John—. Cada uno realiza una función diferente —extendí la mano para tocarlo, y cuando lo hice, las manecillas se movieron rápidamente. John tiró de su muñeca un poco hacia atrás y ajustó uno de las manecillas de nuevo.

—No quiero romperlo... —dije suavemente, mirándolo de lado. Él sonrió, y yo me sonrojé.

—No lo harás. Solo bajé la frecuencia. Debería estar todo bien.

Lo alcancé de nuevo, y las manecillas se movieron mucho más lentamente esta vez. En cualquier dirección que moviera mis dedos sobre la cara del reloj, la esfera se movió a su vez, siguiéndome a la izquierda y luego a la derecha.

—Eres increíble... —dijo, viendo el efecto que tenía en su reloj de mentira.

No pude evitar sonreír.

—¿Por qué hace eso? —le pregunté.

—Tus energías están fuera de la balanza. Está diseñado para leer las sobretensiones, los circuitos y las *fuentes* de energía. De todo tipo... —su susurro se suavizó aún más, y parpadeó el reloj por unos extraños segundos de seriedad.

—¿Qué pasa? —le pregunté.

—Nada —susurró.

Parecía tan perdido cuando me miró de nuevo. Levanté mi mano y la colgué justo encima del tenedor junto a mi plato, luego comprobé que Michael y Joseph estaban todavía demasiado ocupados para prestar atención. John me hizo fruncir el ceño con curiosidad, y yo levanté el tenedor de la mesa sin siquiera tocarlo. Era solo un truco de salón. Mi padre había hecho lo mismo para impresionar a sus compañeros de trabajo; la gente pensaba que era una especie de mago. La mejor parte fue cuando hice que la servilleta se moviera y caminara alrededor de la mesa como una persona pequeña. Luego bailó con mi tenedor.

—Mi padre solía hacer esto por mí cuando era niña —dije. Aún así, recuerdo vívidamente que se avergonzaba de lo mismo cuando lo hacía en el trabajo. Esa fue la única vez que me llevó a la oficina con él, y nunca volví.

John sonrió, luego resopló, y ambos estallamos en risa. Por supuesto, nos trajo toda la atención no deseada de los dos hombres sentados al otro lado de la mesa. Yo agarré la servilleta y John agarró el tenedor. Ambos sonreímos mientras Michael y Joseph nos estudiaban, luego volvieron a su conversación y se bebieron todo ese vino.

No pude evitar reírme de nuevo, y aparentemente, John tampoco pudo.

La siguiente vez que miré a Joseph, mi mirada se encontró con la suya. No creí que John lo notara en absoluto; parecía estar divirtiéndose más de lo que lo había hecho en mucho tiempo, lo que probablemente era cierto después de todo lo que me había dicho en mi dormitorio. Pero no me hizo dejar de reír.

John me puso la mano en la suya una vez más, y por un breve momento, sentí todo su deseo y anhelo. Sus ojos volvieron a brillar en esa danza dorada.

—No quiero que esta noche termine —admitió. El solo hecho de oírle decir eso me puso tensa de nuevo—. ¿Por qué tienes miedo, Claudia? —preguntó—. ¿No confías en mí? No he sido más que honesto contigo. No puedo esconderte nada, y no quiero hacerlo. Quiero que confíes en mí —sus cejas se juntaron con dolor mientras estudiaba mi mirada—. No voy a hacerte daño. Déjame demostrártelo.

Entrecerré los ojos, preguntándome cómo podría probar algo así.

—¿Por qué? —le pregunté.

Me puso la mejilla en forma de copa.

—Quiero estar cerca de ti. Me estoy enamorando de ti.

Ahora no tenía ni idea de qué decir. Cerré los ojos, sintiendo su energía conectada a la mía, y supe que me había dicho la verdad. Solo cuando su mano se apartó de mi mejilla y la conexión se desvaneció, volví a abrir los ojos.

—Sr. McClellan —dijo John. Michael y Joseph dejaron de hablar para mirarnos con curiosidad—. Quería preguntarle, señor…

—Por favor, John, llámame Michael.

Golpeé mi pie contra la pierna de John, tratando de detenerlo de lo que estaba a punto de hacer. Me sonrió y me agarró la mano de nuevo, enroscó sus dedos alrededor de mi palma con un apretón fuerte. Me ardían las mejillas.

—Michael, con su permiso, quería preguntar si puedo llevar a Claudia al baile de graduación.

Eso era lo último que esperaba. Pestañeé a John, completamente sin palabras, pero no me miró. Solo mantuvo la mirada de Michael, e incluso Joseph parecía completamente desconcertado.

El nuevo director de Milton se aclaró la garganta y derramó su vino por todo su regazo.

—Disculpe —dijo. Dejó el vaso y se limpió los pantalones con la servilleta de la mesa. Forzó una sonrisa, visiblemente descontento con la petición de John. Todavía no podía oír nada de su mente a través de las distorsiones agravantes.

—Bueno, eso depende de Claudia, John. Por supuesto, no tendría ningún problema con que se lo pidieras o, de hecho, la llevaras —Michael me miró, y ahora yo estaba en el punto de mira. Los tres esperaron a que dijera algo, y entonces una fuerte ola de pensamiento estalló a través de la distorsión de Joseph.

Nunca le ha interesado tanto una chica como esta. Si compromete esta tarea, le explicará eso al Dr. Nicholson por su cuenta. Entonces yo terminaré siendo el que tenga que limpiar el desastre.

Ahora que había escuchado los pensamientos de Joseph, aparentemente, no sabía qué hacer. Me levanté y miré a John. Frunció el ceño preocupado, obviamente no quería que me fuera. Quería decir algo, pero se sentó rígidamente en su silla y esperó. Con Joseph y Michael mirando, supuse que no quería acercarse a mí para que vieran lo que pasó cuando lo hizo.

—Lo siento —le dije—. Me voy a la cama. Estoy cansada y… No me siento bien hoy. Discúlpenme. Encantada de conocerlos.

No tenía ningún sentido, especialmente cuando ya los había conocido, pero dejé la mesa y subí las escaleras. Cuando llegué a mi habitación, cerré y trabé la puerta tras de mí, esperando el sonido de los pasos que venían detrás de mí. No había ninguno. Por un segundo, me sentí aliviada. Luego no pude entender por qué había huido.

¿Quería ir al baile de graduación con John? No. ¿Me gustaba? No. Sí. Un poco.

—Oh, Dios —gemí y me froté la cara—. ¿Qué me pasa?

21

EL MISTERIOSO QUENTIN

INTENTÉ REANALIZAR LO QUE HABÍA SUCEDIDO ABAJO. JOSEPH obviamente sospechaba algo. El interés de John lo hizo sospechar, y el hombre había estado pensando en limpiar el desastre. Tenía la sensación de que se trataba de mí.

Lo más extraño era que había captado los pensamientos de Joseph a pesar de que llevaba su propia versión del extraño reloj de John. ¿También tenía la habilidad de hacerlo a través de sus dispositivos? Si la tenía, no tenía ni idea de cómo controlarlo. Entonces me pregunté si debía decirle a John lo de escuchar los pensamientos de Joseph. Él confiaba en Joseph. ¿Podría siquiera creer lo que le diga?

Debí sentarme en mi cuarto oscuro por una hora antes de oír abrirse la puerta principal. Luego nada. Finalmente, los pasos subieron lentamente por las escaleras. Mi primer pensamiento fue que Joseph venía por mí, y salté bajo las mantas como una niña asustada esperando que el coco no la encontrara escondida.

Me asomé por debajo de las sábanas y vi claramente una sombra que se detenía ante mi puerta cerrada. Se quedó allí un momento, y luego siguió adelante. Otra puerta al final del pasillo se abrió, el pasillo se oscureció y la puerta se cerró de nuevo. Al devolver las sábanas, me di cuenta de manera infantil de que solo había sido Michael, y mientras estaba allí tumbada, vi cómo una brisa echaba las cortinas hacia atrás y olía el olor a pino que flotaba en mi habitación.

Durante un largo momento, me quedé acostada de lado, viendo cómo se movía la cortina, atrapando unas cuantas estrellas en el cielo nocturno visible. John había dicho que había más gente como yo que podía leer la mente y mover cosas con sus pensamientos. La idea me deleitaba y me aterrorizaba. John también había revelado que había sido responsable de capturar a la mayoría de ellos. Entonces, ¿por qué no había hecho lo mismo conmigo? Entendí que él nunca había sentido la atracción que existía entre nosotros y los demás, pero aún no sabía por qué, o el motivo por el que aún no le había contado a Joseph nada de esto. Tal vez estaba tratando de evitar que el Dr. Nicholson me descubriera. Aún no había decidido si le preguntaría a John sobre este misterioso doctor.

Me sonrojé solo de pensar en hablar con John otra vez. Dios mío, ¿qué podría estar pensando ahora después de que lo dejara en la mesa con pánico? No había sido por John. Me fui porque sentí la animosidad de Joseph hacia mí, y eso me hizo más que un poco recelosa. Quise llamar a John e intentar explicarle, pero puede que no sea capaz de hablar. Podría tener a alguien escuchando todas sus conversaciones. No era como si fuera un chico normal de secundaria cuyos padres respetaran su privacidad. Al menos no me sentía tan sola ahora. Entonces recordé que nunca había conseguido su número.

¿Cómo sería esa conversación, de todos modos? "Oye, John, de alguna manera leí los pensamientos de Joseph, y no le agrado. Está pensando en tener que limpiar tu desastre si no haces tu trabajo, y estoy bastante segura de que se refería a mí". ¿Qué haría después de escuchar algo así? ¿Qué *podría* hacer?

Pensé que nunca sería capaz de dormirme, pero después de lo que parecieron horas de estar acostada allí, finalmente lo hice.

Algo me perseguía por los pasillos. No importaba dónde fuera, la figura sombría se acercaba cada vez más, derramando como tinta negra hacia mí. Salía de cada grieta del suelo y goteaba por todas las superficies; sus brazos vacilantes me alcanzaban desde todas las direcciones. Sabía que no se detendría hasta que me tuviera, y no tenía forma de escapar. En realidad, no había ningún sitio al que correr.

Los pasillos se extendían delante de mí, largos e interminables, sin ofrecerme nada a lo que agarrarme o que pudiera usar para esconderme. Esos brazos que se acercaban cada vez más, y luego los dedos huesudos me rodeaban el brazo. Grité, pero cuando me di la vuelta para enfrentarme a la sombra, vi la cara de mi joven salvador.

Me sonrió, y el calor que sentí ese día en la piscina de Milton High me consumió una vez más. Ahora estaba a salvo, protegida. Me tomó en sus brazos y me sostuvo con un suspiro, acercándome a él.

Ahora estás a salvo, mi Pet, susurró.

Abrí los ojos, parpadeando alrededor de mi habitación después de un repentino despertar del sueño. Entonces vi la figura sentada en el alféizar de mi ventana. Mi primera reacción fue gritar, pero antes de que pudiera, me di cuenta de que no había nada que temer.

Él estaba aquí. Finalmente había vuelto a por mí.

—Eras tú ese día, ¿verdad? —pregunté, esperando nerviosamente su respuesta. Las sombras de la habitación oscurecían su rostro, pero lo reconocí con cada parte de mi ser. Sabía que era él.

Se inclinó hacia adelante lentamente, su cara ingresó en la luz de la luna que entraba por la ventana. Su melena negra como el carbón brillaba sobre su pálida piel fantasmagórica, iluminando la línea de su nariz y sus pómulos. Esos extraños y hermosos ojos violetas me brillaban.

—Sí —respondió, y luego sonrió—. Debo disculparme.

Me senté en mi cama, incapaz de decir una palabra. Verlo de nuevo me hizo pensar en mi abuelo, pero a través de ese luto me di cuenta de lo feliz que estaba de ver a mi protector aquí ahora. Significaba que él era real, y yo no estaba loca.

—¿Por qué? —pregunté con labios temblorosos.

—Por no haber venido antes cuando me necesitabas —saltó de la cornisa y entró lentamente en la habitación. Su mono negro parecía un uniforme, y sus partes brillaban como escamas a la luz de la luna. Una mancha de púrpura cubría su hombro derecho, pero ese era el único color.

—No lo entiendo —dije, y luego se deslizó de debajo de las sábanas y se dirigió hacia los pies de la cama—. Sea lo que sea... lo que sea que estaba tratando de atraparme ese día... lo detuviste.

El hombre de la corbata roja volvió a brillar en mi memoria, por la forma en que se miró en el espejo y cambió desde detrás de sus propios ojos. Me enfureció tanto como pensar en ello ahora.

Mi salvador inclinó la cabeza y cayó de rodillas a los pies de la cama. Luego me miró lentamente.

Pude sentir su tristeza; sus grandes ojos púrpuras me abrumaron. Sabía que estaba realmente arrepentido de lo que había pasado, aunque no tenía ni idea de lo que había pasado. Solo que me había protegido.

Lo sentía ahora tan claramente como había sentido a John. Pero era muy diferente con este guardián mío arrodillado delante de mí. Sabía por qué estaba aquí y qué quería. Me sonrojé cuando me di cuenta de que era yo. Su conexión era mucho más feroz, y no podía ni siquiera intentar cuestionar las cosas que sentía irradiar de él. Él me quería de vuelta.

Te necesito, Pet-tricia pensó directamente en mí. Definitivamente no era mi nombre, pero no me dio tiempo para preguntar. *Tienes que recordar* añadió. *Tienes que recordar quién eres realmente...*

Sus ojos se dirigieron a mí, asegurándome que no era un extraño en absoluto y que podía confiar en él. Quise resistirme, pero su tirón en mis recuerdos me convenció aún más de que lo había conocido una vez, hace mucho tiempo. No tenía ni idea de cómo encontrar esa verdad dentro de mí. Sacudí mi cabeza, tratando de aclarar mi mente.

—No —dijo en voz alta y volvió a bajar la cabeza entre los hombros encorvados—. Te he fallado, y por eso te pido disculpas.

Extendí mi mano, esperando sentir su cara. Cuando él me miró, roto, triste, y tan hermosamente misterioso -me detuve. Anhelaba conocer al hombre detrás de esos ojos. El recuerdo que él decía que yo había perdido.

—Me salvaste —susurré, dándome cuenta de que ahora estaba temblando. Se levantó inmediatamente, se apartó y se dirigió de nuevo a la ventana. La luz de la luna brilló en su cara—. ¿Qué era esa cosa? —pregunté, aunque no tenía dudas de que ya sabía la respuesta, que conocía el verdadero nombre de la sombra del traje negro y la corbata roja.

La muerte... el viento susurró. De repente, no se sentía como si estuviéramos solos; se sentía como si la misma Muerte estuviera ahora al acecho justo fuera de mi ventana, burlándose de nosotros dos.

Mi protector miró a su alrededor mientras la voz del viento se desvanecía. Luego se acercó de nuevo a la cama. Yo temblaba. Sus ojos bailaron sobre mí.

—No tengas miedo. No puede hacerte daño mientras yo esté aquí. He hecho un trato con él. Desafortunadamente, como agente de la muerte, conoce muy bien el papel. Las energías... lo atraen hacia ti.

Se detuvo, como si su propio pensamiento lo hubiera distraído.

—¿Quién *eres* tú? —susurré, embriagada por su presencia de una manera que nunca pude entender. Antes de darme cuenta, me levanté de la cama y me acerqué a él, mirando sus profundos e hipnóticos ojos. Mi cara se calentó. Sus hermosos ojos púrpuras brillaban como racimos de luz, todos bailando a la vez. No podía acercarme más y solo podía pensar en estar con él. Entonces, casi inmediatamente, supe todo lo que él sabía.

Se apartó de mí una vez más antes de saltar al alféizar de la ventana. Cualquier hechizo que nos hubiera capturado, ahora se acababa de levantar. Si pudiera recordar lo que quise decir, ahora podría hablar libremente.

Quentin, su voz se repetía en mi cabeza.

—¿Qué está pasando? —mi voz temblaba ahora tanto como mi cuerpo—. ¿Cómo es posible? —eso era realmente lo que quería preguntar, pero en el fondo, parecía como si ya lo supiera. Entonces, ¿por qué me resistía a lo obvio?

—Todo es posible —respondió Quentin con una sonrisa—. Ven. Quiero mostrarte algo —me hizo un gesto con la mano extendida.

Dudé, mirando a mi habitación y preguntándome si Michael había oído algo.

—No tengas miedo —dijo con las cejas levantadas.

—No tengo miedo de nada —le dije.

—Entonces toma mi mano —sus dedos se veían exactamente igual que el día en que se los ofreció junto a la piscina. Pero esta vez, la elección fue enteramente mía—. Confía en mí —añadió con una tierna sonrisa—. Toma mi mano. Quiero mostrarte algo maravilloso.

Aún dudando un poco, tomé la decisión y le cogí la mano.

Me llevó hacia él hasta que nuestros cuerpos se acercaron dolorosamente y fruncieron el ceño.

—¿No confías en mí, mi Pet? —susurró.

Eso me hizo apartarme para mirarle.

—Sí —incluso eso me sorprendió. Quentin me había salvado, lo sabía. Entonces, ¿cómo no podría confiar en él ahora? Si hubiera querido hacerme daño, podría haberme dejado para que la sombra se consumiera junto a la piscina.

Pero antes de que la palabra pudiera salir de mis labios, exhalé, cerrando los ojos. Entonces mi estómago se tambaleó, y un pequeño grito casi se me escapó. Cuando abrí los ojos, estábamos en el cielo. La gota me había dejado sin aliento, y mi corazón latía con una velocidad alarmante. No podía controlar la sensación que abrumaba todo mi ser. El aire soplaba a través de mi cabello mientras Quentin me sostenía contra él; sus ojos me brillaban mientras decía:

—Aguanta.

Su agarre se apretó, y nos movimos más rápido. Ahora solo podía ver una luz brillante, que nos consumía por completo, y tenía que cerrar los ojos. Entonces, tan rápido como todo lo demás, la prisa de nuestro movimiento desapareció, reemplazada por una increíble paz.

Estábamos parados en una playa, la arena blanca se acumulaba a mis pies. Las gaviotas llenaban los cielos azules de arriba. Detrás de nosotros, un vasto océano azul se expandía a lo largo del horizonte hasta donde el ojo podía ver. Miré a Quentin, respirando rápidamente.

—¿Dónde estamos? ¿Cómo lo hiciste? —me alejé de él para caminar hacia el océano, luego me encontré corriendo hacia la orilla del agua y sonriendo ante toda la libertad y belleza que tenía delante.

—Esto es Demos. Mi mundo. Aquí puedo hacer lo que quiera —Quentin levantó sus brazos al cielo.

Corrí hacia el agua hasta la cintura, mirando al océano y deseando ir más lejos, para explorar la belleza que tenía delante. Cuando me volví hacia Quentin, vi todo lo demás: una selva vívida y un paisaje de montañas a lo lejos; plantas altas y verdes; pájaros de todos los colores revoloteando entre las ramas.

Como sea que haya llegado aquí, no quería irme nunca.

Algo salpicó en el agua detrás de mí, y me di la vuelta para ver una aleta de cola brillando sobre la superficie del agua antes de que desapareciera. Luego, la cola apareció, y cuando giré para ver qué era, vi la cara de una mujer en el agua clara del océano. Casi me caí, pero la mujer salió y me agarró el brazo antes de que perdiera el equilibrio. Era hermosa, con el pelo rojo fuego cayendo sobre su torso desnudo, y ahora no tenía ninguna duda de que la cola le pertenecía. No podía dejar de mirarla.

—Eres... eres una.... —me sentí estúpida por mi tartamudeo e inmediatamente me puse la mano en la boca.

—No quise asustarla, señorita —susurró—. Tenía que verla por mí misma —luego sonrió y llamó por encima de su hombro—, ¡Es *ella*!

Detrás de ella, a lo lejos, unas cuantas cabezas aparecieron sobre el agua azul para mirarme embobadas.

—¿Verme? —susurré.

Algo debe haberla asustado; se sumergió de nuevo bajo el agua y desapareció en segundos.

—¡Espera! —grité. La mujer reapareció, pero ahora miraba al cielo. Me sobresalté cuando vi a Quentin flotando a mi lado, *arrodillado* en la superficie del agua.

Gentilmente hizo una seña a la mujer para que volviera hacia nosotros con un gesto de su mano.

—Saluda, Selena —le susurró a la sirena, y ella bajó la cabeza. Solo entonces me di cuenta de que otra había estado con la pelirroja, y esta segunda salió a saludarme.

Podría haber sido más bella que la primera, saliendo de las aguas con su largo pelo rubio sobre los hombros y el pecho. Sonrió y se inclinó ante Quentin.

—Saludos, poderoso —dijo, y luego volvió su intensa mirada hacia mí.

—Saluda, Selena —repitió Quentin con firmeza.

—Saludos, señorita. Es un honor conocerla finalmente —inclinó la cabeza ante mí, al igual que su compañera, y muchos otros salieron a

166

hacer lo mismo. Yo solo podía mirarlos, hipnotizada e incapaz de hablar.

La sirena de pelo rubio sonrió.

—Hemos oído...

—¿Y qué piensas? —Quentin interrumpió con una sonrisa, aunque la pregunta estaba claramente dirigida a ella y no a mí.

—Es hermosa, poderosa —respondió Selena. Pero cuando me miró de nuevo, no fue difícil ver todo el odio detrás de sus ojos.

Mi cara se sentía caliente bajo tanta atención de ella y de todos los demás reunidos a nuestro alrededor.

—La encontraste —añadió Selena en un susurro—. Tal como dijiste que lo harías. Ofreció una débil sonrisa y parecía un poco decepcionada.

Quentin simplemente se rio, aparentemente ignorando el gruñido de la sirena como respuesta.

—Esto es increíble —murmuré, sintiéndome como una niña pequeña mirando los regalos de Navidad.

—No en mi mundo —dijo Quentin. Cuando lo miré, su mirada era tan intensa, que sentí cuánto disfrutaba de mi curiosidad y mi inocencia.

—Son tan hermosas —susurré. La sirena rubia llamada Selena frunció el ceño y se acercó a mí con audacia.

—Tú eres hermosa —dijo Quentin con una sonrisa, bajando para acariciar mi mejilla mojada. Mis labios temblaron, y una brisa se precipitó sobre mi espalda, azotando las hebras húmedas de mi pelo en mi cara hasta que se aferraron allí. Las apartó.

—La Reina Araña ha preguntado por tu regreso, poderoso —dijo Selena. Ahora hablaba con severidad, y no era tan difícil imaginar que no le agradaba.

—No estoy interesado en la Reina Araña —dijo Quentin. Dejó la palma de su mano contra mi mejilla cuando se giró para lanzarle a Selena una mirada de advertencia.

—Ha preparado un gran festín en tu honor —argumentó Selena.

—¡He dicho que no estoy interesado! —Quentin enloqueció.

La sirena parpadeó hacia atrás a través del agua, con los ojos bien abiertos, e hizo una reverencia hasta que su cara casi tocó las olas.

—Perdóname, poderoso —dijo otra vez—. Solo pensé...

—¿Pensaste qué? Me tomo un momento de mi precioso tiempo para permitirte este honor. Para ver a *mi hermosa Pet-tricia*. Para ser el primero en verme triunfar sobre mi sufrimiento. ¡Y no hablas de otra cosa que de *ella*!

—Perdóname —susurró Selena—. Solo pensé que ella podría ver lo que tú has buscado durante tanto tiempo. Y que tú eres la víctima... donde los otros han fallado.

Quentin frunció el ceño, pero rápidamente se convirtió en una sonrisa. Se levantó de donde se arrodilló en la superficie del agua y puso sus manos en sus caderas.

—Lo que ella piense no hace diferencia —dijo él.

—¿Qué hay de tu hermano, poderoso? —preguntó Selena, y se encogió en sí misma cuando Quentin la miró de nuevo con el ceño fruncido.

—Él lo sabe. Pero no cree... —Quentin miró fijamente al otro lado del océano, y luego se volvió para mirarme—. Pero pronto lo hará.

No tenía ni idea de lo que estaban hablando, ni de quién era la Reina Araña o de que Quentin tenía un hermano. Todavía no estaba completamente seguro de haber estado hablando con sirenas reales. Solo cuando Quentin ofreció su mano para sacarme del agua me di cuenta de que estaba temblando. Me paré en la superficie del agua junto a él, preguntándome cómo era posible.

—¿Puede ser convencido? —preguntó Selena, aparentemente habiendo encontrado su valor de nuevo. Las otras criaturas medio humanas que la rodeaban retrocedieron, alejándose de Quentin mientras él la miraba por encima del hombro. Parecía que era la única de ellas que le había interrogado.

Sus labios volvieron a sonreír, y me miró, acariciando mi mejilla de nuevo antes de acariciar mi pelo mojado.

—Mi *Pet- tricia* debe despertar desde dentro. Solo entonces se dará cuenta de su error —estudió mis ojos, acercándome a él mientras temblaba—. Pero todo a su debido tiempo. Primero, debo hacer lo que pueda para hacerte recordar —me dijo.

—¿Quién es Pet-tricia? —susurré, mirando fijamente a esos ojos brillantes. Obviamente pensó que ese era mi nombre, pero no lo era.

No podía pensar con claridad en este lugar para imaginar por qué me había confundido con otra persona.

—Nadie —respondió suavemente. Luego me acercó, me rodeó con sus brazos y volvimos a disparar al cielo. Debajo de nosotros, algunas sirenas saludaron; otras, especialmente Selena, simplemente desaparecieron bajo las olas.

Volamos sobre un paisaje muy diferente al del océano y la arena blanca de la playa. La cadena montañosa que había visto a la distancia estaba ahora justo debajo de nosotros, la mayoría de ellas cubiertas por centímetros de nieve blanca pura.

—Es increíble —dije, mirando con asombro el paisaje. Cuando miré a Quentin, estaba sonriendo de nuevo. Un grupo de mujeres en palos de escoba se nos unió en el aire—. ¿Son reales? —pregunté. Las mujeres -todas con pelo largo y oscuro, vestidas con vestidos brillantes y deslumbrantes con joyas y gemas- se rieron y se alejaron a toda prisa delante de nosotros. Algunas de ellas me saludaron, y yo les devolví el saludo.

Quentin nos llevó a través de las nubes reunidas sobre la cordillera, y las atravesamos sobre un vasto bosque. Vi una gran ciudad construida entre los árboles, donde la gente nos miraba sorprendida. Mirando fijamente, inmóviles, casi parecían asustados mientras pasábamos a toda velocidad. Solo hubo un vistazo de ellos antes de que nos fuéramos, volando a través de los árboles más altos del bosque. Animales extraños que nunca había visto antes saltaron de rama en rama a nuestro lado. El bosque se abrió para nosotros otra vez antes de que subiéramos al cielo.

Entonces vi lo que parecía una puerta, una neblina de colores brillantes abierta en los cielos pastel. Quentin se dirigió directamente hacia ella, y en segundos, me di cuenta de que estábamos de vuelta en el mundo real - mi mundo.

Quentin me bajó cuidadosamente por la ventana abierta de mi habitación. En la oscuridad, nos quedamos allí, aún aferrados el uno al otro. Mi habitación estaba tan tranquila, la noche tan pacífica como había sido cuando nos habíamos ido. Nada había cambiado, casi como si no hubiéramos volado a través de un mundo completamente diferente.

Quentin casi se derrumbó contra mí, pareciendo repentinamente exhausto. Lo sostuve, incapaz de alejarme.

—Eso fue increíble —susurré—. Quiero decir, lo creo. Yo estaba allí. Pero fue simplemente... increíble —entonces me di cuenta de que aún no se había movido, y cuando levanté la vista, lo encontré mirándome otra vez. Su sonrisa se amplió, y la forma en que sus ojos se abrieron en los míos me hizo sonrojar. Y entonces lo sentí... su voluntad una vez más me sostuvo sin tocarme y sin fuerza.

En ese momento, supe que quería estar con él, sin importar lo que pasara. Cualquier cosa que me pidiera, probablemente sería imposible de resistir.

—Me alegro de que te haya gustado —dijo.

—¿Por qué me enseñaste esto? —le pregunté.

—Quería que vieras mi casa —Quentin seguía sonriendo, pero su cara se veía un poco más pálida ahora.

—¿Por qué has venido aquí? —susurré, hipnotizada por sus ojos oscuros.

—Para encontrarte —se inclinó más cerca, y sentí su aliento contra mi cara. Pensé que me besaría, pero al mismo tiempo, se resistió.

Respiré profundamente.

—¿Por qué yo?

—Eres increíblemente especial para mí. Y más importante de lo que te imaginas —me rozó la mano con el pelo y se inclinó hacia mí otra vez. Cerré los ojos, deseando que sus labios tocaran los míos, pero no lo hicieron. Cuando abrí los ojos para mirarlo de nuevo, se había ido.

Corrí a la ventana abierta del dormitorio; la cortina se abrió contra el alféizar, y asomé la cabeza para buscarlo. Todo lo que vi fue la luna amarilla posada en el interminable cielo nocturno. Mi salvador se había ido. Otra vez.

Esa noche, apenas pude dormir. Cuando lo hice, soñé con sirenas, brujas que se lanzaban por los brillantes cielos, y océanos azules con serpientes marinas.

22

LA MAÑANA SIGUIENTE

La voz de Michael me desperto desde el otro lado de la puerta de mi habitación. Entonces me di cuenta de que me había dormido en el suelo del dormitorio junto a la ventana abierta, o al menos había vuelto allí en algún momento de la noche. Me senté allí un momento, preguntándome si volvería a ver a Quentin. De alguna manera, sabía que lo haría. Y el deseo de volver a verlo, de sentir sus brazos alrededor de mí y sus labios finalmente presionados contra los míos, me volvía loca. No tenía ni idea de por qué me sentía así, sobre todo porque no era propio de mí perder el control de mí misma así.

Decepcionada, me levanté para prepararme para la escuela. Me encontré pensando en Joseph en la cena, luego en John. Lo había dejado en la mesa sin ninguna explicación, y no tenía ni idea de cómo explicar por qué había huido de él. ¿Qué podía decir? Sabía que me gustaba, pero lo que sentía por Quentin me llevaba en otra dirección. Solo pensar en su nombre me hacía sentir que estaba cerca otra vez, mirándome.

En el desayuno, Michael me miraba mientras me sentaba en silencio en la mesa de la cocina. Se preocupaba demasiado, como si fuera mi padre o una niñera regañona.

—¿Estás bien? —preguntó.

Sabía que me veía tan cansada como me sentía, sentada ahí hurgando en mis huevos. Se sirvió un poco de zumo de naranja y no dejó de mirarme.

Iba a preguntarme sobre la noche anterior. Podía oírle luchar para encontrar la mejor manera de decir lo que quería decir.

—¿Qué pasó anoche? —finalmente preguntó—. John estaba muy preocupado por ti. Pensó que te había molestado de alguna manera. ¿Fue porque pidió llevarte al baile de graduación?

Lo miré. Me había olvidado de que John me había invitado al baile de graduación. Pero no fue así.

—¿Alguien más te lo pidió primero? —Michael me preguntó.

Me arrugué la nariz.

—No. No es eso —suspiré—. Mira, siento lo de anoche. Supongo que estoy mucho más cansada de lo que pensaba. No quise desaparecer. Nadie dijo nada que me molestara. Yo solo... no lo sé.

—Si no quieres ir al baile de graduación con él...

—No, no es eso en absoluto —dije, pero no sonaba tan convincente. Y supe que Michael quería más de mí. No podía decirle que Joseph me daba escalofríos, ¿verdad? O al menos que había sido bastante cauteloso conmigo, lo que hizo que el sentimiento fuera mutuo.

—Entonces, ¿qué pasó? —Michael preguntó con el ceño fruncido. Lo miré fijamente, preguntándome si podía decir algo remotamente cercano a la verdad, lo que temía y lo que sentía—. Si quieres —añadió—, podemos ir a comprar un vestido. Sé lo locas que se ponen con el vestido. Créeme, lo sé —supuse que, siendo un profesor en una escuela grande, había visto su justa parte de los bailes de adolescentes—. Joseph me pidió ayuda —añadió Michael—. James y Richard tendrán que asistir como subdirectores, por supuesto. Pensé que sería bueno ser voluntario también.

Lo miré con desprecio mientras bebía su jugo de naranja. Normalmente estaba de buen humor, pero no podía culparlo por no poder seguir así después de anoche.

—Realmente no he pensado mucho en ello —murmuré.

Me parpadeó con los ojos muy abiertos.

—Cariño, es una de las noches más importantes del instituto. Recuerdo mi baile de graduación.

Le arrugué la nariz, sin querer que entrara en detalles.

—¿Ah, sí? —dije, tratando de evitarlo aunque no tenía curiosidad.

—¿Segura que estás bien? No has tocado tu desayuno. ¿Hice los huevos de la manera incorrecta? —trató de sonreír de nuevo, pero le hizo parecer un idiota.

—Oh, no. Están bien —le dije—. Solo estoy cansada.

Esta vez, era la verdad. Mi viaje con Quentin y el hecho de no poder dormir después de que se fuera ya me estaba afectando. Solo pensar en él me hacía sonreír.

—¿Tuviste problemas para dormir anoche? —preguntó Michael—. ¿Malas pesadillas? —vino a sentarse a la mesa conmigo, e inmediatamente me arrepentí de abrir la conversación para que me hiciera ese tipo de preguntas. No quería mentirle, pero no podía contarle lo de Quentin.

—Sí —lo miré con una sonrisa forzada—. Supongo que se podría decir eso.

No debería haber dicho nada.

—Bueno, no olvides que siempre estoy aquí si necesitas hablar con alguien. ¿De acuerdo? —recogió su plato despejado y lo llevó al fregadero.

—Está bien —solo esperaba que no siguiera preguntando por ello.

—Entonces, ve con John al baile de graduación. Tengo un buen presentimiento sobre él. Parece bien educado.

Lo miré fijamente y me bebí mi propio jugo de naranja.

—Conócelo —añadió Michael—. Puede que te guste.

—No creo que le agrade mucho a su tío —en el momento en que lo dije, deseaba poder retractarme.

El tenedor de Michael chocó contra el fregadero y se dio la vuelta para mirarme.

—¿Por qué dices eso?

—No lo sé. Tal vez piensa que no soy lo suficientemente buena para su sobrino.

—No tuve esa sensación de él, pero tú eres mejor que yo en el tema... —frunció el ceño—. Tal vez solo lo interpretaste mal. No dijo nada más que cosas bonitas sobre ti. Y solo preguntaba por ti por preocupación. Igual que John.

No tenía ni idea de lo que Joseph había preguntado sobre mí, pero no quería seguir por este camino con Michael ahora mismo. Así que me encogí de hombros.

—Creo que John podría estar un poco enamorado de ti, Claudia. Quiero decir, ¿por qué no lo estaría?

Me sonrojé. ¿Realmente estábamos teniendo esta discusión ahora mismo?

—Solo ve con él. Es un buen chico. Te divertirás más con él que si pasas la noche del baile con un montón de directores.

Debo haberme visto asqueada en este punto, o extremadamente incómoda, o ambas cosas, porque finalmente lo dejó. Rápidamente terminé mi desayuno, enjuagué mi plato y lo metí en el lavaplatos. Cuando me di la vuelta, Michael estaba empaquetando su almuerzo y sacando una bolsa de papel marrón de la nevera.

—Te he hecho una cosita —me dijo, con cara de orgullo. Intenté devolverle la sonrisa, pues me di cuenta de que si no cogía la bolsa de almuerzo, lo más probable es que solo hiriera sus sentimientos—. La comida de la cafetería es bastante asquerosa, ¿no?

Tenía razón en eso, y yo resoplé.

—Gracias —cogí la bolsa, y Michael sonrió, como si le hubiera dado algún tipo de premio.

—Bueno, supongo que será mejor que nos vayamos —dijo y terminó de limpiar la mesa.

Estábamos casi en la puerta cuando la bocina de un coche sonó tan fuerte que salté. Entonces vi que Alex acababa de llegar en su Mustang rojo descapotable de 1969 para recogerme. Insistió en llevarme al colegio, aunque Michael y yo íbamos literalmente al mismo sitio.

—¿Quién es ese? —preguntó Michael mientras se asomaba por la ventana.

—Oh, es para mí —le dije, poniendo mi mochila sobre mi hombro —. Olvidé decírtelo. Una chica de la escuela se ofreció a llevarme. Espero que esté bien.

Michael abrió un poco más la cortina y vi a Alex terminar de ponerse su lápiz labial y luego se volvió para saludarnos. Casi devolvió el saludo, y luego pareció darse cuenta de que era la chica de la que estaba hablando.

—¿Alex Burton? ¿Eres amiga de Alex Burton?

—Sí, supongo —dije. Podía oírlo tan claramente; en su mente, Alex no era más que un problema. Sus pensamientos eran siempre así de fáciles de leer.

—Bien —se las arregló—. Adelante.

Claramente, no quería que lo hiciera, pero no iba a detenerme.

—¿Estás seguro? —le pregunté.

—Por supuesto. Necesitas hacer amigos. Te veré en la escuela. Solo ten cuidado —abrió la puerta y le di una sonrisa antes de salir corriendo al viejo mustang de Alex—. Ten cuidado —me llamó, y salió por la puerta principal. Cuando abrí la puerta del pasajero, me volví para verlo examinando el auto golpeado de Alex de arriba a abajo. Pude oír su mente; estaba tratando de ver si los neumáticos tenían aire y si había actualizado la matrícula. Creo que habría preguntado sobre ello si hubiera tenido la oportunidad.

—No se preocupe, Sr. McClellan —llamó Alex a través de la puerta abierta—. La llevaré a la escuela en una sola pieza.

Tan pronto como entré y cerré la puerta, salió del vecindario. Intenté mostrarle a Michael una sonrisa tranquilizadora mientras nos alejábamos, y le vi dar un paso fuera del porche como si hubiera cambiado de opinión.

—¿Realmente tenías que hacer eso? —le pregunté a Alex.

—No pude resistirme —dijo ella, sonriendo—. Lo siento.

—No le gusta que esté contigo —le dije.

Alex se rio.

—Oh, ¿en serio?

—Sí. ¿Quieres darle otra razón? —no me pareció para nada gracioso.

—Entonces, ¿ya le has preguntado? —Alex dijo, conduciendo a la derecha a través de una señal de pare.

Me apoyé contra el marco de la puerta.

—¿Qué estás haciendo?

—Relájate —dijo ella, poniendo los ojos en blanco—. Ya lo había visto.

Sacudí la cabeza y miré por la ventana, tratando de fingir como si no fuera a recibir una reprimenda de Michael cuando llegara a casa. Tal vez incluso lo mencione en la escuela. Ya me imaginaba regañando, y estaba segura de que no me dejaría volver a montar en el coche con ella.

—¿Y bien? —preguntó Alex.

—¿Y bien qué? —me giré para mirarla mientras pasaba a toda velocidad por una luz amarilla.

—¿Qué quieres decir con qué? ¿Ya has preguntado por la fiesta?

Me había olvidado por completo de la fiesta de este fin de semana, y ni siquiera se lo había comentado a Michael. Tenía el presentimiento de que no me dejaría ir, sobre todo ahora que sabía que estaba con Alex Burton.

—Todavía no... —le dije.

Alex me dio una paliza con la cabeza.

—¿Qué? Claudia, es dentro de dos días. Tienes que preguntar —condujo como una loca por Broadway hasta que nos detuvimos en un semáforo, a un paso de la escuela.

—Lo sé —dije, mirándola fijamente. Su conducción me había dado náuseas, como si recién hubiera aprendido a manejar.

—¿Temes que no te deje ir? —preguntó, levantando una ceja.

—Tal vez —admití. Abrí la bolsa de papel marrón que me dio para el almuerzo, y luego vergonzosamente la metí en mi mochila.

—¿Te hizo una bolsa para el almuerzo? Qué idiota.

Le fruncí el ceño.

—Lo siento —ella golpeó su chicle y sopló una burbuja. Cuando estalló, añadió con un guiño—, mira, solo escápate. No es gran cosa.

—No puedo hacer *eso* —exclamé.

—¿Por qué no? Lo hago todo el tiempo. Es pan comido. Y te recogeré.

—No lo sé —dije.

—Bien, entonces, ¿cuál es el problema? ¿Todo bien entre tú y el viejo McClellan?

Fruncí el ceño en el parabrisas.

—No es eso.

—¿Entonces qué es? —Alex preguntó, sacudiendo la cabeza.

La luz finalmente se puso verde, y ella se alejó rápidamente, casi atropellando a dos tipos en el cruce de peatones cuando se dirigía al estacionamiento. Les tocó la bocina y siguió conduciendo, buscando un espacio. No parecía que quedara ninguno, así que nos llevó alrededor del círculo otra vez. Pensé que volvía a la calle, pero aparentemente había decidido tomar uno de los espacios de los profesores.

—Espera, no puedes aparcar aquí —le dije.

Alex apagó el motor.

—¿Por qué no? —se encogió de hombros y buscó su mochila en el asiento trasero. Luego se miró en el espejo retrovisor una vez más y se limpió un poco de lápiz labial oscuro de la comisura de su boca.

—Acabas de aparcar en el espacio de un profesor.

Por si acaso, apunté al cartel que estaba justo delante de nosotros.

—Es de la Sra. Whitney, y hoy está fuera. No te preocupes, lo he comprobado. No soy estúpida.

Esta vez, puse los ojos en blanco y cogí mi bolso del suelo del coche. ¿Cómo iba a saber qué profesores habían salido hoy?

—Entonces, ¿cuál es el problema? —preguntó.

La miré, preguntándome si podía empezar a explicarle algo sin que pensara que era una gran broma.

—¿Y bien?

Respiré profundamente y le dije:

—¿Alguna vez has sentido que has estado soñando pero estabas muy despierta?

Ella frunció el ceño, de repente parecía bastante seria, y asintió con la cabeza. Casi suspiré de alivio hasta que ella dijo:

—Todo el tiempo. Se llama alcohol.

Entonces ella estalló en risa. Abrí la puerta del coche y quise salir, pero ella me tiró del brazo.

—Solo estoy bromeando. Puedes decirme qué está pasando.

Esperé a que se riera de nuevo, pero no lo hizo.

—¿Crees que la gente puede hacer cosas con la mente? —le pregunté.

—¿Qué? ¿Te refieres a mover cosas y mierda como un Jedi?

—Sí —susurré, esperando que empezara a pensar en la palabra fenómeno.

—En realidad sí —admitió Alex, y pude sentir que estaba siendo honesta—. Ojalá pudiera hacer eso. ¿Te imaginas? Eso sería tan asombroso! —ella se rio—. No me digas que puedes leer la mente.

Miré hacia otro lado, sin saber si podía decírselo o si me creería. Pero era demasiado tarde; ya estábamos teniendo esta conversación.

—¿Puedes?

—Puedo —admití, esperando la reacción en sus ojos y luego en sus labios. Todo sucedió siempre con ella en ese orden.

—No, de verdad. ¿Realmente lees la mente? —ella giró hacia mí—. ¿Hablas en serio? Me estás tomando el pelo, ¿verdad? —por unos segundos todo lo que hizo fue mirarme, y como si por un mero examen, pudo verlo en mí.

Así que hice lo que obviamente era lo mejor. Le di un espectáculo y le dije. Cerré las puertas, encendí la radio y busqué en las emisoras hasta que encontré un clásico de los 80 de Huey Lewis & the News, "The Power of Love".

—Esa radio nunca ha funcionado —murmuró—. ¿Cómo lo hiciste?

Me di un golpecito en la sien, ya convencida de que se reiría de mí o saltaría del coche y saldría corriendo y gritando.

En vez de eso, sonrió y dijo:

—¡Impresionante! —luego bailó con la música, como si nada hubiera pasado—. Estoy pensando en algo muy interesante —me sonrió, y en cuanto la miré, lo supe.

—No —le dije—. No puedo.

—Sí. Oh, vamos, Claudia —asintió con la cabeza y juntó las manos, suplicándome—. ¡Esto es increíble! Esto tiene que ser explotado de todas las maneras posibles —una risa se le escapó, y luego se congeló—. Guapo a las doce en punto...

—¿De qué estás hablando? —sentí ese familiar tirón y me di vuelta hacia mi ventana para ver a John, se volvió hacia el coche de Alex, y me agaché como una idiota.

Alex sonrió, y la bajé conmigo al asiento delantero del coche.

—Oooh, ¿escondiéndote del chico guapo? —la hice callar—. Pocahontas, ¿qué estamos haciendo? ¿Ya has hablado con él? Oh, ¿lo hiciste? Cuenta...

—Me invitó al baile de graduación —lo admití.

—Entonces, ¿por qué nos escondemos?

La silencié de nuevo.

—Me escapé en medio de la cena.

—Espera, ¿cena? ¿Estaba en tu casa, y no me llamaste? ¿Cuándo?

La miré fijamente.

—Ayer... corrí justo después de que me lo pidiera. Yo no quiero que piense que no quiero ir...

Me miró como si estuviera viendo una película romántica y pestañeó.

—Vaya. El baile de graduación, ¿eh? Eso es impresionante. Aunque no entiendo por qué te escondes.

—¿No escuchaste lo que dije?

—Claudia, si tuviera cinco centavos por cada vez que no huí de un tipo... cielos.

—Lo que sea. Todavía necesito hablar con él...

—Oh, te gusta, Pocahontas —cuando me sonrojé, solo hizo reír a Alex—. Lo sabía.

La radio se apagó abruptamente.

—Él tiene un buen coche —susurró ella, mirando por la ventana.

—¿Él tiene un coche? —quería verlo por mí misma, pero sentí que el tirar de él buscándome de nuevo y se lo devolví. La forma en que Alex me miró me hizo preguntarme si ella también había sentido esos tirones. Solo que ella no *podía* sentirlos. No como yo lo hacía.

Se volvió para admirar el coche de John.

—Sí. También es bonito. Parece un nuevo Jaguar.

—Sí, su padre tiene dinero. Creo que el hombre es una especie de médico o cirujano —dije.

—Mierda. Sexy y rico. Parece que te tocó el premio gordo. Oh, maldición. Acabo de ver al Dr. Müller —se dejó caer de nuevo en el asiento.

—¿Dr. Müller?

—Si nos ve, me hará mover mi auto —se rio. ¿Era realmente lo único que le preocupaba?

—Tengo que irme —dije, tratando nerviosamente de abrir la puerta del auto.

Me agarró del brazo.

—No puedes irte ahora. Solo relájate. No creo que nos haya visto —

Alex se asomó por encima del salpicadero y levantó la cabeza en alto, agarrando su mochila del colegio—. Bien, vamos. Se ha ido.

Sentí el tirón de nuevo y miré alrededor, pero no vi a John.

—*Vamos*.

Alex abrió su puerta, yo abrí la mía, y yo casi me arrastro fuera de su coche para esconderme detrás de un camión en el aparcamiento.

—Bien... ¡Adelante! —nos precipitamos dentro del edificio justo a tiempo. Miré hacia atrás y vi al Dr. Müller haciendo sus rondas.

Alex me agarró y me tiró detrás de ella, tirando de mí a través de una multitud de estudiantes y en el hueco de la escalera lateral a nuestra izquierda justo cuando el Dr. Müller entró. Lo perdí de vista cuando corrimos al segundo piso. La campana sonó justo cuando llegamos al rellano superior.

Quería encontrar a John, para explicarle por qué había huido en primer lugar. Sabía que estaba preocupado por mí; podía sentirlo. El pensamiento de que había ajustado el reloj solo para sentirme me hizo sonreír. John... El tirón se hizo más fuerte, tirando de mí lo suficiente como para hacerme tropezar. Tenía que estar cerca, en algún lugar.

Nos detuvimos, y saqué mi teléfono para comprobar la hora.

—Maldición. Voy a llegar tarde.

—Olvídalo. Dejemos de ir a clase hoy —Alex movió las cejas—. Juguemos con tu nuevo don.

—No puedo —la segunda campana sonó, y ahora llegué muy tarde. John seguía tirando de mi mente, como una cuerda invisible enrollada en mi cintura. Quise decirle que venía, pero la sensación fue suficiente para hacerle saber que estaba cerca. ¿Por qué no venía a mí?

El techo. Sentí como si su calor se hubiera rozado con mi mejilla, como si estuviera a mi lado, susurrando esas palabras.

John quería que lo encontrara en el tejado.

Los pasillos se despejaron lentamente de estudiantes, y lo vi por el pasillo. *John*, lo llamé con mi mente. Se volvió, me vio, y me hizo señas para que lo siguiera. Luego desapareció a través de una puerta de metal negro. Me apresuré a salir, dejando a Alex atrás antes de que se diera cuenta de que me había ido. Me escabullí a través de la misma puerta de metal que conducía a un tramo de escaleras hasta el techo.

Dejar a Alex sin decir una palabra me hizo sentir un poco culpable, pero ahora mismo, lo único que tenía en mente era John. Una vez que llegué al techo, lo vi parado cerca del borde, mirando hacia la calle. Llevaba la misma chaqueta deportiva que había usado anoche; sus mechones rubios y pardos volaban ligeramente con la brisa.

—¿John? —se giró, y donde yo esperaba ver sus brillantes ojos verdes brillando hacia mí, en cambio, sus ojos eran púrpuras.

Sonrió, y toda su apariencia cambió. La chaqueta deportiva se fundió con el uniforme de cuero escamoso, su pelo claro se oscureció y se volvió negro, con mechones mate sobre una tez pálida.

—Quentin... —este descubrimiento me hizo sentir culpable y traicionada.

—¿Es a él a quien quieres ver? —Quentin silbó, moviéndose hacia mí. Yo estaba paralizada por sus palabras, aterrorizada. Quería preguntarle dónde estaba John, sabía lo que había pasado. No había sentido el tirón de John en mi mente, solo el de Quentin—. No perteneces a él. Me perteneces a mí....

No pude resistir su tirón, tropezando hacia él desde la escalera.

—¿Por qué te fuiste tan rápido anoche? —le pregunté.

Podía sentir que intentaba resistirme a él, lo sabía, y entonces toda mi resistencia desapareció. Necesitaba estar a su lado, aunque todavía no entendía por qué. Cuando lo alcancé, sus profundos ojos púrpura nadaban con la misma feroz conexión que yo sentía, y dio un paso hacia mí.

—Perdóname. No quería irme... pero tu mundo no tiene las capacidades que necesito para existir. Por eso debo irme a menudo.

Lo miré, perpleja, pero nada de eso importaba realmente. Solo sentí la necesidad de estar cerca de él.

—¿Te refieres al lugar que me mostraste?

—Sí. Ese es mi hogar. No puedo existir más allá de sus muros a menos que adquiera energía de otra fuente —se inclinó hacia adelante, casi tropezando hacia mí, hasta que nos sostuvimos el uno al otro en el techo. Sus ojos se llenaron de deseo al tocarme, y el mismo remolino de oro que había visto en los ojos de John ahora se encendió en los de Quentin—. Eres mi ángel —susurró. Le toqué la mejilla y suspiró enormemente, cerrando los ojos mientras mis dedos rozaban su fría piel.

—¿Estás bien? —le pregunté, temblando.

Me agarró la mano, manteniéndola en su mejilla.

—Créeme cuando te digo que no quería irme.

Cuando abrió los ojos de nuevo, se veía completamente abrumado.

—Dime cómo puedo ayudarte —le supliqué. Sus labios temblaron cuando se separaron, liberando un gemido casi orgásmico.

—Ya lo has hecho, mi Pet —Quentin respiró profundamente otra vez, luego me soltó lentamente y saltó a la repisa, extendiendo su mano hacia mí. Parecía repentinamente vivo, radiante y lleno de vigor —. Ven conmigo.

Miré hacia la puerta de la escalera y dudé. La sensación de que alguien intentaba alcanzarme desde el más allá no me dejaba en paz.

Ven a mí... Quentin susurró en mi mente.

Sentí otro tirón, tratando de retenerme.

Olvídalo. Quentin me tomó la mano. *Ven conmigo.*

Cuando eso no me hizo cambiar de opinión, frunció el ceño, estudiando mi preocupación.

—¿No estás contenta de verme?

—Sí —me obligué a decir.

—¡Entonces ven conmigo, mi Pet! Déjame llevarte a mi mundo. Tengo mucho más que mostrarte.

Me acerqué más.

—Pero... Michael. Estará preocupado por mí.

—Él no significa nada, ¿verdad, mi Pet? —Quentin susurró—. Ven. Te quiero cerca de mí. ¡Déjame llevarte!

Las palabras murieron antes de que pudiera decir nada más. Me sentí impotente y al mismo tiempo más fuerte de lo que nunca antes me había sentido cuando él estaba cerca.

—No podía soportar estar lejos de ti —su agarre se apretó en mi mano—. Nada, nadie, puede alejarme de ti. Ven conmigo.

La sensación de ser perseguida me llenó de nuevo, tirando de mi corazón.

¿Dónde estás, Claudia? Finalmente, estaba su voz, llamando desesperadamente. *Por favor, ten cuidado. ¿Dónde estás?*

—¿John? —exhalé.

¡Sí! ¿Dónde estás? Quiero verte. Lo siento si dije algo para asustarte... ¿Claudia?

Quentin me tiró un poco fuerte de la mano, frunciendo el ceño hasta que la voz de John desapareció.

—Él no significa nada —me empujó hacia la cornisa, luego se cayó por el lado y casi me llevó con él.

Grité y cerré los ojos justo antes de que la mano de otra persona me agarrara del otro brazo y me tirara al suelo. Cuando abrí los ojos, vi a Alex mirándome fijamente, tratando de despertarme.

—¡Claudia! —gritó.

Parpadeé y me di cuenta de que Quentin se había ido.

—¿Qué ha pasado? —le pregunté—. ¿Dónde...?

—¿Qué ha pasado? ¡Casi te caes a tu muerte, idiota!

Alex me agarró la mano y me puso de pie. Tropecé pero me las arreglé para recuperar mi equilibrio con su ayuda.

Me tambaleé a su lado hacia la entrada de la escalera, solo miré hacia atrás una vez antes de que desapareciéramos por la puerta.

EL AUSENTE

LA CAMPANA SONÓ POR ÚLTIMA VEZ CUANDO MICHAEL MIRÓ al otro lado del salón de clases. El profesor que estaba evaluando y los estudiantes estaban ocupados trabajando en un proyecto que les había asignado para que durara todo el período. El nuevo director, el Dr. Müller, le había dado bastantes profesores para evaluar, ya que Michael era bueno en el trabajo. Miró hacia la puerta y vio al Sr. Claypool asomando la cabeza junto a la ventana de la puerta y haciendo señales a Michael para que se le uniera.

—Sra. Robertson, por favor continúe con su tarea mientras yo salgo un momento —dijo Michael.

—No hay problema, Sr. McClellan —la mujer de aspecto tímido, pelo castaño y traje de pantalón rosa asintió con la cabeza.

La clase permaneció callada, como si nunca hubiera dicho una palabra, mientras la maestra seguía escribiendo su clase en la pizarra de tiza. Algunos estudiantes apenas levantaron la vista, sin interés. Michael entró en el pasillo para encontrar la cara de preocupación del Sr. Claypool mirándolo.

—¿Algo?

El alto y rubio subdirector sacudió la cabeza.

—¿Miraste por todas partes? —Michael preguntó.

—Michael, empiezo a pensar que no está en la escuela en absoluto —dijo el Sr. Claypool.

—Eso es imposible. La vi salir con Alex Burton.

—¿Alex Burton? —el Sr. Claypool levantó una ceja.

—Sí, lo sé. Por eso estoy preocupado —Michael miró hacia atrás en el salón de clases.

—Sabiendo cómo se comporta Burton, diría que están en el centro comercial —el Sr. Claypool dijo.

—Bueno, necesito terminar todas estas evaluaciones que el Dr. Müller me dio —dijo Michael paseando por el pasillo.

—¿Quieres que envíe a Vásquez? —el Sr. Claypool sacó su radio.

—No. Si el Dr. Müller se entera de que lo envié a hacer un recado para encontrar a Claudia, no se verá bien para ninguno de los dos. No quiero que el Dr. Müller piense que así es como manejamos las cosas por aquí. Acabo de cenar con el hombre anoche. Y ahora esto... Planea mover las cosas con el distrito en lo que respecta a las reparaciones...

El Sr. Claypool dejó la radio y sonrió.

—Eso suena prometedor. Entonces, ¿qué quiere que haga, señor?

Michael le frunció el ceño.

—Todo lo que podemos hacer es mantener los ojos abiertos... Si está con Burton, entonces el centro comercial es nuestra mejor apuesta. Pero esa señorita tendrá que dar muchas explicaciones cuando la encuentre.

El Sr. Claypool sacudió la cabeza.

—Le diré a Vasquez lo que está pasando —levantó la radio de nuevo, pero Michael lo detuvo antes de que pudiera usarla.

—Es mejor que mantengamos al Dr. Müller fuera del circuito. Díselo a Vásquez en persona —el Sr. Claypool asintió con la cabeza, y Michael volvió a la clase.

24

PROBLEMAS

Me las arregle para caminar el resto del camino con Alex detrás de mí, quien me dio una extraña y maternal charla sobre seguridad. Salimos a tropezones por la puerta del pasillo.

—¿Qué demonios estabas tratando de hacer? —dijo ella.

—¿De qué estás hablando? —todavía no sabía lo que había pasado. Un minuto estaba con Quentin, y al siguiente, Alex me gritaba mientras estaba tirada en el techo.

—Claudia, casi te caes por el borde. Si no hubiera venido cuando lo hice... Digamos que no estaríamos aquí hablando —me miró durante unos segundos—. No te acuerdas, ¿verdad? ¿Estás bien?

—No estoy segura —dije, tropezando—. Tengo que irme. Necesito encontrar a John...

Su voz me llamaba. Alex me gritó que volviera, pero no me detuve. La mente perturbada de Michael me buscó. Tenía al Sr. Claypool y al Sr. Vásquez buscándome también. Cuando Michael me encontró, supe que estaría en un gran problema.

Corrí por el pasillo del segundo piso, doblé la esquina y me estrellé contra el Sr. Thomas. Él simplemente me miró.

—Todo el mundo te ha estado buscando.

Me mordí el labio mientras me hacía señas para que lo siguiera. Alex se agachó en la escalera antes de que el Sr. Thomas me llevara en la otra dirección.

EN LA OFICINA DEL DIRECTOR

Esperaba ver a Michael en la oficina del director. La Sra. Wallace no estaba en su escritorio. La puerta de la oficina del Dr. Müller estaba cerrada. El Sr. Thomas llamó, y luego entrecerró sus ojos oscuros hacia mí. Sabía muy poco del Sr. Thomas, solo que era bastante estricto.

—Pase —llamó Joseph desde su oficina. Al abrirse la puerta, me vio con el Sr. Thomas e inmediatamente dejó lo que estaba trabajando. Había una distorsión en el sonido que nos rodeaba, que venía de él, una onda en el aire como una radiofrecuencia. Fuera lo que fuera, estaba funcionando mal, y yo podía oírlo.

Jadeé. No quería estar aquí. El Sr. Thomas extendió un brazo para que yo entrara primero, luego nos detuvimos frente al escritorio de Joseph. Joseph me dio una sonrisa ridícula. No pude encontrar su mirada. Estaba avergonzada y asustada de que supiera que había algo diferente en mí. El hombre quería mantenerme alejada de John, y luego traté de no pensar en John en absoluto. En vez de eso, respiré profundamente y calmé la energía nerviosa y frenética. Mirando la muñeca de Joseph, busqué el reloj bajo las mangas de su camisa de vestir azul pastel. El cuerpo plateado parecía brillar desde los bordes exteriores de la manga. Intenté ver si las agujas se movían, pero era difícil saberlo desde esta distancia. Entonces tuve que mirar hacia otro lado antes de que me atrapara.

—Siento molestarle, Dr. Müller —dijo el Sr. Thomas—, pero la encontré en el pasillo del segundo piso viniendo del tejado. Obviamente estaba faltando a clase...

Joseph me miró, con las comisuras de su boca curvándose ligeramente. *Srta. Belle, usted es justo la persona que quería ver.* Intenté no parecer que acababa de oír sus pensamientos privados, y entonces se miró la muñeca. Oh, no. ¿Acababa de hacer el movimiento del reloj? Miró su reloj con recelo, luego apartó la vista del dispositivo y de mí. *¿Qué acaba de pasar? ¿Otra oleada? Espero que John esté más cerca de encontrar la causa. Ya sea un producto ET o algo más... Al menos la chica está aquí, lejos de él. Ella es muy distraída, pero tal vez pueda aportar algo.*

¿Aportar algo? Todavía no podía mirarlo, mi estómago se está atando a sí mismo en nudos nerviosos, ahora. Contrólate, Claudia. Eso parece funcionar un poco.

—Ya veo —respondió finalmente Joseph. Entonces se puso de pie y se dio la vuelta a su escritorio para ponerse delante del Sr. Thomas—. Yo me encargaré de esto, Sr. Thomas.

—¿Debo informar al Sr. McClellan?

Joseph me miró. A Michael no le gustaría el hecho de que estuviera en la oficina del Dr. Müller ahora, o que hubiera estado faltando a clase.

—No. No, lo haré yo mismo —dijo Joseph, que seguía mirándome. Lo miré brevemente y él sonrió.

El Sr. Thomas no parecía contento, sobre todo porque conocía a Michael desde hacía más tiempo que Joseph y yo.

—No es una alborotadora —dijo, aparentemente tratando de convencer al Dr. Müller de lo mismo.

—Llegaré a esa conclusión, gracias, Sr. Thomas. Ahora, por favor, asegúrese de cerrar la puerta del tejado.

—No hay cerradura, señor —el Sr. Thomas me miró, y su mirada se suavizó. *No te preocupes, niña. Se lo diré a Michael. No estoy seguro de este tipo.*

Aunque sus pensamientos obviamente no eran para que yo los escuchara, aún así me hicieron sentir mejor. Escondí mi sonrisa detrás de mi mano, agradecido de que Michael supiera dónde estaba. Pero ahora me preguntaba por qué el Sr. Thomas tampoco confiaba en Joseph.

—Bueno, tenemos que asegurarla —continuó Joseph—. Haz que la Sra. Wallace llame a un cerrajero. Evita que los estudiantes suban allí. Lo último que necesitamos es una demanda en nuestras manos —el hombre me miró otra vez mientras hablaba.

Solo respira, me dije a mí misma. Un cosquilleo subió por mi brazo. Mi mirada se posó en un bolígrafo en la taza de ellos en su escritorio; se soltó y rodó por la superficie de madera hacia el suelo. Tanto Joseph como el Sr. Thomas miraron al escritorio, y yo me quedé mirando mis zapatos.

Joseph se arrodilló para recoger el díscolo utensilio de escritura. Lo examinó brevemente y luego me miró.

—Bueno, ¿qué estás esperando? —miró al Sr. Thomas y saludó a la puerta—. Encárgate de eso. No quiero que nadie más suba allí —luego dejó caer el bolígrafo en la taza.

—Sí, señor —el Sr. Thomas fue a la puerta pero me echó una última mirada. Luego se fue, y solo quedamos Joseph y yo, solos. Respira. Levanté la cabeza ligeramente cuando Joseph se giró hacia su lado del escritorio y se sentó. Me quedé allí de pie, sin poder mirarlo durante mucho tiempo, concentrándome en mi respiración.

—¿Está bien, Srta. Belle?

Levanté la vista lentamente y me encontré con su mirada.

—Sí, señor...

—Extraño. Casi parece que está tratando de controlar un mal hábito —cuando fruncí el ceño en la confusión, él sonrió—. No tienes un mal hábito, ¿verdad? No se lo diré a Michael si me cuentas que fumas —entonces me guiñó el ojo—. Estoy bromeando, por supuesto. Pero por favor, no lo hagas. Es bastante malo para ti —me puso la misma sonrisa inteligente que había usado anoche como invitado a la cena.

¿Cuál es tu historia? se preguntó, sin saber que yo podía oírlo. *¿Por qué le gustas tanto a John? ¿Por qué? A John no le gusta nadie. Pero tú estás ocupando su mente más que cualquier otra cosa en estos días...* Era tan extraño oírle preguntar lo que nunca quiso que yo oyera. *Esto podría ser algo bueno para él, sin embargo.*

Pestañeé, esperando más, pero el hombre parecía haber terminado su lluvia de ideas privada. No sabía qué decirle, ni qué pensar. Parecía más bien que estaba jugando un extraño juego conmigo, solo que no conocía ninguna de las reglas.

—Toma asiento —dijo con firmeza. Me desplomé en una de las sillas frente a su escritorio.

Claudia, ¿dónde estás? La voz de John volvió a atravesar mis pensamientos dispersos.

¿John?

Sí. ¿Dónde estás? ¿Qué es lo que está pasando? Siento lo asustada que estás ahora mismo. ¿Estás bien? Dímelo, por favor. Quiero verte. ¿Es algo que hice?

No sabía cómo responder a eso.

¿Por qué tienes miedo? ¿Estás en peligro? Dímelo. Ya voy.

Otra vez, tomé un respiro.

—Srta. Belle, no tiene asma, ¿verdad?

Sacudí la cabeza.

—Bueno, eso es bueno. No quiero ser responsable de agitar tus síntomas.

—¿Estoy en problemas? —he interrumpido. Fue un movimiento audaz, pero yo necesitaba salir de aquí.

Los ojos de Joseph se abrieron de par en par con sorpresa, pero su sonrisa se amplió.

Estás mucho más que en problemas, querida.

—Más o menos —dijo—. ¿Qué hacías en el tejado?

—Nada.

Nunca fui muy buena mintiendo. Por la forma en que Joseph solo arrugó su nariz y siguió sonriendo, me imaginé que había sido entrenado apropiadamente para lidiar con este tipo de cosas.

—¿Oh? ¿Prefieres que le pregunte a Michael? El Sr. McClellan es un buen hombre, y me divertí en su casa anoche. Me agrada. Así que no quiero molestarlo con esta noticia sobre ti, Srta. Belle —volvió a mirarse la muñeca, tirando ligeramente de la manga de su camisa de vestir—. Lo que me hace preguntarme... ¿Por qué dejaste la cena anoche? ¿Está pasando algo que debería saber?

Lo miré fijamente, sin sorprenderme realmente de que sacara el tema. Me pareció un momento extraño para tener esa conversación. Quería decirle lo mismo que le había dicho a John, que no era asunto suyo. Pero tenía el presentimiento de que Joseph no lo dejaría pasar tan fácilmente como John.

—¿Tuvo algo que ver con lo que pasó anoche?

—¿Anoche? —lo vi golpear la cara de su reloj, aunque eso fue todo lo que pude ver desde donde estaba sentado.

—¿Te pongo nerviosa?

Sacudí la cabeza.

—¿Mi sobrino dijo algo para molestarte anoche?

—¿Por qué lo haría?

—No lo sé. Se fue abruptamente, Srta. Belle. Tal vez dijo algo poco caballeroso.

—No, no fue más que amable conmigo.

¿A dónde quería llegar?

Joseph se levantó de nuevo y se sentó en la esquina delantera de su escritorio, cerniéndose sobre mí con esa sonrisa inmortal.

—Estabas sola en tu habitación con él, ¿no? Tal vez no fue educado. Puedes decírmelo. Si mi... sobrino dijo algo que te molestara, necesito saberlo.

Esto parecía un interrogatorio, y realmente no parecía correcto.

—No —le dije firmemente—. John siempre ha sido educado.

Me desafió con otra sonrisa.

—¿Te gusta?

Las mariposas de mi estómago se agolparon, y mis mejillas se enrojecieron con el calor.

—John puede ser muy romántico —continuó Joseph—. Lo heredó de su padre.

¿Padre? Sabía que era una mentira.

El director tocó su reloj otra vez.

—Solo sé honesta, Claudia.

—Sí —dije—. Me gusta John.

Después de mirarme durante unos segundos más, se encogió de hombros.

—Bueno, ¿sabes lo que siente por ti? —preguntó—. Porque quiero ser honesto contigo, Srta. Belle. Mi sobrino ha tenido muchas novias.

Solo quiero que sepas que. Las ha cautivado y deslumbrado. No eres la primera.

Me dolía el corazón.

—Sé lo que estás pensando. Eres diferente. Pero querida, odiaría que te rompieran el corazón. Y con la línea de trabajo de su padre, siempre existe la posibilidad de encontrar otro puesto en otro estado. Nos movemos mucho...

Me tragué el nudo en la garganta. ¿Por qué no quería que me acercara a John?

—Puede sonar duro, sí, pero prefiero que sepas la verdad. John puede actuar como si estuviera interesado en ti, pero mi sobrino tiene un don para las chicas. Y me siento unido a Michael, así que no quiero verte sufrir. Espero que lo entiendas. Perdóname por ser tan comunicativo.

Asentí con la cabeza.

¿Claudia? Estoy aquí...

—Quiero decir, estoy seguro de que te dijo que ya tiene una novia, ¿verdad?

—¿Novia? —le fruncí el ceño, aunque sabía que estaba mintiendo.

—Se llama Rachel. Se conocieron el primer día de clase. La conoces, ¿verdad? La animadora. A John le gustan las animadoras. En cierto modo viene con el ámbito de ser un jugador de fútbol. Por supuesto, ha decidido no intentarlo esta temporada, pero eso no impide que las chicas lo encuentren —Joseph sonrió, se inclinó hacia adelante, y puso una mano en mi hombro—. Lo siento, querida. ¿No lo sabías?

Sacudí la cabeza, con lágrimas en los ojos. Sabía que estaba mintiendo, pero eso no hizo que las palabras fueran menos hirientes. Joseph golpeó su reloj, yo exhalé, y la copa de los bolígrafos se derrumbó. Miró a su lado en el escritorio mientras los bolígrafos y lápices rodaban por todas partes.

Me levanté y corrí hacia la puerta.

—Tengo que ir a clase.

—Fue un placer hablar con usted, Srta. Belle.

Miré hacia atrás lo suficiente como para asentir con la cabeza, pero antes de que pudiera agarrar la manija, la puerta se abrió.

—¡Claudia! —John jadeó—. He estado buscándote... —las palabras murieron en sus labios cuando vio a Joseph levantarse de la esquina de su escritorio.

—¡Sobrino! Mira quién vino a visitarme. Estábamos teniendo una pequeña conversación...

—¿Qué te dijo? —John susurró. Lo miré y él se acercó para secarme las lágrimas de la mejilla. No pude evitar apartar la cara—. Claudia, lo que sea que haya dicho, no es verdad. Tú me conoces. Te lo he contado todo...

Joseph caminó hacia nosotros.

—¿Quién es Rachel? —le pregunté. John parpadeó sorprendido, y ahora vi en sus ojos que todo lo que Joseph me había dicho era verdad. ¿Por qué no lo había visto antes? ¿Estaba tan ciega como para pensar que realmente me quería? ¿Qué más no me había dicho? Tal vez estaba planeando llevarme con la gente que dijo que me buscaban. Tal vez era mucho peor de lo que yo quería creer.

—Tenía que hacerlo —susurró—. Era parte del trabajo.

—¿Yo también soy parte del trabajo?

—No. Nunca. Eres diferente. Significas algo para mí.

Pasé junto a él, y me cogió la mano. Mi cuerpo reaccionó con una descarga eléctrica muy real, pero cuando rechinó los dientes por el dolor, no soltó su agarre sobre mí.

—Vete —le susurré.

Sacudió la cabeza. Solo cuando Joseph se puso detrás de él me soltó. Me di la vuelta y me dirigí a la puerta de la oficina, pero no llegué muy lejos. Michael estaba parado frente a mí justo afuera de la oficina de Joseph, bloqueando mi salida.

—Claudia, oh gracias a Dios. Te he estado buscando por todas partes. El Sr. Thomas me dijo que estabas aquí —miró a Joseph—. Espero que no haya sido un problema —Michael me rodeó con sus brazos y yo caí en su abrazo. Sus manos se apretaron alrededor de mi espalda, y supe que de repente estaba preocupado—. Me has asustado —dijo, y cuando levanté la vista, me pareció ver lágrimas en sus ojos—. ¿Estás bien?

Asentí con la cabeza.

—Lo siento —susurré, y él me besó en la cabeza.

—Oh, para nada, Michael —respondió Joseph.

¿Claudia? John seguía intentando localizarme, incluso ahora.

—El Sr. Thomas dijo que ella estaba en el tejado —el director ofreció.

—¿Qué estabas haciendo allí arriba? —Michael preguntó.

Quería decírselo, pero primero, quería salir de aquí.

—Lo siento —me dio una palmada en la mejilla.

—Está bien, Michael. Tuvimos una larga conversación, ¿no es así, Srta. Belle?

Me di vuelta lentamente. John parecía dolido; lo sentí queriendo consolarme, y sentí su rabia hacia Joseph. La última cosa que quería hacer era interponerme entre ellos. Así que solo asentí con la cabeza en respuesta.

—Pensé que unas horas de detención en la cafetería o trabajando en la oficina principal la ayudarían en su recuperación.

Michael parecía sorprendido, y yo percibí que le parecía un poco duro, dado que yo era la pupila del subdirector y la nieta del difunto director.

—¿Es eso realmente necesario? Es la primera vez que rompe las reglas, y nunca antes había tenido problemas...

—Estoy de acuerdo —dijo John—. ¿No es demasiado?

—Sobrino. No podemos ser demasiado blandos con los niños. Ya lo sabes. Michael. Tenemos que dar ejemplo, y las reglas son las reglas. Si le doy un pase a un estudiante solo porque conozco a su tutor, alguien podría considerar que es favoritismo.

Michael miró al hombre y se obligó a decir:

—Sí, por supuesto. Me disculpo por la intrusión, Dr. Müller —se movió para irse.

—Está bien. Por favor, llámame Joseph. Tenía la impresión de que ya estábamos en la base del primer nombre.

—Sí. Absolutamente, Joseph.

Claudia... John trató de alcanzarme de nuevo, pero yo me alejé para evitarlo.

Michael asintió educadamente y me acompañó a la salida. Sentí que John me tiraba de nuevo y yo lo empujé.

¡Déjame en paz!

Creí haberle oído tropezar en el despacho de Joseph, pero no me di la vuelta para comprobarlo.

En el pasillo, Michael se acercó rápidamente a mi lado.

—Tal vez me equivoqué con ese hombre. Un poco. Creo que es un castigo demasiado duro.

—Sobreviviré —murmuré.

—¿Estás bien, cariño?

Lo miré y quise contarle todo. Pero no lo hice. Tal vez quería proteger a Michael de toda esta información extraña, y definitivamente no quería empeorar las cosas más de lo que ya estaban.

—Aún así —añadió Michael—, no puedo dejar pasar esto completamente, Claudia. Tengo que castigarte.

Definitivamente fue una buena decisión no haberle contado lo que estaba pasando. Fruncí el ceño.

—¿Castigada? ¿Por qué?

—¿Por qué? Estabas faltando a clase, Claudia. En el techo de la escuela —me alejé de él, pero me siguió, irradiando decepción.

Eso era lo último que quería que sintiera por mí.

—Estás castigada... —repitió. Todo lo que podía hacer era ofrecerle una mirada mordaz—. Y no quiero que sigas saliendo con Alex Burton.

—¿Qué? —eso fue definitivamente ir demasiado lejos—. No puedes decirme de quién ser amiga.

—Soy tu tutor, y soy responsable si algo te pasa. No quiero que vuelvas a hablar con ella —sonaba tan falso viniendo de Michael, como si intentara con más fuerza hacer que su voz sonara fuerte y firme.

—Pero ella es mi amiga, y vamos a una fiesta el sábado. Ya he hecho planes con ella —se me escapó de las manos, y luego deseé no haber dicho nada.

—Bueno, entonces tal vez deberías haber pensado en eso antes de que te fueras y te saltaras la clase —no lo dijo tan firmemente como la primera vez. Sabía que quería retractarse de todo, para liberarme y disculparse y abrazarme. Pero sintió que tenía que decir algo, ser estricto y firme para que no lo pisoteara.

—Eso no es justo —me quebré, alejándome de él. Sentí que casi se rindió cuando me giré y me dirigí a la escalera.

—¿Adónde vas?

—¡A clase! Ahora déjame en paz.

Entonces me fui corriendo.

—Claudia, por favor entiende —Michael me llamó mientras yo subía las escaleras—. Solo intento mantenerte a salvo.

Lo ignoré.

2 6

NEGACIÓN

Después de mi visita a la oficina de Joseph y la lección de Michael sobre escaparse, llegué a mi primera clase del día. Y después de eso, era hora de Educación Física.

Quería hablar con Alex sobre John, pero me preguntaba si debía revelar lo que sabía de él, sobre lo que era. Ella ya sabía lo que podía hacer, así que pensé que no se sorprendería tanto de oír hablar de John como la mayoría de la gente.

En el vestuario, me vestí con esos horribles y pegajosos pantalones cortos y camiseta de gimnasio. Entonces vi a Rachel y a sus amigas mirando en mi dirección, susurrando. Y pude oírlas.

—Ella es tan rara.

—Igual que su abuelo.

—¿Por qué sigue aquí después de lo que pasó?

Las luces de arriba parpadeaban, seguidas de un quejido de las viejas cañerías. Incluso a mí me sonaba como si algo fuera a entrar en la escuela. Rachel y sus amigos se dispersaron.

—¡Fenómeno! —gritó una de ellas. Las chicas se rieron y se dirigieron al gimnasio. Enterré mi cara en mis manos. Lo que realmente quería era permitirme llorar, pero no quería darles la satisfacción de verme o escucharme. Las tuberías volvieron a gemir.

Claudia...

Levanté la cabeza y miré al fondo del vestuario. Una sombra subió por la pared, sus brazos se extendieron y se alargaron a medida que su cuerpo la seguía. Me levanté del banco y salí corriendo para unirme a mi clase de educación física.

Todos se sentaron en el frío suelo del gimnasio, y la profesora de educación física nos miró a todos antes de empezar.

Rachel y sus amigas me miraban fijamente otra vez. Respiré profundamente, miré hacia otro lado y lentamente lo dejé salir. Contrólate. Me recordé a mí misma de mantener todo bajo control. Mi padre me había dado muchas lecciones sobre eso.

Claudia.

Volví a mirar hacia la puerta del vestuario. Quienquiera que me llamara, como quiera que se llame, estaba allí, una parte de las sombras, trepando por las paredes como una araña y extendiendo la mano desde el interior del vestuario. Las luces parpadeaban en el gimnasio mientras esperábamos que la profesora nos diera indicaciones. Ella miró rápidamente hacia arriba e hizo señas a las chicas para que salieran a la cancha de baloncesto, una fila a la vez. Solo quería que se diera prisa. Respiré otra vez, y la cosa sombría desapareció debajo de la puerta del vestuario otra vez.

Llamaron a mi fila, y me acerqué con el resto de las chicas para seguir a la profesora hasta la pista de atletismo. Nuestra rutina de estiramiento consistía en estirar arriba y abajo, inclinándonos para tocarnos los dedos de los pies. Mi pelo seguía cayendo en mi cara; debería haberlo atado. Los ridículos pantalones cortos me hacían sentir demasiado expuesta, y tuve que bajarlos más de una vez. Por decir lo menos, este no era mi materia favorita.

Entonces una carga electrizante me consumió. No tuve que buscar más de unos segundos antes de encontrar a John parado junto al refrigerador de agua, mirándome fijamente. Otros tres tipos estaban con él, pero no me importaban. Me sonrió y me di la vuelta.

Su voz se metió en mi cabeza otra vez.

Claudia.

¿Por qué no me dejaba en paz?

Me mordí el labio y lo aparté, y su risa sonó en mi cabeza, burlándose de mí. ¿Qué tenía que hacer para que se detuviera?

Háblame. Por favor.

No hablo con gente que me miente. Me eché atrás otra vez, pero parecía pensar que esto era una especie de juego.

No te he mentido. Aunque debería haber mencionado todo. Es solo que no era mi plan... Me gustas, Claudia. Mucho. Por favor, habla conmigo. No me voy a ir.

Y no me creo nada de eso, se lo dije. O estaba jugando conmigo a propósito o pensaba que era una completa idiota. Rachel se acercó a él y le entregó una nota. Entonces la maestra llamó al primer grupo de chicas para que volvieran a entrar con ella y colocar la red de voleibol. El resto de nosotras tuvimos que correr. Me metí en la pista con otras cinco chicas y empecé a correr.

Vamos, Claudia...

Lo ignoré y seguí corriendo.

¡Claudia!

El entrenador de los chicos los llamó que volvieran a entrar, y me sentí aliviada al instante. John no me volvió a llamar mientras corría, así que supuse que finalmente había captado la indirecta de que yo no quería tener nada que ver con él. Aun así, no pude evitar sonreír al pensar que un chico tan guapo como él todavía quería estar cerca de mí.

Algunas de las otras chicas pasaron corriendo a mi lado, y yo bajé un poco la velocidad. Lo siguiente que supe fue que John estaba corriendo por la pista a mi lado. Volví a coger el ritmo y él se quedó a mi lado.

—Sabes que no puedes correr más rápido que yo, Srta. Belle —sonrió.

Le fruncí el ceño antes de volver a mirar la pista.

—¿Cómo no te das cuenta de que no quiero hablar contigo?

—Mira, no sé lo que dijo mi tío...

Le eché una mirada mordaz, esperando que no siguiera tratando de convencerme de esa mentira también.

—Joseph —dijo, corrigiéndose a sí mismo—. Pero no es como me siento... y no es lo que soy. Me gustas... —su torrente de emociones me golpeó fuerte, y supe que me decía la verdad.

Me detuve y me volví para enfrentarlo. No podía creer que después de todo, todavía sentía algo por él, como si John y yo hubiéramos sido cortados por el mismo patrón de alguna manera.

—Joseph dejó muy claro lo que eres.

—¿Crees en eso? Mírame y dime que lo crees. Me conoces, Claudia. Puedes ver eso en mí. No puedo esconderte eso.

Eché un vistazo a su reloj mientras lo marcaba. Ahora estaba completamente abierto a mí, como aquella primera vez que se expuso completamente sin una maquinaria que lo mantuviera oculto.

—Ahora puedes verlo. Lo que sea que Joseph te haya dicho, tienes que saber que nada de eso es real.

Completa honestidad, eso es lo que sentí. Entonces, ¿por qué seguía teniendo tanto miedo?

—Sabes que hay algo entre nosotros. Algo que no podemos negar...

Una carga sacudió mi cuerpo, la misma fuerza que irradiaba de él en ondas. Tenía miedo de admitir esto entre nosotros, porque había algo más. Algo que no habíamos visto, y aún así no podía verlo. Pero no tenía ni idea de lo que pasaría si algo llegara a quitármelo todo.

—¿Por qué tienes miedo?

—No sé si deberíamos hacer algo, tú y yo.

Me tocó la mejilla, y en el instante en que me tocó, sus ojos pulsaron una luz apagada con la energía que nos atraviesa. Era una carga de felicidad, que nos hacía sentir mareados y vivos. Lo único en lo que podía pensar era que cuando esto terminara, me despertaría y me daría cuenta de que no era real en absoluto. O me despertaría y descubriría que John era algo a lo que realmente debía temer y de lo que debía alejarme a toda costa.

—¿Por qué me quieres cuando puedes tener a alguien como Rachel? —murmuré.

Sus pupilas bailaron, ese color dorado regresó y se extendió al verde brillante de sus ojos antinaturales.

—No la quiero.

—¿Qué pasa con Joseph? No quiero interponerme entre ustedes

dos ni meterlos en problemas —su sonrisa me hizo sonrojar, mi sangre palpitaba ferozmente por mis venas.

—Joseph hace lo que yo le digo.

—¿Qué?

—Soy su jefe.

Eso definitivamente no era lo que esperaba.

—Se pasó completamente de la raya al decirte algo —John me acarició la cara, los dos estábamos navegando en la corriente de esta energía, y dejó salir un enorme aliento—. Claudia, dame la oportunidad de demostrar lo mucho que me importas. Para probar que puedes confiar en mí.

La profesora de educación física sopló su silbato y llamó a mi grupo para que entraran al juego de voleibol. John pasó su mano por la mente y se agarró.

—Piénsalo... por favor.

—Me tengo que ir —dije. Nuestros dedos se separaron lentamente, y lo dejé para volver a mi clase.

Después de Educación Física y de lidiar con las miradas de Rachel y sus secuaces, me dirigí a almorzar, esperando evitar a alguien más durante todo el día. Pero quería ver a Alex para explicarle lo que estaba pasando. La súplica de John de darle una oportunidad me había dejado sintiéndome más viva de lo que recordaba, lo cual era extraño. No podía seguir negando lo que fuera que había entre nosotros que no nos dejaba estar.

Traté de imaginarme a John, el jefe, diciéndole a un tipo grande como Joseph qué hacer. Simplemente no encajaba. Joseph había sido especialmente amenazador en su oficina. Me preguntaba qué diría si me veía con John de nuevo después de esa pequeña reunión. Por lo menos, no tenía ni idea de lo que podía hacer. Si lo hiciera, sin embargo, ¿qué haría después? ¿Me llevaría con la gente de las batas de laboratorio? ¿O tendría que seguir las órdenes de John?

Sin que el toque de John me distrajera ahora, podría repasar todas las cosas que había visto en su mente cuando ajustó su reloj en el campo de atletismo. John había estado manteniendo a Joseph alejado de mí. Vi una parte de su conversación en su memoria, de John defendiéndome de los insultos de Joseph. Incluso le había dado una bofetada al hombre en la cara. Entonces, ¿por qué tenía tanto miedo de lo que pasaría si John y yo nos dejábamos acercar aún más el uno al otro? No quería tener más miedo, y no quería negarme lo que quería. El único problema era que no sabía exactamente lo que quería.

Entré en la cafetería y miré a mi alrededor. El grupo de mis supuestos amigos estaban sentados en su mesa habitual, pero Alex no estaba allí. Volví a salir al pasillo antes de que los demás me vieran. La biblioteca era un lugar tan bueno como cualquiera para comer mi almuerzo. Y podía estar sola.

Cuando me di la vuelta en el pasillo, allí estaba Joseph, dirigiéndose hacia mí. Mierda. Me agaché en la escalera al otro lado de la cafetería y corrí al segundo piso. Estaba tranquilo y vacío aquí arriba, y me dio la extraña sensación de que el silencio ocultaba algo más. Una luz verde en el detector de humo encima de mí parpadeó rápidamente una y otra vez. La escuela realmente necesitaba cambiar las baterías.

Cuando llegué a la mitad del pasillo, me planté en la cornisa que daba a la biblioteca y pensé en lo que haría. ¿Aceptaría la oferta de John? No lo había pensado, pero esa elección no tenía sentido cuando no podía evitar sonreír cada vez que pensaba en él.

Claudia...

Salté y me quedé helada en esa cornisa. Debajo de mí, la biblioteca estaba completamente vacía, pero las luces que salían de ella hacían que la oscuridad del segundo piso fuera menos aterradora.

Claudia...

—¿Quién eres? —susurré.

¿Sabes lo que eres? ¿Sabes lo que puedes hacer? ¿Por qué eres tan importante para mí?

—¿Qué es lo que quieres?

Hubo una larga pausa, luego lo vi. En la oscuridad del otro extremo del pasillo acechaban dos ojos brillantes y centelleantes, iluminados como estrellas o radiantes diamantes perdidos en un océano de oscuridad interminable.

Una parte de la oscuridad se extendía hacia mí, corriendo a lo largo de las paredes en ambas direcciones y a través del techo. Cuando llegó al parpadeante detector de humo, me di cuenta de que la cosa se había separado de su base y colgaba allí, parpadeando alternativamente en rojo y verde. Eso tampoco me pareció bien.

Los brazos oscuros se acercaron a mí a lo largo de las paredes, el techo y el suelo.

No puede protegerte. No puede proteger lo que no es suyo. No puede proteger lo que es mío para tenerlo. Ven conmigo. Ayúdame. Únete a mí...

Grité.

—¡Claudia, despierta!

Jadeé y salí corriendo. John me estaba mirando, sus manos tocaban mis mejillas. Me alejé de él y miré a mi alrededor, muy probablemente mirando y actuando como si estuviera completamente trastornado.

—¿Estás bien? Mírame, Claudia —me agarró de los hombros, tratando de sacarme de ahí—. Oye. Mírame.

Finalmente, miré sus hermosos ojos verde esmeralda.

—¿Estás bien? ¿Qué ha pasado?

No sabía qué decir. Me dio una copa en la cara otra vez, y finalmente dejé de temblar.

—Vi algo —dije—. Algo oscuro y malvado aquí en el pasillo. Venía a por mí.

—Estás a salvo. No pasa nada. Dime lo que viste —John me acarició la mejilla.

—Lo has visto antes —dije—. ¿Esa visión que compartimos en el pasillo? —lo rodeé con mis brazos, deseando poder olvidarlo todo. Sonó la campana del segundo período de almuerzo.

John me abrazó fuertemente junto a la cornisa que daba a la biblioteca. Luego me arrastró con la mano por el pasillo hasta un aula vacía. Abrió la puerta de una patada, me llevó a una mesa y me levantó sobre ella.

—Espera aquí.

Cerró la puerta de nuevo, bajó la gruesa cortina sobre la ventana y cruzó la habitación.

Algunas aulas de la Secundaria Milton habían estado vacías por un tiempo solo porque necesitaban reparaciones y aún no las habían hecho. Esta sala no tenía luces que funcionaran. En el rincón más alejado de la habitación, John encendió una de las lámparas, iluminándose la cara. Detrás de él había una puerta a una oficina adjunta, lo que me hizo pensar que esto solía ser un laboratorio de ciencias. Miré al otro extremo de la habitación y encontré lavabos en las mesas de atrás.

—¿Estás bien? —preguntó John. Asentí con la cabeza. Atravesó el aula y volvió a tomar mi cara en sus manos—. No voy a dejar que te pase nada, Claudia.

—¿Me crees? —pregunté, sorprendida de que no hubiera cuestionado si acababa de tener una pesadilla.

—Por supuesto que te creo —me puso un mechón de pelo detrás de la oreja y me agarró la mano, poniéndola en su pecho—. Estamos conectados, tú y yo. Lo sabes. No solo aquí —John señaló su cabeza, luego su corazón—. Pero aquí también.

Lo rodeé con mis brazos.

—Gracias. Estoy tan contenta de haberte encontrado —susurré. Él era el único que podía ver las cosas que yo podía ver, y tenía razón. Estábamos conectados mucho más que mente y cuerpo. Caí en sus brazos, sintiéndome débil, mis ojos lucharon por permanecer abiertos, pero sentí como si toda la energía se hubiera drenado instantáneamente de mí. La presencia de John no lo hizo más fácil. Nuestras energías se conectaron, la corriente fluía entre nosotros, ninguno de los dos quería dejar el circuito. Las cosas se oscurecieron bastante rápido, y escuché mi nombre por última vez.

¡Claudia!

¿Alex? Tengo que hablar contigo. ¿Dónde estás?

Estaba en el desierto, con el aire caliente soplando tierra por todas partes. Vi distintas formas alrededor de mí: cactus, arbustos, dunas onduladas. Había un pueblo adelante, y a medida que me acercaba, el sol se ponía, convirtiendo el día en noche. Vi una figura a lo lejos, cavando en la tierra, con un paño prendido alrededor de su nariz y boca bajo un sombrero de vaquero. Me acerqué a él, preguntándome dónde estaba. Detrás de la ciudad se alzaban docenas de faroles, las casas que los cubrían eran bloques de varios tamaños.

¿Hola? El viento me tiró el pelo por toda la cara.

El desconocido finalmente encontró lo que buscaba y sacó una gran caja de metal. La manipuló, tratando de abrirla.

¿Hola? Disculpa...

El viento se detuvo de repente, y el hombre levantó la vista de lo que estaba haciendo, finalmente se dio cuenta de que yo estaba allí. Vi sus claros ojos azules detrás de la tela doblada y debajo del sombrero de sastre. Se ampliaron al verme. La tela cayó alrededor de su cara, y levantó una pistola en su cadera para apuntarme.

Esos ojos azules y los mechones de pelo oscuros que caían bajo el sombrero, esos labios que se separaban al bajar la mandíbula...

Un remolino de luz dorada bailó desde el centro de sus ojos. Dejó caer el arma, se quitó el pañuelo del cuello y se quitó el sombrero. Parecía un poco mayor que John, pero quizá eso se debía a la suciedad y al polvo que se acumulaba en su piel morena.

¿Cómo es que...? me hizo un gesto para que me acercara y luego miró al pueblo que estaba detrás de él. El arma volvió a la funda de su cadera. *¿Quién eres?* Cuando abrí los ojos, John me estaba mirando, todavía me acariciaba la mejilla. Estábamos en el suelo, con la espalda de John contra la pared y mi cabeza en su regazo.

—¿Jack? —el nombre del hombre del sombrero de vaquero apareció en mi mente. ¿Qué había visto esa vez? El futuro, o tal vez el presente. No lo sabía. Mis visiones podían ser cualquier cosa, pero la mayoría de las veces eran un rompecabezas que tenía que resolver.

—¿Qué has dicho? —preguntó John.

—Vi a un hombre cavando en el desierto. Estaba soñando, supongo. Eso... no pudo haber sido real —parecía desconcertado, pero aún no entendía por qué—. ¿Qué pasó?

—Te desmayaste.

¿Por qué haría eso otra vez? Entonces me di cuenta de lo agotada que me sentía, aunque ahora podía mantener los ojos abiertos. ¿Qué me estaba pasando? Inmediatamente me senté, me incliné y lo miré fijamente.

—Lo siento —mis mejillas se quemaron.

—No lo sientas —dijo—. ¿Quién es Alex?

Fruncí el ceño. ¿Se refería a Alex Burton?

—Estabas hablando en sueños. 'Alex, ¿dónde estás? Necesito hablar contigo —sonrió—. Entonces, ¿quién es él? ¿Debería preocuparme?

—No —susurré—. Ella es una amiga.

—Ah. *Ella* —sonrió y se limpió juguetonamente la frente en señal de alivio—. Supongo que estaba pensando en ella —dije—. No he hablado con ella últimamente.

—No hay necesidad de explicar —dijo.

Asentí con la cabeza.

—¿Qué hora es?

Echó un vistazo a su reloj mágico.

—Tarde.

—¿Qué tan tarde?

—La campana sonó hace dos minutos.

—¿Por qué no me despertaste? —me puse de pie, y él me siguió justo detrás de mí.

—Te veías tan tranquila solo acostada en mis brazos. Y hermosa.

Me sonrojé y me dirigí a la puerta. Luego me detuve, me di vuelta y corrí hacia él antes de que me abrazara de nuevo. Sonrió mientras yo apoyaba mis manos en su pecho.

—Lo siento —susurré.

Él sonrió.

—No te preocupes.

—Por favor, no le digas a Michael lo que pasó. Enloquecerá. Y no quiero asustarlo más con todo esto —solté a John y me eché atrás.

—No le diré nada a nadie, Srta. Belle.

—Gracias —cuando abrí la puerta, me detuve de nuevo para mirarlo—. Gracias. Por mantenerme a salvo.

—Fue un placer.

Por un minuto, supe que realmente no quería dejarlo. Finalmente, John se unió a mí, tomó mi mano y me llevó al pasillo. Estaba lleno de estudiantes, todos listos para escapar de los profesores y las tareas y horarios.

Me acompañó a mi casillero, donde tomé algunas cosas, las metí en mi mochila y volví a cerrar la puerta.

—Necesito encontrarme con Michael en su oficina antes de que empiece a buscarme —le dije.

—Te acompañaré hasta allí también, si quieres.

—¿En serio? —susurré, agarrándome a mi mochila.

—Por supuesto.

La oficina de Michael como subdirector era más personal y privado aquí en el segundo piso, a la vuelta de la esquina del aula vacía. El Sr. Claypool y el Sr. Vásquez aún compartían el suyo como los otros dos subdirectores, pero la oficina de Michael era ahora bastante grande. Unos pocos pasos conducían a la puerta abierta de la oficina.

Miré dentro y vi a algunos estudiantes hablando con él. Michael levantó la vista y me vio junto a la puerta, y luego ayudó a levantar un dedo para decirme que serían solo unos minutos más. Los estudiantes me miraron también, y yo asentí con la cabeza antes de volver al pasillo.

John seguía esperando en silencio a mi lado.

—Gracias por acompañarme —dije, sin saber qué más decir. Le debía mucho más que un simple agradecimiento.

La calidez de sus emociones se elevó, bañándome, pensando que sus pensamientos eran un poco confusos. Supongo que era mejor así, y realmente no quería entrometerme en su mente. Fue bastante grosero, sin importar los pensamientos de quién estaba leyendo.

—Fue un placer —dijo de nuevo y miró su reloj—. Mierda.

—¿Todo está bien?

—Odio hacerte esto, pero tengo que irme.

—¿Joseph?

—Sí.

Se alejó de mí por el pasillo, se detuvo, y se dio la vuelta inmediatamente. Esa hermosa sonrisa resurgió.

—Por cierto —se acercó a mí otra vez—. Quería preguntarle algo.

Me tragué los nervios y él se rio.

—Te prometo que no es nada... malo. Solo quería preguntarte si tú... —dudó, sonriendo y frunciendo el ceño al mismo tiempo—. Lo siento. Esto nunca me había pasado antes.

Fruncí el ceño, preguntándome por qué esto era tan difícil para él, pero me cerró sus pensamientos de nuevo. Sin embargo, pude sentir sus emociones irradiando de él, fuerte y claro.

—Hay una fiesta este fin de semana —dijo rápidamente—. Pensé que querrías venir conmigo.

Si era la misma fiesta a la que Alex y yo planeábamos ir, se suponía que ella me recogería. No había hablado con ella desde que Michael intentó castigarme. No había hablado con ella de nada de esto.

—Puedo recogerte —me ofreció.

El color volvió a mi cara. Es estupendo. John me pidió que me llevara a una fiesta a la que ya no podía ir y, por supuesto, no quería decirle que no podía ir. No quería que pensara que lo decía como una excusa porque en realidad no quería. Definitivamente lo hice.

—¿Me estás invitando a salir?

Sonrió.

—Sí, supongo que sí. ¿Y qué? Prometo comportarme lo mejor posible… —me reí un poco y él añadió—: Dame tu teléfono —cuando finalmente lo saqué de mi mochila y lo entregué, miró la imagen de mi pantalla y dijo—: Qué lindo —luego se envió a sí mismo un mensaje de texto y me devolvió el teléfono—. Ahora también estamos conectados digitalmente —me guiñó el ojo.

—¿Hay algún código o algo que tenga que usar cuando te llame? —se rio.

—No hay código, Srta. Belle. Solo llámame.

—¿Va a tener Joseph un problema con esto?

—Es mi tutor, no mi padre. No puede impedirme verte si eso es lo que quiero —bajé la mirada, mirando su número en la pantalla. Volvió a mirar su reloj—. Mejor me voy antes de que envíe un grupo de búsqueda… —cuando le miré con los ojos abiertos, me tocó el hombro y se inclinó hacia delante—. Estoy bromeando. Tal vez te llame —luego caminó por el pasillo, mirando hacia atrás unas cuantas veces antes de bajar corriendo por la escalera.

Cuando Michael terminó con los estudiantes y cerró su oficina, bajamos juntos las escaleras. No sabía qué le iba a decir a John, y no quería perderme el ir con él a la fiesta. Alex, siendo como era, probablemente seguiría intentando venir a recogerme aunque le dijera que no podía ir. Probablemente hoy también se saltaba la clase otra vez.

Doblamos la esquina del piso principal y vi a John en el pasillo. Sonrió, y a su lado, Joseph me mostró esa espeluznante sonrisa. Fruncí el ceño y miré hacia otro lado. ¿Esperaba en serio que le saludara con una sonrisa agradable después de su pequeña conferencia en su oficina?

La voz de John se deslizó en mi cabeza.

Lo que sea que estés haciendo, detente. Controla tus sentimientos.

Me volví a mi práctica de respiración, tratando de recuperar el control. Joseph me miraba fijamente, empeorando las cosas cuando pensaba en la posibilidad de que pudiera saber algo.

Ahí va de nuevo con esa pesada respiración. Los pensamientos del hombre eran tan fáciles de captar. *Probablemente la asusto.*

—Hola, Michael —dijo Joseph mientras nos acercábamos. Luego se volvió hacia mí.

Control, pensé, sintiendo que John me prestaba su energía para ayudarme. Me hizo pensar en lo que mi abuelo había dicho sobre ayudarnos mutuamente. ¿Podría John hacer lo mismo por mí? ¿Ayudarme a controlar mi don de alguna manera?

—Srta. Belle...

No dije nada. Michael no parecía complacido por mi silencio, pero no me importaba.

—¿Cómo van esas evaluaciones?

—Bueno, casi los tengo listos —respondió Michael.

—Eso es lo que me gusta oír.

—Hola, Claudia —dijo John, tratando de distraerme de mi ira hacia Joseph. Era peligroso provocar esa ira, ya lo sabía, y estaba decidido a evitar que yo hiciera algo al respecto.

—Hola, John —le susurré.

Una ola de disgusto irradiaba de Joseph cuando vio a John dándome tanta atención. ¿Por qué le molestaba tanto?

—¿Están por irse? —preguntó Michael.

John se dio la vuelta.

—Tratando —respondió Joseph, todavía sonriéndome.

Me volví hacia John en su lugar. Una pequeña racha de energía de mí y reconecté con él. Me sonrió, el oro de sus ojos seguía bailando pero casi con la misma intensidad.

Me recordé a mí misma de mantener el control; Joseph también tenía un reloj.

—¿Planes para esta noche? —preguntó Michael.

Tuve una visión en la mente de Joseph de la cara de una mujer, pero más distorsiones del reloj me impidieron volver a ver.

—De hecho, sí —el hombre sonaba demasiado orgulloso.

Me alejé, mirando a John mientras se alejaba de ellos también. Estaba ocupado mirándome mientras me acercaba a la ventana de la biblioteca, solo para alejarme de Joseph y calmar mis nervios. Honestamente, quería estar tan lejos de John como fuera posible para no perderme delante de nuestros dos tutores. Me sonrió, convirtiéndose en una parte más grande de mí, la atracción se hizo más fuerte. La ternura, la atracción devota, seguía creciendo rápidamente entre nosotros.

Michael y Joseph terminaron su conversación superficial, y Michael me saludó con la mano. Levanté una mano para saludar a John, y luego seguí a mi tutor hacia las puertas de la escuela.

—Que tenga buenas noches, Srta. Belle —dijo Joseph detrás de mí.

Me di la vuelta y me apresuré a bajar al pasillo. Michael apenas podía seguirme el ritmo. Cuando salí, todo lo que quería era gritar. Entonces sentí a Michael detrás de mí; no estaba contento con la forma en que había actuado, pero no sabía ni la mitad de lo que hice. Y no podía decirle nada.

—No tienes que ser grosera porque estés enfadada por no ir a la fiesta.

—No lo estoy... —me detuve y suspiré. No tenía sentido discutir con Michael. Nos metimos en su coche y condujimos en silencio todo el camino a casa.

27

MEMORIAS

ALEX SE SENTÓ EN SU OXIDADO COCHE. EL ESTACIONA-MIENTO ESTABA TRANQUILO. Ella esperó pacientemente mientras sonaba la última campana; incluso ahora, los últimos autobuses se alineaban uno detrás de otro para llevar a los estudiantes a sus casas. Pronto, sería el momento de que ella también entrara en la suya.

Tenía miedo después de todo lo que había pasado y se preguntaba por qué no se había dado cuenta antes. Siempre fue así. El Dr. Edwards siempre le había dado una buena impresión, pero nunca había sospechado nada más. Solo después de su muerte todo tuvo sentido. Ella no había hecho la conexión antes de ahora; incluso visitar la tumba era algo difícil de hacer.

Las puertas oxidadas del viejo cementerio la habían saludado el mismo día que la anciana le había dicho que Quinn había vuelto. Había decidido que era el momento de ver su tumba, pero no sabía por qué le había llevado tanto tiempo hacerlo. Alex había mantenido su distancia, incluso después de descubrir quién era realmente.

Era lo mejor. Por supuesto, ella tenía la intención de revelarse un día, pero entonces la muerte había llegado. Y Quinn regresó.

Ahora bebía en el aparcamiento de la escuela, viendo a sus compañeros subir a los autobuses amarillos y esperando pacientemente a que

Claudia saliera. Alex estaba a punto de salir de su coche y saludar hasta que Michael bajó las escaleras detrás de Claudia. Alex se agachó inmediatamente en su coche. No había forma de llegar a Claudia ahora, y Alex realmente necesitaba hablar con ella.

La luz del cristal le había advertido que era una mala idea, pero la conciencia de Alex la convenció de que necesitaba compartirlo todo con su nueva amiga. Si no le advertía pronto a Claudia, sería demasiado tarde. No quería que le pasara lo mismo a Claudia; todo parecía una locura, incluso para ella, y lo había vivido.

Michael y Claudia se subieron a su Honda SUV y salieron del estacionamiento. Cuando no había moros en la costa, Alex se sentó y se preguntó qué hacer a continuación. Podía encontrar fácilmente a Claudia más tarde por la noche, o quizás esperaría a arrastrarla fuera de la casa para la fiesta. Tenían que hablar.

Giró la llave de encendido, pero el motor no giró hasta que puso la palma de la mano suavemente en el salpicadero. El motor rugió a la vida, y ella presionó el acelerador, sonriendo al recordar la confesión de Claudia.

Claudia era realmente ingenua y una presa tan fácil; no tenía ni idea de lo que la acechaba. Era hora de decirle la verdad sobre su abuelo, y eso tenía que suceder pronto. Primero, Alex tenía que hacer una parada más. Iría a verlo de nuevo, tal vez por última vez, y haría lo que debería haber hecho hace mucho tiempo. Salió a toda velocidad del aparcamiento, sorprendiendo a una pareja en la acera.

Cuando llegó y apagó el coche, sintió ganas de huir; odiaba los cementerios, siempre los había odiado. Todo eso fue gracias al hombre de las sombras. Se le llamaba de muchas maneras, incluso Muerte, en un momento dado. El hombre rubio bien vestido con el traje negro; Quinn la había asustado con todas sus historias, y normalmente, no podía soportar poner un pie en un cementerio. Pero hoy en día, tenía que hacerlo. No había vuelta atrás.

Salió de su coche, llevando una rosa. Sus manos temblaban. Alex atravesó las puertas abiertas y vio el funeral al otro lado del cementerio. Tantos coches negros y gente vestida de negro. Ella encajaría perfectamente. La mayoría de la gente asumió que le gustaría pasar su tiempo en un lugar como este. No lo estaba.

Aquí es donde el hombre de las sombras acechaba. Siempre los buscaba a ellos, a los seres y a sus contrapartes, a los que se parecen a ella. Y Alex todavía no sabía lo que quería.

Ella se apresuró y encontró la tumba con bastante facilidad. Parada frente a ella, ya estaba llorando mientras se arrodillaba frente a la lápida. Sacó la bolsa negra que había tomado de su casillero, se limpió los ojos y puso la rosa en un jarrón cerca de la piedra.

—La conocí —comenzó—. Es tan hermosa y mucho más fuerte de lo que esperaba —Alex abrió la bolsa y sacó un largo cristal cilíndrico —. Ella está en peligro. Pero creo que probablemente ya lo sabías.

Alex sostuvo el cristal; había dejado de brillar.

—¿Por qué no le diste esto? Estoy segura de que querías hacerlo. No te preocupes. No voy a dejar que le pase nada. No sufrirá como nosotros —se tomó un respiro—. Voy a detenerlo.

Pasando sus dedos sobre las palabras en la piedra, Alex suspiró, y luego puso el cristal de nuevo en la bolsa.

—Te echo tanto de menos... Nunca dejé de esperar que un día nos encontráramos de nuevo. Debí haber venido antes. Perdóname... —un sollozo se le escapó, el rímel se le corrió por debajo de sus ojos oscuros. Todo su maquillaje blanco se sentía tan duro en su cara.

—Bien. Me tengo que ir ahora —se inclinó hacia adelante y puso un beso en la dura piedra, pasando una vez más sus dedos sobre las palabras grabadas allí.

Neil Edwards

Amado abuelo y devoto educador

—Siento no haber estado allí, hijo mío.

Se dio la vuelta y corrió por el cementerio hacia las puertas. Algo le llamó la atención a pocos metros de ella, y se dio la vuelta.

Detrás de un árbol entre las lápidas, dedos huesudos curvados alrededor de la corteza, seguidos por una cabeza oscura mirando hacia afuera en saludo.

—¡Maya, ven aquí! —siseó el hombre rubio. No podía tocarla; ciertas leyes lo ataban contra ella. Pero le encantaba jugar con ella.

Alex se fue corriendo mientras su risa llenaba el cementerio. Ella salió a trompicones al aparcamiento mientras los funerarios bajaban a su amado fallecido al subsuelo. Se subió al coche y cerró la puerta. El brazalete en su muñeca era todavía de un blanco pálido, y suspiró de alivio.

El coche arrancó en la primera vuelta de la llave, y ella se alejó a toda velocidad. La noche estaba cayendo, y estaba oscuro cuando llegó a la casa de la anciana. Tendría que irse pronto, siempre corriendo. Quinn nunca se quedaba atrás. Sabía que se le estaba acabando el tiempo.

Cuando llegó a casa, hizo sándwiches, le sirvió el té a la anciana y se unió a ella para ver The Bachelor. Era el programa favorito de la anciana. El anfitrión habló una y otra vez sobre las diferentes mujeres del programa, mencionando una vez que Alex misma debería solicitar estar en la próxima temporada.

A las 9:00 p.m., la anciana se estaba quedando dormida en el sofá. Era hora de llevarla a la cama.

Alex la ayudó a subir las escaleras y a entrar en el primer dormitorio. Después de arroparla en la cama grande, cerró la puerta tras ella y se fue al otro lado del pasillo. El suelo crujió bajo sus pasos, y se detuvo para escuchar el viento de afuera. La casa casi sonaba como un ser vivo.

Había escogido su dormitorio en esta casa porque era el único que no estaba pintado en un nauseabundo color pastel ni estaba lleno de cosas. Pero cualquier cosa era mejor que dormir en un edificio abandonado.

Una sombra se movió por el suelo, y se congeló justo delante de las escaleras. Quería correr, pero no podía dejar a la anciana sola. En cambio, se quedó en la puerta de su dormitorio; la luz de la luna que se filtraba por la ventana abierta cortaba un poco la oscuridad. Empujó la puerta para que se abriera más con un chirrido.

—Maya, Maya, Maya. ¿Qué voy a hacer contigo?

Alex movió su mano sobre el interruptor de la luz, pero no funcionó. Alcanzó la lámpara y cuando la luz se encendió, lo encontró sentado en el alféizar de la ventana, mirándola. Había una espeluznante mueca en su pálido y joven rostro.

—¡Quinn!

—El único e irrepetible. ¿Quién más viajaría por las regiones del universo para encontrarte, mi amor? Te he echado de menos. Tu tacto y tu olor. Me intoxicaste. ¿Por qué haces esto? ¿Por qué huyes de mí?

Su pelo era oscuro como la noche, su piel del color de la leche. Era hermoso, especialmente sus ojos púrpura. Un escamoso uniforme de cuero cubría su marco, el mismo atuendo militar que había usado cuando huyeron de los helados páramos de la Antártida.

—¿Prefieres vivir aquí en la miseria que volver conmigo como mi reina? —saltó de la cornisa pero no se acercó. El cristal de su muñeca se aseguró de eso—. ¿Crees que cualquier cantidad de maquillaje ocultará tu hermoso rostro de mí? Estamos unidos.

—Basta —gritó Alex.

—Nunca me detendré, mi amor. Te he probado y no quiero nada más que a ti. Eres mía...

—No, tú me tomaste. Al igual que *me has quitado* todo lo demás.

—Te deseo, Maya. Te echo de menos. Te necesito, y no puedo estar más tiempo sin ti. Por favor, no me hagas... No puedo soportarlo más. Quiero estar contigo. Te amo.

—¡Detente!

—No me hagas hacer algo horrible. Sabes que lo haré.

Ella le frunció el ceño.

Él siguió adelante, el hambre recorrió sus venas, la energía latió en ambos. Ella se dio la vuelta.

—Te necesito, Maya. Por favor. Eres lo único en lo que pienso en cada momento de mi existencia. Estás en mi sangre ahora, corriendo por mis venas, corriendo por mi alma. Eres parte de mí. Nada puede cambiar eso.

—No tienes alma —susurró.

Él se rio.

—¡Ese es el fuego que deseo, mi Maya! —se acercó más.

—¡Detente! —ella levantó el cristal de su muñeca, y él se lanzó hacia atrás—. No te acerques más. No soy tuya.

—Es hora de detener este juego tonto. Lo he permitido, incluso lo he tolerado, pero ya es suficiente. Tu lugar está conmigo. ¿Qué es lo que buscas? ¿Qué es lo que te aleja de mí?

Ella sacudió la cabeza, tratando de luchar contra su mirada.

Una lenta sonrisa se extendió por sus labios, y él se rio.

—¿Crees que no sé por qué has venido hasta aquí?

Ella no podía ocultarle la verdad, sin importar lo que hiciera.

—No te atrevas a hacerle daño.

Alex se abalanzó sobre él, sosteniendo el cristal delante de ella como un escudo.

Quinn saltó a través de la ventana, la risa se desvanecía detrás de él. Cuando Alex llegó a la ventana, ella se inclinó hacia delante para encontrarlo, pero él se había ido.

OTRAS OBRAS DE C.S LUIS

Serie Mindbender
La Fuente (Libro 1)
El Venator (Libro 2)
La Contraparte (Libro 3)
El Director (Libor 4)

El guardaespaldas y el Heredero
El Guardaespaldas y el Heredero
Liam (Volumen 2)
Nathan (Precuela; Volumen 3)

Confesiones De Los Estudiantes De Primer Año De La Escuela
Secundaria
Atrapados (Libro 1)

Cuentos de los Sarvakk
Los Accompañeros (libro 1)

Autónomos

La Dama y la Bestia
El Toque

ACERCA DEL AUTOR

C.S. Luis reside en Houston, Texas con su marido y sus dos hijos. Ha publicado libros en múltiples géneros y está deseando expandir sus trabajos en novelas gráficas. Ha escrito y ayudado a componer una canción de cuna en alemán, que se puede encontrar en su serie Mindbender. En su tiempo libre, C.S. Luis es una apasionada del arte. Le gusta dibujar y también pintar al óleo. Como una ávida lectora, se inclina por autores como Anne Rice, Joe Hill, L.J. Smith, E.L. James, Christopher Moore, Chuck Palahniuk y Stephen King.